IAN NIETO

Leyendas Mexicanas

Ian Nieto ha publicado dos libros desde el año 2020. "Roswell" y "Paranoia" han representado un reto para el autor. Ha sido partícipe de varias presentaciones, entre ellas a la FILO (Feria Iberoamericana del Libro en Orizaba) y en la UTCV (Universidad Tecnológica del Centro de Veracruz).

Facebook: Ian Nieto
Instagram: @ianninieto
Wattpad: @IanNieto362
Contacto: iannieto.007@gmail.com

Copyright © 2023 Ian Nieto G.
Todos los derechos reservados
ISBN 979-8-39-718630-8
Kindle Direct Publishing

Leyendas Mexicanas

Ian Nieto

A Zabdy, pues ella creyó en mí desde el principio

Se dice por ahí...

ÍNDICE

LOS CHANEQUES.............15

LA PLANCHADA................81

EL NAHUAL.....................141

LA LLORONA..................221

LA CARROZA...................277

El autor y sus notas

En los últimos años, desde que inicié por esta agradable actividad que es la escritura, he creído que una idea es como una semilla: primero es necesario sembrarla, para después cosecharla.

Por el tiempo que llevo escribiendo –desde el año 2020– he sido fiel a la convicción de que todo lo bueno y lo malo que llega a mi cabeza, en cualquier sitio y momento, puede ser una gran historia si le doy un poco de amor y dedicación. Sin olvidar regar constantemente esas ideas que pronto darán sus frutos.

Otra de las formas en que impulso a mi ardilla cerebral a correr para obtener ideas es viendo películas o leyendo un buen libro. Sin embargo, existen historias que no me han convencido por mucho que alguna vez quise leer o ver. Ya sea por prejuicios o porque mis expectativas estaban completamente alejadas del contenido de esas historias. Nunca es bueno fiarse de la portada de un libro, por más atractiva que esta se vea...

Y gracias a eso, es como *Leyendas Mexicanas* surge por querer escribir y recrear esas frustradas lecturas que me dejaron con un profundo sentimiento de duda e inconformidad. De esas veces en que la incertidumbre del «*¿Qué hubiera pasado si...?*» queda latente.

La grandiosa tarea de escribir y rememorar estas cinco leyendas que el lector está por disfrutar (o al menos eso espero), es lo que podría yo denominar como mi aportación a la cultura mexicana y a las nuevas generaciones. Soy mexicano y un amante del terror en cualquiera de sus géneros... y este es el resultado.

Mi intención es amenizar la vida de aquellos que aman la lectura y recordarles que México es hermoso y extenso en tradiciones. Y que siempre habrá gente que te dirá haber escuchado el llanto de la Llorona; haber sido burlado por los chaneques o ver a alguien jurar que se cruzó con un enorme perro de ojos rojos...

¡Vamos allá!

LOS CHANEQUES

1

No hay mayor orgullo y felicidad para dos padres que el ver a su hijo crecer y graduarse luego de tantas horas de estudio.

Adriana y Víctor no cabían en su alegría cuando el nombre de Samuel Linares resonó por las enormes bocinas del escenario y vieron a su pequeño –ahora convertido en un profesional– caminar hasta el rector de la universidad y estrechar su mano con el diploma que lo avalaba como egresado. Ambos padres se abrazaron y se contemplaron mutuamente con satisfacción.

Samuel Linares se alejó del podio, en donde el comité de profesores continuaba aplaudiendo, y fue a sentarse en la silla que tenía un pliego adherido en el respaldo con su nombre. Y antes de seguir vitoreando a sus compañeros de curso que subían a la entrega de documentos, Samuel se giró y desde lejos alcanzó a ver a sus padres, quienes levantaban los pulgares en señal de orgullo.

En los ojos de su madre se podía ver una pizca de llanto en lo que Samuel identificó de inmediato como felicidad.

Terminada la lista de alumnos, y posterior a una última ronda de aplausos una vez que todos hubieron retomado sus asientos, el director de la Escuela Normal Superior Federal, Antonio de Villagrán, se posó frente al micrófono y dedicó unas palabras de honra hacia los graduados, así como felicitar a los padres que estuvieron detrás de aquel éxito.

Para concluir tan fantástica ceremonia, el director hizo mención de lo que vendría siendo una concluyente solemnidad en honor a la escuela de estudios. Dicho eso, los graduados se levantaron de sus asientos y comenzaron a caminar en dirección al costado derecho del escenario, en lo que representaba una movilización previamente ensayada.

Las luces del salón disminuyeron hasta convertirse en un reflejo tenue y una luz blanca se implantó directo en los jóvenes adultos. En sus rostros se podía ver la emoción. Tras varios segundos de silencio, un profesor se posicionó frente al grupo y las voces de los graduados fue lo único que se escuchó:

«Juro guardar la llama vehemente y eterna de la sinceridad, enfrentando la mentira sin expresar miedo o pena; así como mantener la mejor de mis sonrisas. Juro no renunciar a mis bondadosas aspiraciones que Dios me ha encomendado: las de educar e instruir. Lo juro...»

2

El festejo al lado de sus seres queridos fue el mejor regalo que Samuel Linares pudo tener tras cumplir una de sus metas más notables de vida. Eso, y el haber recibido como obsequio de sus padres un Nissan que, sin importar si era de «segunda mano» y al cual se le habría de invertir la misma cantidad del precio para hacerlo funcionar, Samuel agradeció el regalo y el hecho de no tener que andar a pie cuando de ir a cumplir su deber se trataba.

A pesar de haber concluido su etapa académica con satisfacción y con un promedio final de 9.8, el papeleo para obtener la liberación de servicio social y la cédula profesional dependían de un conjunto de firmas para así llamarse, con todo el furor de la palabra, un profesor capacitado.

Samuel tenía que llevar a cabo esa última etapa académica-social para concluir, y estaba más que ansioso por iniciar ese proceso en el que pondría a prueba todos los conocimientos teóricos que aprendió en el aula.

La reunión para la entrega de plazas vacantes se realizó dos días después de la ceremonia de graduación, en donde el tutor de la generación –junto a otros profesores del curso– fue quien destinó los sectores y las escuelas disponibles a suplir los puestos como sustitutos. La selección se llevó a cabo mediante el rendimiento escolar y conductual del alumno, obteniendo así las escuelas de educación básica más cercanas y centralizadas; mientras que los alumnos con las notas descuidadas o con un historial «degradado» serían enviados a las zonas rurales.

Samuel confiaba en su casi perfecto expediente que aquel día optó por aguardar a que su apellido en la lista se escuchara, dándose la oportunidad de recorrer por última vez los pasillos de su alma máter. En lo que su nombre era mencionado, este y sus dos inseparables amigos (Aarón e Iván) se compraron unas rebanadas de pizza a la leña en la cafetería de la universidad, sin evitar la nostalgia al saber que podrían ser las definitivas... Aquel alimento rico en pan y salsa cátsup varias veces los sacó de un apuro antes de clases.

Los minutos pasaron entre charlar con Aarón e Iván, hasta que el celular de Samuel vibró, siendo una de sus compañeras de curso quien lo buscaba. Al atender el llamado y notar la inquietud de la chica, Samuel se dirigió de inmediato al salón de clases que fue dispuesto para el reparto de plazas, y vio que un grupo de profesores discutía un tema de las listas.

Junto a ellos, su compañera Amy parecía estar en otra llamada telefónica.

—¿Me necesitaban? —preguntó el chico.

Miguel Torrado era el responsable del grupo de Samuel y de otras dos clases. También era un hombre de pequeña estatura quien vestía un conjunto formal a cuadros, el cual parecía estar haciéndolo sudar ahí dentro.

—Joven Linares, siéntese, por favor. —El tutor le señaló la silla de enfrente—. Debemos informarle que ha habido un error al imprimir las listas. El sistema nos arroja que necesita aprobar la asignatura de Didácticas a Nivel Medio Primaria antes de...

—Eso no es verdad, profesor. —Samuel casi brincó del asiento al escuchar eso—. Aprobé la materia gracias al proyecto que la maestra Elena me pidió para saldar la calificación. Si usted gusta, podemos hablar con ella.

—Lo sabemos, señor Linares —continuó Miguel Torrado—. Como le he dicho, la Secretaría de Educación ha expedido de forma errónea los formatos. Ya hemos notificado el incidente a las oficinas y nos prometen una respuesta tangible en un lapso indefinido...

—¿Y qué sigue? ¿Cuál es el veredicto?

Miguel Torrado tragó saliva y fingió revisar algo en los documentos sobre la mesa.

—Su vacante continúa vigente, de eso no debe preocuparse; pero usted tiene como sede su plaza en la comunidad de Santa Inés del Monte, al norte de Oaxaca.

—¡¿Qué?!

El grito que Samuel profirió hizo que el resto de alumnos esperando en el salón y los maestros lo miraran con sorpresa. No obstante, los profesores sabían que su reacción era más que justa, pues el joven tenía razón al asegurar que la materia a deber había sido saldada y que los informes respecto a su nivel académico merecían algo más accesible.

De hecho, y luego de llegar en asistencia de su hijo que estuvo a punto de las lágrimas por la frustración, Víctor Linares se presentó frente a los directivos y exigió buenos argumentos para no respetar la plaza de su hijo. A lo cual, la respuesta se mantuvo siendo la misma: «*El problema viene de la sede principal... Estamos trabajando en ello*».

3

Santa Inés del Monte se encuentra a unas dos horas de Miahuatlán de Porfirio, poblado en donde Samuel Linares residía junto a sus padres. Y aunque el dominio estatal era el mismo (Oaxaca), la distancia podría implicar bastantes desperfectos e incomodidades al desplazarse.

Lo que más le causó molestia a la familia Linares fue que otros alumnos –los cuales tenían desarrollada la fama de ser problemáticos o mezquinos en los estudios– recibieron sedes en municipios como Ocatlán de Morelos, San Martín de los Cansecos y hasta en el mismo Miahuatlán, siendo las plazas más cercanas.

El tiempo de espera para obtener una respuesta medianamente satisfactoria por parte de la universidad se alargó más de lo debido. El salón de clases comenzó a vaciarse cuando la mayoría recibió su ficha técnica y su convenio de servicio social.

Sin embargo, y antes de que la luz solar se ocultara y se diera por concluida aquella ajetreada jornada, el tutor de Samuel y de Amy recibió una llamada telefónica en su oficina. Se trataba de una asistente social que parecía estar imprimiendo algo del otro lado de la línea. Y tras varios minutos de haberse encerrado en su gabinete, Miguel Torrado se reunió con el par de graduados y con sus respectivos padres.

–La solución al problema de la designación de las sedes se divide en dos alternativas. –El tutor suspiró y continuó–: La primera es aguardar a un período de reapertura de áreas a cubrir en un tiempo de dos meses; pero la consecuencia de esta espera también afectaría al trámite de la cédula profesional. La segunda opción, y a la cual en lo personal me apego, es a acceder a la oferta que la Secretaría les hace llegar mediante este memorándum, donde se sugiere que, al aceptar la zona ya designada, se le brindará al alumno la facilidad de cumplir el plazo en solo cuatro meses en lugar de los seis que por institución se solicita. Así como también recibir un apoyo monetario por parte de la Escuela Normal para cubrir al menos el cuarenta por ciento de los viáticos.

–¿Y por qué no simplemente intercambiar las plazas con aquellos alumnos que, por calificaciones, no obtienen el privilegio de permanecer cerca? –La duda del señor Víctor Linares fue secundada por los padres de Amy y por ambos jóvenes.

–Se debe a que los informes y las listas fueron aplicadas por matrículas, y el manipularlas haría que todos los pasantes tengan problemas similares... Ya sabe, contrariedades burocráticas. Fuera de eso, la oferta del tiempo reducido en el semestre y el apoyo monetario solo aplica si ustedes acepten; de no ser así, el proceso se podría extender al siguiente curso, con otra generación, en otros seis meses...

En el salón de clases se escuchó el suspiro de varios a causa de lo dicho, y cada familia se tomó su tiempo para pensar en sus respuestas. Samuel se quedó un rato viendo el suelo, sin saber qué decisión tomar. Consultó a su padre con la mirada, quien simplemente lo dejó disponer de aquella determinación bajo sus consideraciones. Ya era un profesional y debía resolver sus problemáticas como tal.

Samuel entendía que la segunda opción podría valorarse como un sacrificio con ventajas, pues ese convenio (y por lo que les confesó el tutor) era algo que no se aplicaba con otras generaciones o alumnos que habían sufrido los estragos de la mediocridad burocrática.

—¿Y bien? —preguntó Miguel Torrado, igual de cansado por ese día como las personas que tenía enfrente—. ¿Qué alternativa les parece mejor?

—Acepto el trato —dijo Amy, dejando exhalar una bocanada de aliento que sonó lamentable.

Miguel Torrado cambió la vista al joven que tenía al costado y esperó su respuesta. Solo faltaba él en elegir su consentimiento para dar por terminada la labor de ese día.

—Supongo que no tengo más elección que aceptar cualquiera de las dos opciones... Elijo el trato de los cuatro meses.

Al escuchar la respuesta de Samuel, el tutor extrajo un par de documentos extras aparte del memorándum y los colocó al frente de ambos pasantes. El profesor dentro del suéter se talló las sienes en una demostración de que el dolor de cabeza se hacía presente, y les dio tiempo de leer los estatutos donde venían bien definidos sus derechos.

Entregadas de nuevo las hojas al tutor, y previamente guardadas en el folder, Miguel Torrado invitó a las familias a salir, no sin antes confirmarles que en los días posteriores estarían recibiendo el resto de la información mediante correo electrónico, así como la fecha de inicio de lo que sería su «prueba de fuego»: el servicio social.

4

A la semana de haber recibido la mala noticia de que su hijo estaría lejos de casa, los padres de Samuel optaron por acompañar al joven hasta el pueblo de Santa Inés con el propósito de buscar una estancia durante los próximos meses.

El viaje se realizó en un lapso de dos horas exactamente, y Samuel, en verdad afligido por su mala estrella al tener que adaptarse al estilo de vida que un pueblito como aquel ofrecía, se limitó a solo mirar por la ventana la mayor parte del traslado. Todo mientras creaba diversos escenarios negativos respecto a los venideros meses, ya que jamás había tenido que vivir solo...

Y al contrario de las pésimas ideas, en su mente también se recordaba que al menos no tendría que estar los seis meses reglamentarios cubriendo una plaza docente. Al igual que ciertos gastos que serían soportados por la misma escuela.

Víctor se mantuvo con él en una charla que empezó siendo de padre a hijo, y terminó escalando a una conversación de hombre a hombre. Víctor le aseguró que afrontar las dificultades moldeaban a un profesionista, y que, así como Samuel, él en su momento también se vio en la necesidad de hacer frente a las circunstancias.

—¡Ánimo, hijo! —le dijo su padre—. ¡Tú puedes con eso y más!

Tan pronto como las curvas comenzaron a serpentear el camino y la ruta apareció pavimentada (a diferencia de la carretera anterior), Samuel alcanzó a ver en el arco amarillo de la entrada unas palabras que simplemente decían: «*Bienvenidos al municipio de Santa Inés del Monte, Oax.*». Las primeras casas que empezaron a verse al costado de la pista parecían estar en obra negra, y muy pocas eran las que se encontraban habitadas.

En un punto del recorrido, Samuel tuvo de nuevo una de las tantas dudas que venía ideando desde días antes, pues no existía un lugar específico y cercano para adquirir una despensa decente o un sitio que lo entretuviera. A su alrededor, todo era monte y una que otra aldea semiconstruida aparecía al filo de la carretera, en donde solo se vendían productos sumamente básicos y nada más.

—No te preocupes, Sam —le dijo su madre, acariciándole el hombro para animarlo—. Tu padre y yo mantendremos tu alacena llena.

Después de pedir guía a los pobladores (en su mayoría campesinos o albañiles), un sujeto que parecía estar disfrutando del fresco en una mecedora les dijo que la escuela a donde debían ir se encontraba más atrás, en dirección a otro camino. La mejor referencia que les dio para saber que iban por buen rumbo era el cruzar un puente mediante un trayecto que ascendía ligeramente hasta su destino. Así como también sugerirles precaución en la carretera, ya que al ser monte había muchos derrumbes.

La familia viró enseguida y anduvieron otros diez minutos por el mismo camino hasta que apareció una ruta diferente, la cual vieron antes, pero que no imaginaron que sería el objetivo.

Víctor mantuvo el pie sobre el acelerador lo más pasivo posible –en lo que era un sendero que apenas si ofrecía espacio para un automóvil como el suyo– y prestó atención a cualquier letrero oculto entre todo el pastizal que delimitaba las curvas. Hasta que luego de un rato, la familia por fin divisó un sencillo puente de concreto que parecía conectar con otra carretera pavimentada.

Al llegar a lo que se supone era el «centro» de la comunidad, Víctor avanzó en el único camino que los condujo cerca de lo que podría denominarse como una secuencia de inmuebles. Edificios que por cierto fueron los más amplios y mejor construidos de todas las casas que divisaron por el camino. Y al ver que más allá la carretera se perdía en el terreno, Víctor estacionó al frente de lo que parecían ser dos inmuebles de tres pisos cada uno.

En la primera puerta se leía la palabra «*Policía*» con letras borrosas, y de forma contigua y siendo el inmueble a encontrar, el Centro Comunitario de Aprendizaje apareció con una fachada despintada.

–Hemos llegado...

La familia bajó del vehículo y los tres se quedaron un buen rato admirando lo que les pareció un recinto donde Samuel no podría aplicar los conocimientos adquiridos en la Normal. Padre y madre tuvieron esa leve corazonada de que su hijo merecía algo mejor... Incluso se dieron cuenta de que la instancia donde Samuel prestaría sus funciones era tan reducida que se encontraba solo en el primer piso, pues el segundo pertenecía a las oficinas del organismo integral al apoyo familiar y el tercero fungía como biblioteca municipal.

Después de intercambiar miradas turbadas por lo que veían, Adriana decidió acompañar a Samuel al interior del Centro Comunitario a presentarse con el o los encargados y entregar sus documentos de estadía. Entretanto, Víctor acudió al edificio lateral a solicitar más informes de la alcaldía y saber dónde podrían obtener una estancia para un joven practicante.

Ya en el interior del centro cívico, Samuel pudo ver que una mujer de grandes anteojos, la cual peinaba a un niño y le decía algo, se encontraba al tanto de lo que sucedía allí. Al verlos ingresar, la mujer alentó al chiquillo a irse e invitó a los visitantes a acercarse.

–Dígame, ¿qué puedo hacer por ustedes?

–Buen día, me llamo Samuel Linares y soy el auxiliar que suplirá a la maestra Regina Morales.

–Adelante, me notificaron que solo estarás cuatro meses y no seis... ¿Es cierto eso?

–Sí, al parecer hubo problemas desde la sede en Oaxaca y ese fue el convenio.

La mujer de anteojos hizo un ademán de no estar de acuerdo con lo que escuchaba y se limitó a revisar los informes. Sacó un bolígrafo del mueble y lo que pareció ser un sello.

Cuando hubo terminado de estudiar los apuntes del joven, la secretaria dejó caer una secuencia de marcas en la parte inferior de las hojas y al final del montón firmó con un garabato.

–Bien, tienes que presentarte en esta misma oficina el quince de julio para empezar. ¿Alguna duda con eso?

–¿Debo presentarme con alguien en particular? –preguntó Samuel–. Me dijeron que tendré un consejero que me guiará por la estadía y que, al final del período, me evaluará.

–Mónica Aguirre es la única maestra de base que trabaja en esta escuela. Ese día te recibirá y quedarás bajo su mandato.

–¿Cómo está la situación en este lugar, señorita? –intervino Adriana–. Me refiero a que si él podrá andar por aquí con tranquilidad... Temo que se pueda involucrar con gente que no deba.

–Si su hijo se dedica exclusivamente a lo suyo, no hay por qué desconfiar.

Adriana miró a Samuel y demostró duda del porvenir... Pero hasta ella sabía que su pequeño debía crecer tarde o temprano.

5

Al salir de las instalaciones educativas, Adriana y Samuel vieron que Víctor charlaba con un hombre de alrededor de cuarenta años, el cual le mostraba algo en una agenda y le indicaba con el pulgar hacia el este.

Al verlos de frente, Víctor les presentó a Alfonso, quien estrechó a la mujer y al joven y les mencionó que hablaban acerca de que él podría ayudarlos a no solo encontrar una estancia, sino que también ser asistente de Samuel en lo que se necesitara. Desde conseguir su despensa en la Hacienda de Atequera (zona más cercana en donde se encontraba un supermercado), hasta llevarlo a Villa de Zaachila a abordar el autobús que lo transportaría a Miahuatlán todos los viernes.

Y ya entrados en confianza, Alfonso Muñoz se ofreció a

llevarlos a escasos metros del Centro Educativo a mostrarles las habitaciones; no sin antes decirles que de igual forma trabajaba como consultor de obras, específicamente en lo que vendría siendo la urbanización y el asfalto del pueblo. Le confesó a la familia que los terrenos se encontraban a precios accesibles a causa del negocio de las mismas constructoras, decidiendo hacer adquisiciones externas a las que el gobierno le designaba y poniéndolas en renta.

Alfonso y la familia caminaron en dirección al templo de Santa Inés y anduvieron otros veinte metros hasta que llegaron a un conjunto de habitaciones que estaban cerca de un despeñadero. Los cuartos eran sencillos y solo tenían dos manos de pintura de un color escarlata que «alegraba» la vista.

A unos cinco metros por detrás de las construcciones, una pronunciada cumbre se unía a lo lejos con la calle Independencia.

–Es aquí...

El arrendador extrajo un llavero con al menos diez llaves y fue a buscar la que necesitaba. Abrió la puerta y le cedió espacio a la familia a fin de que anduvieran por las únicas tres piezas con tranquilidad. No obstante, Alfonso sabía que no podrían encontrar algo mejor que eso en al menos un radio de cinco kilómetros.

El departamento consistía en una sala de seis metros cuadrados que era compartida por una alacena y un fregadero. Al fondo, un baño completo se veía recién remodelado con azulejos, dándole a entender a Samuel lo mismo que Alfonso ya había pensado: sería difícil conseguir algo mejor.

El joven y sus padres se adentraron al único dormitorio que tenía la estancia y los tres notaron que el espacio era más que suficiente para un joven reservado como Samuel.

Adriana y Víctor se miraron de reojo y se dedicaron una sonrisa que ambos comprendieron al instante.

–Las habitaciones cuentan con lo básico que Samuel necesitará –intervino Alfonso–. Hay agua caliente, un tanque de gas cargado para cocinar, televisión por cable y señal de internet. En la parte trasera hay una alcoba dedicada a los lavabos y tendederos. Como ya lo saben, también puedo ofrecerles despensa y transporte, y si deciden rentar, seré amable y les daré un descuento. Estoy a su disposición...

Los padres de Samuel miraron a su hijo y se sonrieron al saber que así tendría que ser. Como era de esperarse, el joven confirmó las comodidades y aceptó que le gustaban. Sin embargo, este se interpuso a la idea de tener a alguien que lo ayudara a trasladarse entre localidades, ya que ahora era propietario de un auto para hacerlo por cuenta propia.

Pero su madre fue la primera en dudar si sería buena idea llevar el coche tan lejos y arriesgarse por esas curvas tan pronunciadas... Aparte de sufrir un asalto a mitad de la carretera.

–Ya utilizarás tu regalo de graduación cuando vayas a Miahuatlán, hijo –le dijo su madre–. Por ahora, deja que el señor Alfonso se haga cargo de tu transporte.

Sin más opción que acceder a la congruente preocupación de su madre, Samuel aceptó.

–¿Te gusta el departamento? –le preguntó su padre después de recorrerlo.

–Es justo y necesario. Sin dudas podré superar los próximos meses de alojamiento... Ya me acostumbraré.

6

El siguiente viaje hecho a Santa Inés se llevó a cabo en la camioneta de la familia, y solo entre Víctor y Samuel, pues su madre tuvo una reunión muy importante con unos prefectos de la escuela (también ella era maestra).

Aparte del imprevisto que Adriana llegó a tener en su trabajo, tanto ella como Víctor, decidieron que sería bueno hacer el viaje solamente entre padre e hijo, dedicándose a revisar los posibles inconvenientes del cuarto. «Te enseñaré a colocar una manguera de gas y a cambiar un *socket*», le había dicho su padre.

Durante el transcurso, Samuel escuchó a su padre hablar de las vivencias de la época en que este fue joven y de las recomendaciones que le dio ante los conflictos que podría experimentar. Víctor le platicó la ocasión en que fue arrestado por las autoridades –al tener la música alta todo el tiempo–, y de la vez en que casi llega a los golpes con un compañero sindical al enterarse de que salían con la misma chica... «Claro, esto fue antes de conocer a tu madre», le dijo.

En un determinado momento, Víctor miró a su hijo directo a los ojos y le confesó que se sentía orgulloso de él por lo que había logrado; así como decirle que no tendría problemas con él si de vez en cuando decidía experimentar las «ventajas» que el vivir en solitario podría ofrecer.

–Haz amigos, diviértete, pero siempre con medida.

Samuel y su padre llegaron al pueblito antes del mediodía y comenzaron con los quehaceres; tales eran limpiar la casa después de varios días deshabitada, desatar los muebles y colocarlos en la posición óptima, y en establecer la pantalla y los accesorios electrónicos que Samuel utilizaría. En una de esas, el fusible de la corriente eléctrica explotó aparentemente de la nada, haciendo que Víctor tomara la iniciativa de comprar otros en la tiendita de al lado en caso de que volviera a ocurrir eso... No sin antes decirle a Samuel que lo reportara con Alfonso si el problema continuaba.

Aquel día fue sábado, y la razón de viajar esa fecha fue para gozar del tiempo preciso en establecerse y en dejar las prioridades listas para el inicio de sus funciones sociales, pues era el primer día de Samuel como sustituto en el Centro Comunitario.

El joven se sentía emocionado y con la actitud renovada al imaginar que su estancia no sería tan mala tras haber pensado demasiado. Tendría un espacio únicamente para él en esa nueva etapa de su vida y lo sentía como un reto personal. Aparte de que era consciente de que las actividades en esa primaria no aparentaban más faena que la de atender a grupos reducidos y de tener las tardes libres sin otra preocupación que cumplir con su horario. Samuel supo que volvería a retomar el hábito de la lectura y que trabajaría de lleno en su tesis acerca del desarrollo del pensamiento crítico.

Ese fin de semana, Víctor decidió quedarse a dormir con Samuel de sábado para domingo, puesto que planearon aventurarse a una ruta de senderismo con la intención de conocer mejor el pueblo y adaptarse.

Al otro día, ambos se encaminaron hasta el puente que conectaba a la terracería con el poblado y se detuvieron un rato a ver cómo un escaso río contaminado pasaba con calma por aquel desolado tramo de la carretera. Padre e hijo se tomaron unos minutos en admirar la naturaleza en los alrededores, cuando, de repente, el audible sonido de una piedra rodando en el pavimento se escuchó por detrás de Samuel, haciendo que los dos se giraran en caso de que la llanta de un auto venidero hubiese hecho expulsar la grava.

Nadie venía...

Los dos se miraron con cierta ironía y volvieron la vista a los tupidos árboles que se meneaban con el viento. Sin embargo, el mismo golpeteo, llegando hasta el zapato de Víctor, hizo que los dos optaran por asomarse al río en busca de quién estuviera *jugando* con ellos...

–Debes tener cuidado al salir, Sam –le dijo su padre–. No sabes con qué te puedes cruzar. Evita pasearte de noche y quédate en el cuarto de preferencia. Será lo mejor.

–Tranquilo, papá. Tampoco es como si hubiese mucho por hacer...

Los dos rieron a la par y se adentraron de nuevo al camino que los llevaba a las casas, no sin antes pasar por la habitación de Alfonso (quien vivía relativamente cerca de donde lo haría Samuel) y buscarlo para invitarlo a comer en un puesto de memelitas.

El fin de semana que Samuel vivió junto a su padre fue algo que nunca habían hecho los dos, agradeciéndole por todo lo que él y su madre hacían por su beneficio profesional.

Concluido el almuerzo, la hora de que Víctor partiera llegó, y por seguridad y a causa de que ambos debían trabajar al otro día, Samuel apoyó la idea de que volver con su madre previo al atardecer era lo mejor, no sin antes sentir un nudo en el estómago al despedirse.

–Ven, dame un abrazo –le dijo Víctor–. Me tengo que ir... No dudes en llamarnos por cualquier cosa. Te quiero, hijo.

Samuel se quedó un rato bajo el marco de la puerta tras

ver a su padre doblar en una curva y tocar el claxon dos veces en señal de «adiós». El joven llegó a sentir una fuerte nostalgia en los primeros minutos al quedarse a solas. Pero al poco rato se alegró al saber que por fin viviría una etapa muy importante en su vida que, por largo tiempo, deseó en la pubertad: experimentar la soledad.

Samuel regresó al interior de su nueva vivienda por lo que serían los próximos cuatro meses y se fue a recostar para ver una película... No podía hacer nada más.

7

La primera semana en Santa Inés del Monte como practicante fue un poco más complicada de lo que Samuel imaginó, esto debido a que nadie le informó que la mayoría de los niños hablaba zapoteco. Y aunque Mónica Aguirre (compañera docente y tutora) le dijo que era normal cuando un practicante llegaba, esta motivó a Samuel diciéndole que ya iría adaptando el oído. En cuanto al joven, comprendió que tenía un nuevo reto a alcanzar: romper la barrera del idioma y ayudar a los chiquillos que anhelaban aprender.

Los salones eran apenas una habitación con viejos pupitres en donde solo cabían –a lo mucho– siete niños por cubículo, habiendo únicamente dos estancias dedicadas a la enseñanza. Mónica le dijo al novato que eso era lo máximo en cuanto a disposición académica en nivel básico; así como que los padres eran culpables al no llevar a los chiquillos a la escuela, asegurando que ponerlos a trabajar en el campo desde temprana edad sería más beneficioso que «perder el tiempo» estudiando.

–Ya te acostumbrarás –le dijo Mónica a Samuel–. Aquí se ven muchas historias tristes que es mejor no contarlas; tú las irás descubriendo por ti mismo.

Los ratos libres de Samuel fueron dedicados a la investigación de su tesis y en aprender lo más que pudiera de la lengua indígena que aún se conversaba por ahí. Llegó a memorizar palabras como *bixhoze* (papá), *xuba'* (maíz), *lii* (tú), entre otros términos más que podría utilizar para estar cerca de los niños.

De igual forma, Samuel conoció más a la mujer de grandes anteojos que lo recibió la primera vez y supo que se llamaba Florentina, la cual trabajaba como la administradora del centro educativo a la par de la alcaldía. Entre lo poco que charlaron, Samuel notó que la mujer podría ser de temperamento tenaz y que se desesperaba con facilidad.

En cuanto a su estancia y al tener que cocinar sus propios alimentos, Samuel se adaptó sin problemas. Al concluir sus días regresaba a la habitación y se preparaba un plato de comida y pasaba la mayor parte del tiempo frente a la computadora avanzando su tesis.

Samuel conoció a su único vecino que vivía en el departamento contiguo, Ernesto Lobrano, de cuarenta y tres años, y rápidamente entablaron una agradable simpatía en donde todos los días charlaban de sus respectivas vidas. El hombre le platicó que él era originario de Uvalde –una ciudad al sur de Texas– y que gracias al amor de viajar por lugares pocos concurridos había optado por quedarse allí algunos meses antes de continuar su andar por México.

De vez en cuando, Samuel y Ernesto eran invitados a la casa de Alfonso a cenar y charlar, y él les aseguraba que socializar en ese reducido pueblo era una excelente «terapia» para mantener la compostura.

El primer fin de semana que Samuel viajó de vuelta a su localidad de residencia, les platicó a sus padres lo que realizaba en el centro comunitario y de los amigos y compañeros que ya había hecho. Y por la forma en que el chico se expresaba y reía al revelarles que no entendía lo que los niños le decían, sus padres sintieron un gran alivio al notar la resiliencia con la que su hijo se adaptaba al cambio, demostrando la disponibilidad al debatirse en lo que estuviese a su alcance.

Sus padres se sentían plenos al saber que Samuel cumplía con todas las actitudes y aptitudes que, indudablemente, lo llevarían a ser un gran profesor.

8

Dos meses transcurrieron desde que el padre de Samuel lo acompañó esa última vez a Santa Inés y lo ayudó a adaptarse. En ese lapso, Samuel expandió sus conocimientos en el lenguaje zapoteco, dedicándose a tomar cursos en línea de la lengua con la finalidad de no solo aprender a sostener una conversación sencilla, sino también a obtener un certificado oficial que sería de gran ayuda para su curriculum vitae. Lentamente, los niños se fueron encariñando con Samuel gracias a la agradable manera en que este les hablaba y los ayudaba.

Las actividades con los niños se basaban en el análisis del razonamiento mediante diferentes pruebas intelectuales de convivencia (pues varios chiquillos mostraban trastornos por déficit de atención) y en ejercicios físicos que ponían a prueba su destreza y talentos.

Las relaciones profesionales con Mónica y Florentina también se fortalecieron en el ámbito, esto luego de que Samuel aprendiera a desenvolverse en su medio y fuera de gran ayuda en las aulas y en lo administrativo. El joven se hizo cargo de llevar la agenda municipal de los eventos con la escuela y se ganó la confianza de Florentina, quien le asignó el *puesto* de «encargado de cultura».

En cuanto al proyecto escolar que Samuel debía entregar como pasante, el joven se sintió orgulloso de sí mismo al saber que sus avances podrían superar el 70% de lo requerido. Había trabajado arduamente en las últimas semanas para así sacar provecho al no tener los distractores que una urbe puede representar...

Uno de tantos días, Samuel se tomó la noche libre de revisiones de su tesis y se quedó más tiempo del que normalmente les dedicaba a los videojuegos. Al ver el reloj, el chico se sorprendió al notar que ya era la una de la madrugada... Y si bien se encontraba a escasos metros de la escuela, Samuel sabía que debía dormir al menos siete horas. Cenó un fugaz refrigerio, se lavó los dientes y se acostó en completa oscuridad, no sin antes imaginar el hecho de que tardaría otros largos minutos en conciliar el sueño al todavía tener energías para seguir jugando.

Encendió de nuevo la televisión tras dar vueltas en la cama y lo único que encontró fueron comerciales de la región previamente grabados; como publicidad de fontanería, albañilería y noticias de días antes. No vería esos aburridos infomerciales que se repetían cada cinco minutos, pero sí que dejaría el volumen bajo con la finalidad de que lo arrullaran hasta sentir cómo su cuerpo se volvía más liviano.

De momento, y luego de haber conciliado el sueño, Samuel se despertó sin razón aparente y centró los ojos al techo. Posterior a eso, y haciendo que el joven se incorporara a encender la luz, una fuerte y extraña evocación sensorial dentro del cuarto hizo que Samuel se sintiera singularmente agitado. La piel de sus brazos y cuello se erizó lo bastante como para sentir un verdadero terror infundado, logrando percibir esa sensación de cuando alguien se te *acerca mucho*.

Afuera, el sonido de los grillos era lo único que se escuchaba.

La percepción pudo durar escasos treinta segundos, hasta que Samuel recuperó el hilo de sus pensamientos y se sentó en la orilla de la cama al intuir lo sucedido. No estaba seguro de haber sentido *aquello* que lo incorporó, pero de todas formas se tomó unos instantes en resolver la interrogante del porqué se despertó, sin justificación lógica, a mitad de la noche. Terminó por convencerse de que solo hubo traspasado la barrera de los sueños con la realidad, al grado de levantarse con tal viveza. No obstante, la piel de gallina le recordó que *físicamente* sí pudo haber sido despertado por *algo*. Además de tener esa impresión de que no «estaba solo»...

Pero el sueño era tal que Samuel miró el reloj junto a su cama y vio que marcaba las cuatro de la mañana. Bostezó con una gran bocanada, se restregó el cabello en un intento por gesticular las ideas y apaciguar su nuca, y fue a cubrirse de nuevo con las cobijas.

Se quedó dormido muy pronto sin notar que la televisión, aun después de estar encendida y sin un tiempo programado para que esta se desactivara, ahora se encontraba apagada. Y no se dio cuenta de eso.

9

Lo primero que Samuel Linares pensó al volver del Centro Comunitario al día siguiente fue que, una de dos: o un gato se metió por la ventana, o un ladrón había entrado a robarle... Pero ambas hipótesis quedaron descartadas rápidamente al entender que antes de salir cerró los portillos uno a uno y que la posibilidad de que un extraño hubiera ingresado era nula, pues sus pertenecías de valor se encontraban intactas. Claro, salvo algunos trastos regados por el suelo y los cristales de vasos estrellados.

Samuel se quedó en verdad extrañado por lo que vio, que terminó por reírse de lo incongruente de la situación. La charola en donde ponía los trastos a secar tenía toda la pinta de haber sido *arrastrada* varios centímetros de su posición y que los tenedores habían salido «disparados» más allá de la cocina.

Durante la limpieza de cristales y el reacomodo de platos y cubiertos, Samuel intentó concebir las explicaciones más racionales del *qué* provocó el imprevisto. Miró las posibles corrientes de aire que pudiesen ingresar por las ventanas y ni así encontró algo que se apegara a la razón. Incluso llegó a imaginar que había ratas que salían de las coladeras a buscar las sobras de comida, pero tampoco encontró muestras de agua ni rastros de animales rastreros por ningún rincón.

Samuel dejó a un lado el tema (aun cuando le fue casi imposible despejar su cabeza) y calentó su comida para tener algo en el estómago y pensar mejor.

Mientras comía, el joven llamó a sus padres con el motivo de saludarlos y de charlar con ellos acerca de lo sucedido. Y si bien Samuel no era muy afín a creer en historias de fantasmas, este aceptó que el verdadero temor provenía del encontrarse con una enorme rata buscando comida en su alacena.

Su padre lo tranquilizó al decirle que debió haber sido una «corriente de aire» y que sería bueno comentarlo con Alfonso en caso de que él supiera algo más. En cuanto a su madre, las circunstancias fueron distintas, porque lo que más le preocupaba era el hecho de que se pudiese tratar de malvivientes que quisieran entrar a robarle a su hijo, por más que Samuel le dijo que los objetos de valor estaban en su sitio.

Esa misma tarde –y sin lograr apartar el incidente de su mente– Samuel decidió visitar a Alfonso y comentarle lo sucedido, con la frente en alto y sin demostrar que un halo de temor lo invadía.

Alfonso negó haber recibido reportes de otros residentes en los departamentos por robo o plagas; sin embargo, el hombre acompañó de regreso a Samuel al interior para darle una revisada y comprobar que todo estuviera bien. Al acercarse a las habitaciones, Samuel y Alfonso saludaron a Ernesto Lobrano, quien tomaba el fresco sentado y comía una naranja. Entre sus piernas, lo que parecía ser una limonada se veía con su respectiva pajilla.

—¡Buenas', compañeros! —exclamó Ernesto y alzó la mano—. ¿Cómo va todo, Sam?

El joven se detuvo a charlar con su vecino y ambos se entablaron en una amena conversación en lo que Alfonso recorría la habitación en búsqueda de nidos de ratas o de cualquier otro animal.

A lo largo de la plática referente a su servicio social y a las tareas que llevaba a cabo con los alumnos, al joven se le ocurrió la idea de preguntarle a Ernesto cualquier hecho relevante que estuviera relacionado con el más que seguro estruendo que debió haberse escuchado. Pero luego de meditar su duda, y al no querer hacer más grande el asunto de lo que ya era, este dejó pasar el dilema y decidió que le preguntaría en caso de que lo acontecido se repitiera.

Alfonso Muñoz se reunió afuera con sus inquilinos y los interrumpió, asegurándole a Samuel que no había encontrado nada relacionado con animales. Al oír lo que hablaban, Ernesto le fue a preguntar al joven qué era lo que pasaba, pues le confesó que poco antes escuchó un fuerte estallido ahí dentro... Los tres se miraron y guardaron un silencio lo bastante amplio como para olvidar el hecho y quedarse exclusivamente con sus pensamientos. Cada quien creyó lo que mejor le pareció...

Seguido de aceptarle un vaso de limonada a Ernesto (ofreciéndoles tequila si es que querían para sus bebidas), Alfonso se despidió del par de inquilinos y empezó a caminar de vuelta a su cuarto. A su vez, Samuel se quedó otro rato con Ernesto hasta terminarse el vaso de limonada y así despedirse también. No sin antes agradecerle por la confianza que este le ofreció al sentirse libre de pedirle lo que necesitara.

—Eres un chico responsable y bien portado —le dijo Ernesto—. No importa cuándo sea... Ya sabes dónde encontrarme.

El joven le agradeció su apoyo y se encerró de nuevo en su habitación, esta vez con el propósito de olvidarse por completo del incidente y descansar.

Y pese a que el dormitorio fue alegrado con música al

preparar la cena y acomodar su ropa, Samuel recordó –con un cierto recelo– que la madrugada anterior se había despertado a mitad de la nada, rememorando la sensación que le erizó la piel...

Ya en la cama, a Samuel le costó tiempo conciliar el sueño, pues no podía apartar de su cabeza el hecho de que ambas situaciones (el despertar de la nada y los trastos rotos) tenían cierta relación... Simplemente no podía imaginar siquiera cómo podría ser algo así.

10

Una mañana, Samuel se encontraba en el aula terminando la revisión de manualidades mientras los chiquillos disfrutaban del recreo. Pasado un rato, el joven concluyó de anotar unas calificaciones y se levantó para salir a desayunar. Fue a la tienda de abarrotes frente a las instalaciones y se alegró de que el sol estuviera asomándose entre las nubes luego de una noche húmeda. El cacareo de las gallinas se escuchaba y los jornaleros pasaban de un lado a otro; algunos iban a los arados y otros a continuar con las construcciones.

Samuel se sentó en las sillas de madera que estaban fuera de la escuela y le dio la primera mordida a su torta de milanesa. Se quedó allí disfrutando de su almuerzo y de la tranquilidad que se sentía, hasta que, de repente, las risas de Lupita y de Casandra se escucharon por el pasillo lateral, jugando a las atrapadas.

Las dos se aproximaron al joven y se sentaron a su lado en lo que sería una secuencia de preguntas al profesor acerca de dónde vivía y si tenía mascotas en su casa. Samuel disfrutó del recreo respondiendo a las preguntas de las niñas que no dejaban de jugar, hasta que una de ellas le sugirió algo que lo dejó pasmado y ligeramente asustado: «*No juegue con los niños de su casa, maestro. Ellos son muy groseros*».

Samuel frunció el ceño y estuvo a punto de preguntarle más cosas relacionadas con lo que decía la pequeña Casandra, pero el timbre encima de sus cabezas –señal de que el descanso había terminado– hizo que las niñas partieran a correr entre risas y empujones, viendo quién era la primera en llegar al salón.

En la banca y con las mejillas llenas de migajas por la torta a medio comer, el joven sintió un golpe de escalofríos que le recorrió la espalda.

En el resto del día, Mónica y Samuel se dedicaron a sus alumnos hasta que la hora de salida ocurrió, quedándose más tiempo en organizar sus informes y en generar los promedios desde la computadora. Florentina se les unió al corte de mes para entregar a las oficinas de Secretaría lo que le solicitaban y los tres se adaptaron a una charla. Hablaron sobre los nuevos estatutos que el municipio dentro de poco establecería y de las guías a llenar en solicitud a un presupuesto al Gobierno de Oaxaca, en beneficio de la remodelación de los baños del edificio.

Y en eso estaban, tecleando e imprimiendo hojas –ya en más confianza–, cuando Samuel rompió las formalidades y sacó a relucir el evento que aconteció en su habitación días antes. Les platicó a sus compañeras el curioso caso de los recipientes tirados y de lo que él creía, se trataba de que sus artículos de limpieza a veces se encontraban cambiados de lugar... Aunque de eso no estaba 100% seguro.

–¡Son los *chaneques*! –clamó Mónica, riendo y mirando a Florentina, quien sonreía con un gesto de afirmación–. En esta parte de la sierra es común que la gente hable de ellos, incluso hay personas que te van a asegurar haberlos visto. Son pequeños, y por lo general, van desnudos. Ponles dulces y diles que te dejen en paz...

Samuel había escuchado, en más de una ocasión, a varios de sus amigos y conocidos hablar acerca de que los *duendes* o *chaneques* sí existían. De hecho, y alguna vez, escuchó a sus tías decir que en la granja donde vivieron cuando eran niñas estuvo «habitada» por pequeños seres que invitaban a su hermanita de dos años a jugar con ella. «*¡Bebé! Bebé ahí...*», les decía, al tiempo que señalaba el terreno.

Afortunadamente, aquel día fue viernes y Samuel solo acudió al cuarto para recoger la maleta ya preparada la noche anterior y en cerciorarse de que no dejaba nada abierto (eso incluía las llaves de gas). Antes de salir y esperar a Alfonso, Samuel se quedó un buen rato al centro de la cocina y se tomó unos segundos en revisar que llevara todo. Cerró a sus espaldas y esperó a que pasaran por él y así salir de la localidad. Por una parte, Samuel se alegró de no estar algunos días en la habitación a solas, pues necesitaba despejar su mente y visitar a sus padres. Tal vez ir al cine con sus amigos...

Alfonso hizo sonar el claxon a varios metros y esperó a que el joven acomodara su maleta en los asientos de atrás. Se saludaron con alegría y avanzaron lentamente por el camino empedrado al tiempo que charlaban sobre la semana. Al pasar por el puente que dividía a Santa Inés con la carretera rural, Samuel giró su mirada al vacío y admiró el correr del agua.

Por alguna razón, los vellos de la nuca se le erizaron.

11

Una vez que sus días de descanso concluyeron, Samuel regresó a Santa Inés con los nervios ligeramente alterados al saber que, aunque las probabilidades de encontrar un nuevo desorden eran bajas, existía la *casualidad* de hallar algo similar... Pero no fue así.

Todo se encontraba en completa paz cuando abrió la puerta y encendió la luz. Caminó hasta su habitación y analizó que la computadora y su consola de videojuegos continuaban allí. No tenía de qué preocuparse. A lo sumo, Samuel percibió un aroma a humedad que lo obligó a abrir las ventanas y a poner un poco de música para alegrar el ambiente.

Samuel durmió perfectamente aquella noche del domingo y entendió que no debía estar tan apegado a la idea de que *algo* sucedería. Se tranquilizó, hizo una meditación guiada en internet y se acostó para no abrir los ojos hasta que su alarma sonó justo a las siete. El canto de los gallos era constancia de que la semana comenzaba.

Llevaba ya dos meses y pocos días viviendo la mayor parte de su tiempo en esa zona rural y parecía que la vida de soltero no se comportaba tan compleja como lo imaginó en un principio. En ocasiones podía llegar a debatirse con la soledad y a recapacitar sobre su nueva vida, como en los cambios que esta podría ofrecerle. Otras veces agradecía el tener la oportunidad de estar a solas y poder hacer lo que quisiera sin la necesidad de consultarlo con sus padres.

La vida de soltero podía ser interesante. Ahora era más astuto y analítico. Aprendió a reparar el calentador de agua al descomponerse y haber instalado una repisa junto a su cama. Buscó tutoriales en internet y se alegró al saber que podría resolver cualquier inconveniente que se le atravesara sin la ayuda de un adulto. Se sentía feliz de también aprender una que otra receta vista en las redes sociales acerca de cómo preparar espagueti a la mantequilla y sopas que no fueran esos enlatados que comía a su llegada como practicante.

En cuanto a sus funciones como docente sustituto, a Samuel le agradaron las facilidades que llegó a tener y el poco flujo laboral que había. Pero algo que le pareció en verdad preocupante en su área fue que el Centro Comunitario de Santa Inés iba decreciendo en cuanto a número de niños en las aulas. Recordaba que el curso se inició con once pequeños que parecían irse adaptando al aprendizaje; pero que de una semana a otra, los padres los reclamaban en apoyo del campo, quedando únicamente siete alumnos.

Mónica Aguirre le venía diciendo a Samuel que trabajar en centros campestres nunca tenía resultados fructuosos para las nuevas generaciones, esto en cuanto a la ruta académica. Y es que muchos hogares requerían la mano hasta de los niños para llevar sustento al hogar. De hecho (y esto es algo que Samuel comprobó), durante los siguientes días se podía ver a los hijos con sus padres caminando con leña y carbón al hombro o verlos en la construcción de una nueva casa.

—Es triste —le dijo Mónica—. Sin embargo, aún debemos impulsar a aquellos que todavía desean superarse...

A consecuencia del lastimoso hecho que traía consigo el analfabetismo, Florentina envió una petición a la Secretaría en solicitud de que le autorizaran asociar al resto de los alumnos y crear un solo salón. La respuesta fue inmediata, en donde los administrativos de las oficinas centrales ya venían previniendo aquella contrariedad. Les enviaron un método de trabajo modificado, en lo que sería la unión de los restantes alumnos por las materias que eran diferentes, y continuaron el curso. Con la esperanza de que ningún otro niño se diera de baja...

Por ende, las clases concluían antes del tiempo establecido y Samuel tenía ratos libres en donde podía ir y regresar a su habitación rentada. Y fue en una de esas ocasiones, en que salió un momento de la escuela por unos plumones y llevar a cabo una actividad, que las eventualidades dieron paso a un declive dentro del cuarto de Samuel. Pues al entrar y percibir aquel olor a azufre que le taladró las narices, fue que entendió que algo *malo* rondaba por allí...

12

Por más que buscó y rebuscó en cada rincón de la casa el origen de ese pútrido hedor, Samuel no encontró absolutamente nada. Ninguna coladera destapada ni animales rastreros muertos.

El chico se afanó en ventilar el aire impregnado de las paredes y en encender inciensos con el fin de cambiar el aroma. Pese a ello, las dudas anteriores acerca de lo que sucedía fueron rememoradas por él mismo, intuyendo que las casualidades cada vez dejaban de ser tan casuales.

Samuel no se consideraba un chico asustadizo o un creyente del surrealismo; pero los eventos que acontecieron a partir de ese día –hasta que se fue de Santa Inés del Monte– le dejaron en claro que, si continuaba viviendo en ese sitio, se volvería loco al no acertar, ni siquiera un poco, en *qué* o en *quién* podrían recaer los sucesos inexplicables.

A la hora en que por fin se liberó del apeste que invadió su estancia, Samuel concluyó la limpieza de la vivienda, acomodó sus artículos cotidianos, y se dio un refrescante baño. Pero este fue interrumpido cuando escuchó el inconfundible sonido que hace un lapicero al caer al suelo. El joven cerró las llaves del agua y salió tras secarse, notando que un bolígrafo (el cual no recordaba haber sacado de la mochila al llegar) se encontraba tirado mínimo a tres metros de su dormitorio.

Tras quedarse inerte, Samuel fue a recogerlo y lo colocó junto a la televisión.

El chico se preparó de cenar una hamburguesa (la cual se le antojó desde temprano) y dejó el televisor encendido con la finalidad de sentirse acompañado. En los noticieros hablaban del polémico divorcio de una pareja de conductores luego de varios años; y no es que a Samuel le interesara escuchar los chismes de quién sabe quién, sino más bien que cualquier sonido ahí dentro era lo único que le interesaba. Aunque el ruido que aconteció enseguida no era lo que él esperaba...

El control remoto estrellándose contra el azulejo hizo que Samuel pagara un brinco y que soltara la espátula con la que giraba su cena. El sonido de las pilas rodando, hasta detenerse contra la pared, fue como concluyó aquel estruendo que aceleró el corazón del chico. Por el impacto de al menos un metro de altura, la cubierta trasera del control se quebró en varias partes.

El repentino susto se disipó con rapidez y la inquietud

escaló a un temor más infundado al tratar de analizar las opciones que la lógica le presentaba. ¿Qué motivos tenía el controlador lejos de la mesa donde lo colocó? ¿Acaso estaba temblando?... Samuel levantó la mirada al foco y notó que este permanecía estático. Nada se movía a causa de un movimiento telúrico.

Sintió la boca seca por el susto y no reaccionó hasta que el olor a pan quemado a sus espaldas llamó su atención, alterado por evitar incendiar el departamento. Abrió las puertas para que entrara aire fresco y salió un rato con la intención de despejar la mente. «¿En realidad sucedió *eso*?», se preguntaba una y otra vez.

Samuel regresó al interior de la casa –esta vez con los nervios más controlados– y se sirvió su cena, siempre atento a cualquier eventualidad como la anterior y tomando la decisión de encerrarse en su cuarto para intentar disfrutar de su hamburguesa, ahora más porque *debía* hacerlo que por el antojo que tuvo desde la mañana.

Al salir del dormitorio, Samuel se asomó como lo haría un niño de ocho años y se apresuró a enjuagar los trastos y a lavarse los dientes. Quería volver a la comodidad que ciertamente le infundía su cama y dormir hasta el otro día. Optó por dejar la televisión encendida toda la noche y rezó antes de cubrirse con la sábana.

Poco después, Samuel cayó en un estupor de tranquilidad que lo indujo por los brazos de Morfeo. Se veía «cruzando» una avenida entre una multitud de gente que iba y venía. Los vehículos permanecían detenidos por la luz roja del semáforo y un tumulto en general se «oía» alrededor. En el sueño, el joven llegó al otro extremo de la carretera y recordó muy bien aquellas bonitas macetas que colgaban de una reja afuera de una casona, y digo que *pudo recor-*

darlo bien porque sus ensoñaciones fueron interrumpidas por un centelleante sonido que lo hizo desprenderse del sueño y volver a la realidad.

Aquel eco que se terminó por expandir en toda la casa fue muy parecido al del lapicero anterior. Pero eso no fue lo que hizo que Samuel se incorporara de la cama como un rayo, sino el estruendo de dos golpes en la entrada como si *alguien* llamara con urgencia.

Se levantó enseguida y se asomó a la ventana en un impulso de precaución, y lo que ahí vio le erizó la piel: nada.

Tiró del picaporte con un decisivo movimiento y salió al frente en busca de quién había golpeado *desde el exterior*. Miró por todos lados (incluyendo al techo) y las sospechas de que un ladrón andaba rondando la zona volvieron a perturbarlo. De igual forma, Samuel imaginó a un perro que se había acercado por alguna razón y «creó» el ruido con sus patas... Aunque eso le parecía muy alejado de la sensatez.

Entró de nuevo a la casa cuando reparó en que se encontraba en calzoncillos y se dio cuenta de que el reloj de la pared marcaba las dos y media de la madrugada. El cansancio continuaba latente en su cuerpo y supo que podría quedarse dormido sin problemas por aquí pegara la cabeza a la almohada. Sin embargo, un calor en el estómago lo terminó por despabilar al pisar algo irregular con la suela de su pantufla. Era el mismo lapicero de antes que había puesto junto al televisor. Y ahí fue donde recordó escuchar, previo a los golpes en el portón, un tintineo que pasó por alto durante el «cruce de esa calle» en sus sueños.

13

Luego de tachar un tercer mes viviendo en Santa Inés del Monte, Samuel Linares se entusiasmó al saber que cada vez le quedaba menos tiempo de vivir en la estancia. Se terminó por acostumbrar a la rutina en las prácticas sociales y concluyó su tesis antes de las fechas establecidas, recibiendo el visto bueno de su tutor académico en la universidad. Solo quedando pendiente la firma de Mónica Aguirre, quien, a su vez, le confirmó que no debía preocuparse por nada, pues tendría una excelente puntuación en su hoja de registro.

El chico hablaba por teléfono con sus padres cada tercer día, pero en las últimas semanas lo hacía diario..., incluso más de tres veces en un mismo día. Esto debido al evidente temor que Samuel primero les insinuó a ambos cada que hablaban, solo para que su madre le exigiera que fuera honesto con ella y le dijera qué ocurría.

Al principio, Víctor creyó que su hijo les estaba jugando una broma, pero conforme escuchaba a Samuel confesarles que no podía dormir en las noches por todo lo que sucedía justo al llegar al departamento, este notó que su tono de voz confirmaba que iba en serio cuando les decía que lo estaban *espantando*.

Samuel les aseguraba que a cualquier hora podrían suceder acontecimientos que, si no lo lastimaban, sí que le ponían los pelos de punta, haciendo que se viera en la necesidad de salir al frente hasta que todo «se calmara», pues daba miedo no entender qué sucedía...

Tras regresar a Miahuatlán –uno de los tantos fines de semana en que visitaba a sus padres– el chico les juró que no estaba loco, y ante la problemática que en realidad parecía estar afectando a Samuel, los adultos le ofrecieron dos opciones: o se cambiaba de estancia (a algo no mejor de donde estaba) o aguantaba los restantes días hasta concluir su etapa social y regresar a su hogar, olvidándose de todo.

Samuel meditó la primera alternativa y comprendió que eso era casi improductivo y costoso, ya que el buscar una nueva morada en ese pueblito sería escaso. Aparte de recordar que solo debía estar ahí otras cuatro semanas...

El joven optó por continuar viviendo donde estaba.

El domingo por la tarde, y antes de acompañar a su hijo a la central de camiones para reunirse con Alfonso en Barranca Alta y viajar a Santa Inés, Adriana le dio a su hijo un recipiente con agua bendita y un rosario, el cual le aconsejó colocar en el respaldo de su cama. Pero ante la ironía y la preocupación que demostró Samuel, sus padres se limitaron a despedirse de él, a desearle suerte en la semana y en olvidar el tema.

La noche en que Samuel llegó a Santa Inés, la estancia se *comportó* adecuadamente. El chico arregló su material del día siguiente y preparó la cena con el único objetivo de meterse en la habitación y apurarse en lo que tuviera que hacer antes de dormir.

Y entre que ordenaba sus pertenencias, Samuel se encontró con el rosario que su madre le dio y con el frasco de agua bendita, decidiendo que regaría cada rincón del lugar antes de terminar por ese día. Rocío la estancia, al tiempo que rezaba y se convencía a sí mismo de que eso sería suficiente para «apaciguar» la situación, y concluyó el ritual colocando el rosario en la cabecera de la cama. Fue a ponerse el pijama y a tirarse encima del colchón.

Se durmió al instante.

Al sonar su alarma y percibir que descansó la noche entera sin contratiempos, Samuel sintió un gran alivio que lo motivó a cambiarse y salir al deber. Sabía que posiblemente le estaba dando más atención de lo que merecía a todos los sucesos que venían despertándolo; comprendiendo que se trataban de sus nervios.

Pero las esperanzas que llegó a concebir acerca de que nada más sucedería fueron demolidas cuando iba de vuelta –al finalizar las clases– y se encontró con Ernesto Lobrano. Ambos se saludaron con gusto y caminaron a las habitaciones donde vivían, solo para que Samuel viera dudar un poco a Ernesto en algo que, al parecer, ansiaba decirle. Y cada vez más cerca de las casas, el extranjero cambió su rostro y le preguntó al joven:

–¿Cómo están tus padres, Sam? ¿Acaso han venido a hacerte compañía? Porque quisiera tener el gusto de conocerlos...

Ante la cuestión que Samuel no entendió, este le preguntó a qué se refería con si «habían venido a hacerle compañía sus padres». A lo cual, y también dudoso de lo que estaba por decir, Ernesto respondió:

–Mientras tomaba la ducha, oí con claridad que golpeaban la pared de tu cuarto; como si estuvieran martillando. Imaginé que eras tú, pero al recordar que te saludé temprano antes de irte a la escuela, me pareció improbable.

»Cuando terminé de bañarme me asomé por la ventana y el ruido de los golpes aumentó, porque aparte escuché que removían trastes y que jalaban sillas..., así que intuí que se trataba de algún familiar o colega tuyo que ya estuviera viviendo contigo.

Ernesto dejó de hablar cuando la respuesta por parte de Samuel fue ponerse pálido a lo que decía, apresurando el paso por delante de él al comprender que *nadie* tenía porqué estar adentro. Y ya que lo pensaba también, la idea de que hubiesen entrado a robarle fue secuenciada por el extranjero, aunque al momento no intuyó eso...

Al llegar y abrir la puerta con una angustia que le era imposible definir si provenía del hecho de haber sido robado, o que las extrañas eventualidades continuaban sucediendo sin importar el haber bendecido la estancia, Samuel Linares se quedó boquiabierto apenas distinguió que todo en el interior se encontraba revuelto.

Los trastos esparcidos por el fregadero, las sillas al otro extremo de la cocina, y lo que parecía ser el grifo del lavamanos abierto fueron la razón del porqué Samuel ni siquiera vio que Ernesto entró y fue directo a la habitación en busca del responsable.

–¡Salga quienquiera que sea! –exclamó con los puños listos para enfrentar al ladrón.

El grito de Ernesto hizo que Samuel corriera enseguida y fuera a buscar su laptop y sus pertenencias, sintiendo un halo de esperanza al ver que sus objetos de valor seguían allí. Eso y varias prendas de ropa regadas por el suelo y la televisión encendida.

–Nadie... Nadie se ha metido a robar. –La voz de Samuel se escuchó más que nerviosa–. Algo raro sucede en este lugar. Creo que *alguien* no me quiere aquí.

14

Seguido a ver que su dormitorio había sido alborotado a causa de algo que no tenía explicación, Samuel aceptó la propuesta de Ernesto acerca de que esa noche la pasaría con él. A lo cual, y dominado por una ansiedad imposible de fundamentar, el joven aceptó pese al agobio que siempre lo mortificó: interrumpir la estancia de su vecino.

Samuel habló con sus padres esa tarde, y esta vez no solo las palabras actuaron como testificación ante lo que les decía, sino que les envió fotografías del desorden y entendieron que él sería incapaz de hacer algo por el estilo. Ante eso, sus padres mostraron más interés en lo que su hijo venía diciéndoles de tiempo atrás. Pero distanciados por varios kilómetros y con la obligación de que los tres debían trabajar en la semana, los adultos hablaron seriamente con su hijo y le pidieron que se armara de valor hasta que regresara de nuevo a Miahuatlán... El chico estuvo de acuerdo con ellos –sin quererlo– y se disculpó por comportarse de esa manera, sobre todo cuando los años cada vez lo volvían un adulto.

Luego de comunicarse con el dueño de las viviendas, Alfonso llegó y prestó atención a lo que ambos inquilinos le decían acerca de los eventos de escuchar a «personas yendo y viniendo» en la casa y del caos encontrado. Samuel agradeció la oportuna decisión que Alfonso le ofreció respecto a cambiarse a la habitación contigua –la cual permanecía vacía– y le dijo que el precio se mantendría igual; con el único inconveniente de tener que esperar hasta la próxima quincena, pues dicha habitación no se encontraba terminada y no contaba con los servicios básicos.

—Para mí que los *chaneques* te están molestando...

Samuel miró de reojo a Alfonso y lo cuestionó. Todo apuntaba a que él también empezaba a hilar dicha hipótesis.

—Hay una técnica que los pobladores de los alrededores utilizan en estos casos –continuó Alfonso–. Yo la usé cuando recién llegué a Santa Inés porque los *niños* no me recibieron con total agrado y tuve que hacer frente a los acosos.

−¿De qué se trata? −preguntó Samuel.

−Simplemente es colocar capas de talco en el suelo y esperar... Eso, o poner cámaras por toda la casa. Pero antes de que nos hagamos cargo de lo que digo, vengan, recojamos este alboroto.

Con ayuda de Alfonso y de Ernesto, Samuel limpió el desastre que había por todos lados. Tiraron a la basura los trastos que ya no servían por estar rotos y el joven acomodó su ropa nuevamente. Terminado el ajetreo, los tres fueron a conseguir una botella de talco a la casa de Alfonso, pues cada vez estaban más convencidos de que sí era lo que intuían...

Tras su regreso, y enseguida el dueño de la construcción encendió la luz a causa de la oscuridad que ya empezaba a surgir, los tres se dieron cuenta de que no solo la bombilla del comedor no prendía, sino que la luz en toda la casa parecía estar dañada. Alfonso fue directo a la caja eléctrica y dijo que se trataba de un fusible quemado.

−¡Yo tengo uno de repuesto! −exclamó Samuel y fue en busca de las herramientas que su padre le dejó.

Alfonso volvió a subir al banco y se dedicó a hacer el cambio de fusible, cuando, súbitamente, un estallido secuenciado por el incomparable olor a quemado hizo que el hombre se alejara del medidor, asustando a Samuel y a Ernesto.

−¡Maldición! −gritó Alfonso−. Al parecer hice cortocircuito, pero... ¿por qué? No tendría por qué...

Los reunidos se quedaron largo rato en silencio y oscuridad, pensando exactamente lo mismo: ¿acaso esto podría ser peor?

—No te preocupes, Sam —le dijo Alfonso—. Mañana antes de que regreses de la escuela tendrás todo resuelto. Traeré a un albañil y él arreglará lo que sea pertinente... ¿Te quedarás con Ernesto esta noche?

Con una mueca de inconformidad por la secuencia de eventos desafortunados que vivía, Samuel se limitó a asentir.

—Bien, toca llevar a cabo la técnica que les he dicho...

Cuando el suelo de la vivienda quedó espolvoreado, Alfonso les comentó que dicho método —si alcanzaba el resultado esperado— debía ser tomado con calma, ya que así se estaría confirmando el hecho de que los chaneques en verdad habían estado «jugando» con Samuel.

Después de esto, el joven pasante se integró al inmueble de su vecino —quien parecía vivir de manera austera y con lo esencial— y Ernesto le señaló el único sillón que tenía en la sala. Le dijo que allí podría quedarse el tiempo que fuera necesario, así como invitarle cualquier refrigerio que este quisiera de la cocina. Sin embargo, Samuel no tenía intenciones de acostumbrarse a lo que le ofrecía, ya que lo que menos quería era estorbar la rutina que Ernesto llevaba.

A eso de las once de la noche, y tras haber compartido cena, Samuel se acostó en el incómodo sillón y se dedicó a dos cosas: a descansar del tormento emocional que le causó lo sucedido (no podía concebir que los adultos hablaran de chaneques con total normalidad), y en cómo superar el hecho de permanecer los últimos días ahí.

Por otra parte, Samuel se sintió pleno al recordar que solo debía estar en ese pueblo por un lapso de quince días antes de despedirse y no regresar jamás. Pero al mismo tiempo, aquel periodo se le antojaba eterno y conflictivo en comparación con la fluctuación de los eventos inexplicables.

El estrés causado en las últimas horas hizo que Samuel se durmiera de inmediato en el sillón-cama. Pero pudieron haber sido las cuatro de la mañana, en que todo se encontraba en completa calma, que el sonido de varios pasos corriendo por la grava del exterior se escuchó, haciendo que el joven se incorporara por el ruido. Samuel se quedó mirando a la ventana con aire adormecido y bostezó sin saber en realidad qué sucedía, pues únicamente se despertó al escuchar *algo*.

Regresó la cabeza a la almohada con el deseo de dormir, pero una serie de pisadas –y lo que parecían ser unas risitas– hicieron que Samuel se levantara de un brinco en dirección a las cortinas y se asomara. No obstante, el alcance del cristal no le permitió ver a los alrededores, esto debido a que las pisadas venían del otro lado de la pared, justamente desde su departamento...

El chico sintió un frío en el estómago que le espantó el sueño y se vio tentado en despertar a Ernesto para que ambos fueran testigos de los *pasos* y *risitas* que parecían ir y venir, no solo por la cocina y la habitación de Samuel, sino por los lavaderos y parte de la calle principal.

Y así como el *cuchicheo* apareció de repente, los pasos y el sonido de la grava siendo esparcida por un pie dejaron de escucharse también, haciendo que Samuel se sentara en el sillón en espera de que los ecos se volvieran a percibir. Pero el viento y las láminas de una casa golpeando entre ellas fue lo único que rompió el penetrante mutismo, poniendo en duda al joven en salir a ver de quién se trataba o resguardarse en la comodidad de las sábanas.

Y posterior a tanto esperar a que «algo» cruzara por la ventana o que los murmullos se escucharan desde algún punto, Samuel entendió que no había razón para salir, puesto que nada más sucedió en los próximos cincuenta minutos, tiempo en que el joven volvió a conciliar el sueño y no despertó hasta que la alarma sonó.

El primer pensamiento que tuvo al abrir los ojos fue el de acudir a su dormitorio y corroborar que todo se hallara bien, aun cuando el temor de encontrarse con algo que fundiera sus esperanzas estuviera latente.

15

Al abrir la puerta (y mientras se asomaba del borde de la misma por miedo a encararse con algo que no quería), Samuel no pudo evitarlo y soltó una risa nerviosa que lo dejó en conmoción al notar, con ayuda de la resolana que aparecía por las ventanas, que el polvo esparcido por el suelo se encontraba manipulado con toda la «intención». Parecía que una *huella* había prácticamente arrasado gran parte del talco y que las yemas de unos dedos hubiesen «dibujado» sobre el mismo...

–¡Son los *chaneques*! –exclamó por fin Ernesto al pasar de largo al joven que se había quedado en la entrada–. Por un motivo que no puedo entender, *ellos* no te quieren aquí...

Dicho eso, el hombre pasó a la habitación del joven y asintió con una mueca de seguridad al ver que los artículos de valor se veían en su sitio. Y tal vez aquella silla en medio del cuarto solo se movió a mitad de la noche, pues entorpecía el paso hacia el closet.

–Escucha, Sam –le dijo el extranjero al todavía aturdido

muchacho–. Sé que te quedan pocos días para que termines tu período profesional, y estoy dispuesto a cederte el sillón de mi casa por el resto de tu estancia... No me lo vas a creer, pero estos *canijos* pueden molestarte al grado de «volverte loco». ¿Qué te parece mi oferta?

Samuel se recargó en la alacena y se quedó unos segundos analizando el caso. Se cruzó de brazos y suspiró, sin dejar de ver aquel montículo de polvo blanco que tenía *marcas*. Meditó la propuesta y asintió.

–Te lo agradecería mucho. En cuanto al pago de la renta, te daré el mes completo.

–No te preocupes por eso, lo importante es que no estés viviendo este tipo de hostigamiento. –El sujeto miró el reloj que Samuel tenía colgado del refrigerador y le dijo–: Anda, pues, me parece que debes ir al trabajo...

Cuando Mónica Aguirre vio las ojeras y el penoso semblante del pasante, esta se acercó a él y le preguntó cómo iba todo en su vida, pues intuyó que tenía problemas que le quitaban el sueño. Pero al escuchar los sucesos que Samuel le contaba, sumados a la evidencia fotográfica que les envió a sus padres, la mujer sonrió con pillería y le confirmó lo que cada vez se volvía un hecho: se trataba de los chaneques, los cuales parecían estarlo «molestando».

Parte de la jornada matutina transcurrió sin sucesos relevantes. Los pocos niños que habían superado los tres meses del curso llevaron a cabo actividades recreativas en las canchas municipales que se encontraban al costado de la escuelita. Así como haber transcurrido la asignatura de caligrafía y de español, notando el progreso de los chiquillos al mejorar su lectura y dicción.

Al cabo de que el alumnado se hubiese retirado a eso de la una de la tarde, Samuel permaneció frente al computador creando unas gráficas en Excel, cuando Mónica entró al salón y lo invitó a que la acompañara a la tienda, pues quería *mostrarle* algo.

Y con la espalda ciertamente adolorida por la posición de ya varios minutos sentado y los ojos irritados por estar frente a la computadora, el joven auxiliar cerró la laptop y salió detrás de Mónica, dispuesto a acompañarla fuera de la escuela.

El cielo se veía por completo despejado y el flujo de habitantes parecía estar calmado. Los dos cruzaron la senda hasta la casa de enfrente (la cual vendía dulces y productos del hogar) y se hicieron de bebidas y botanas para sobrellevar el resto del día.

A continuación, Samuel volvió a las bancas de la escuela a sentarse y descansar un rato, pero Mónica lo golpeó levemente con el codo y movió la cabeza en sentido a la parte norte del poblado.

–Caminemos un rato –Mónica abrió su refresco y le entregó al joven unos chocolates y algunas paletas–. Florentina se quedará en su escritorio por si alguien llega. Ya le he dicho que nos cubra unos minutos... No te comas los dulces. No son *tuyos*.

Extrañado, y de acuerdo en pasear para despejar la cabeza, Samuel se mantuvo al costado de su compañera y tutora, a la vez que ella le platicaba de las buenas notas de Julián y del desempeño de la pequeña Arumi, asegurándole que tenía potencial para llegar a la secundaria y promover su talento, el cual consistía en dibujar.

Entre charlar y compartir botana, Samuel se dio cuenta de que estaban llegando a la curva que llevaba a las afueras de Santa Inés, así como de que el puente y el flujo del agua se percibía conforme se aproximaban.

–Bien, creo que es mejor volver. ¿Te parece si...?

–Ven –Mónica lo interrumpió, al tiempo que se acercaba al barandal–. Puede que lo que te vaya a decir no tenga sentido para ti... o puede que sí, dependiendo de tus creencias. Pero lo que has estado viviendo es algo que ocurre muy seguido por acá. Con frecuencia escucharás a gente decir que los chaneques están en sus casas y que les hacen travesuras. Algunos casos son discretos y pasajeros, pero hay otros, como tu condición, en que no te *dejarán* tan fácil por el hecho de que solamente hay especulaciones como respuestas...

–No sé si se trata de «chaneques» o de «fantasmas» –respondió Samuel–. En realidad, no me interesa el *quién*, sino solo el poder vivir ahí el resto de mi estancia sin tener que preocuparme de que me tiren las cosas o no me permitan dormir. Todo esto ha dado un giro tan angustioso que nunca imaginé experimentar en...

–¡Dejen en paz a Samuel!

El grito de Mónica sorprendió al joven pasante que incluso estuvo a punto de reír por lo que la mujer voceaba hacia la nada, imaginando que era una broma. No obstante, las expresiones de la profesora mostraban seriedad y cierta seguridad en su tono.

–¡Él no quiere hacerles daño! ¡Él está aquí porque debe trabajar!... ¡Déjenlo en paz!

Secuencial a los gritos que la mujer lanzaba al río y los matorrales, ambos caminantes se giraron al unísono cuando una piedra rodó a escasos metros de Samuel. Para después ser una segunda que lograron ver que provenía de entre la maleza.

–¡Samuel quiere ser su amigo! –continuó gritando Mónica–. ¡Él compró unos caramelos para que vean que es amigable!... Los dulces.

Al escuchar esto último, Samuel extrajo las golosinas de su pantalón y se les quedó viendo sin comprender qué debía hacer. Pero al notar que Mónica arqueaba las cejas en señal de colocarlos en el suelo, el chico se inclinó y simplemente los arrinconó a la orilla del puente.

—¡Déjenlo ya! ¡Dentro de poco él estará regresando a su casa, denle tiempo!

Asombrando por lo que veía, hacía y escuchaba, Samuel se limitó a seguir a su compañera, quien ya retomaba el paso de regreso a la escuela.

—¿De verdad crees que esto funcionará? —preguntó Samuel—. Puedo ver que tú igual sospechas de los chaneques como muchos lo hacen.

—Los residentes de zonas alejadas y de terrenos baldíos te hablarán de ellos. Ya lo has visto; de cierta manera, nos *respondieron* lanzando esas piedritas cuando les grité que te dejaran en paz.

—¿Y por qué me acosan? —Las dudas de Samuel no paraban—. No les he hecho nada; es más, nunca imaginé que podría tratarse de *duendecitos*.

—Algunos tienen la fiel creencia de que en realidad son almas en pena de niños que rondan por doquier, entre que otros hablan de que simplemente son «guardianes» de la naturaleza. En cuanto a *por qué* a ti... supongo que ellos tendrán sus razones.

»En ocasiones serán personas adultas las que te hablarán de los chaneques, pero en la región hay muchos niños que no solo dicen verlos, sino que también *juegan* con ellos en los campos. No te preocupes, con la «ofrenda» de dulces que les acabas de obsequiar, estoy segura de que te dejarán tranquilo...

Los pensamientos de Samuel no tenían cabida ante lo que escuchaba. Sin embargo, recordó a Lupita y a Casandra cuando estas le dijeron que «*no jugara con los* niños *de su casa*», pues eran muy *groseros*.

El joven no sabía si ahora sentirse asombrado por comprobar, en carne propia, los testimonios de chaneques que muy seguido se escuchan por México, o en experimentar aún más temor ante lo inexplicable del asunto. Él había creído que se trataba de una leyenda y nada más...

16

Los nervios de Samuel Linares continuaron igual de turbados como en las últimas horas, haciendo que el joven mantuviera la decisión de que esa noche dormiría en el sillón-cama de Ernesto.

A su vez, Samuel se sintió apenado al pedirle a su vecino que lo esperara cerca de él al tiempo que guardaba más ropa y regresaban juntos... Tenía la certeza de que si él iba solo, un lapicero se caería de la nada, que la televisión se encendería sin explicación, o que cualquier movimiento inesperado ocurriría durante su paso ahí adentro.

Aquella noche, el joven pasante dedicó unas oraciones al cielo en favor de que nada más sucediera dentro de su cuarto. A esas alturas, el chico no sabía en qué creer o qué hacer. Parecía todo tan irreal y, al mismo tiempo, tan auténtico que la lógica no le marchaba como debía.

Esa noche durmió de corrido hasta el otro día, sintiendo que había recuperado el descanso de los sueños interrumpidos.

Mientras el día trascurría y Samuel se entretuvo con los niños del Centro Comunitario, pensó que esa noche podía regresar a su espacio y confiar en que la «técnica» de Mónica funcionaría. Este pensamiento fue secuenciado al recordar que la madrugada anterior estuvo *tranquila*, aparte de no querer incomodar más a Ernesto, quien no parecía mostrar indicios de molestia, pero sí que había modificado su estilo de vida al tener un acompañante inesperado.

Se armó de valor y al salir de su horario fue directo a su alojamiento en busca de unos apuntes que necesitaba, así como ver hasta qué punto podría estar en el interior sin que algo insólito le ocurriera.

Todo se hallaba en su lugar. La televisión estaba apagada y sus camisas de vestir se veían tan pulcras que parecía que ni el aire las había tocado. El servicio de luz fue restablecido, como el dueño le aseguró, y esperó a que los fusibles se mantuvieran intactos por el resto de su estancia.

Samuel recorrió cada habitación –preocupado ante lo que pudiera encontrarse– y se sintió muy agradecido cuando vio sus pertenencias en orden y que solo un ligero aroma a talco se había impregnado en el entorno. El joven abrió las ventanas y puertas a fin de que se ventilara el interior y reprodujo música en lo que se preparaba de comer, olvidando que muy temprano pensó que regresaría con Ernesto por el temor a estar solo.

Al poco rato, aparecieron Ernesto y Alfonso que iban hacia las viviendas, y ambos se acercaron a Samuel para asegurarse de que el joven estuviera bien.

–¡Bienvenidos! –exclamó Samuel, destapando un recipiente con verduras hervidas–. Estoy por comer. ¿Les apetece un plato de sopa?

–Gracias, Sam –respondió Alfonso–, pero justamente

Ernesto y yo venimos de almorzar unas memelas con doña Clemencia... ¿Cómo estuvo tu día? Vemos que estás mucho más tranquilo que ayer. Ya tienes luz eléctrica.

Samuel le agradeció la prontitud de resolver el inconveniente y se adelantó a lo que ambos estaban por referirse, ya que no quería tocar el *tema* que tanto lo aquejaba.

–Estoy bien... –Samuel se sentó con un plato de fideos y unas quesadillas de choriqueso–. De hecho, creo que hoy dormiré aquí, Ernesto. Lo que menos quiero es molestarte.

–¿Estás seguro? –preguntó el extranjero–. No tengo problema alguno con que estés ahí...

–Gracias a los dos, agradezco en serio su apoyo. Pero son pocos los días restantes y sé que puedo superarlo.

–De todas maneras, no dudes en llamarme si necesitas algo.

Samuel se alegró en demasía al pasar los siguientes días de haber ido con Mónica al puente y volver a experimentar la paz que le causó el departamento antes de todo lo anterior. Dormía las noches sin levantarse una sola vez (salvo para ir al baño) y pudo jugar videojuegos con total calma sin esperar los extraños ruidos y las «travesuras» de antes.

Con cada día que pasaba, el chico se acercaba al calendario colgado del refrigerador y le complacía marcar un cuadro menos en el papel.

Por otro lado, su desempeño profesional tenía satisfecha a Mónica y a Florentina; pero sobre todo, a los niños del Centro Comunitario, quienes todas las mañanas lo esperaban con la misma emoción de siempre. Ante esto, a Samuel le pareció triste el tener que alejarse de ellos y dejar la suerte académica de esos chiquillos a la deriva... La forma en que simplemente abandonaban la escuela era algo tan normalizado en ese pueblo que a nadie parecía importarle.

Luego de estar próximo a concluir sus cuatro meses que por convenio debía cumplir (alegrándose de no permanecer el semestre completo), Samuel percibió un sentimiento de nostalgia al saber que una etapa muy esperada en su vida estaba por concluir. Recordó a Alfonso y a Ernesto al darle la confianza que le brindaron desde que llegó, así como las tardes en que se reunían a jugar baraja y cenaban viendo películas.

A pesar de ello, el joven ansiaba regresar a Miahuatlán y recuperar su estilo de vida anterior. Anhelaba salir al campo laboral de una vez por todas y tener la disponibilidad de ir a centros comerciales y recreativos con sus amigos.

Quería olvidarse de lo que vivió allí...

Faltaban exactamente cuatro días para que Víctor y Adriana alcanzaran a Samuel en Santa Inés y así ayudarlo a cargar sus pertenencias en la camioneta. Venían hablando de reunirse desde semanas antes y de lo que harían en festejo por haber finalizado su pasantía. Los últimos días a la espera de sus padres, Samuel dejó de tomarle importancia a los chaneques y disfrutó de la soledad que una habitación como aquella le ofrecía, al tiempo que agradecía que unos dulces hubiesen sido suficientes para calmar la tensión.

Dos noches antes de ver a sus padres, Samuel se recostó en el suelo y se dedicó a hacer ejercicios (como abdominales y flexiones), mientras veía unos videos en Internet sobre rutinas respecto a cómo marcar el abdomen. Y fue en ese momento cuando el tintineo de una llave contra el azulejo hizo que el joven se incorporara y saliera de su cuarto, no sin antes notar una sensación tibia en el estómago que lo previno de inmediato...

Por debajo de las sillas alrededor del comedor, Samuel recogió en efecto lo que era la llave de repuesto, la cual se suponía debía estar guardada en la cesta encima de la alacena. Tragó saliva y empezó a palpar un sudor en las manos a causa del temor y la incertidumbre con cada pensamiento que intentaba idear. Las posibilidades de cómo una llave –la cual nunca usó– se podría caer inexplicablemente le parecían limitadas.

El joven respiró una bocanada de aire y pensó en mantener la puerta de enfrente abierta, sintiendo la seguridad de ver una ruta de escape en caso de que algo *raro* sucediera. Pero cuando Samuel advirtió la temperatura tan baja que se percibía afuera, este la volvió a cerrar, no sin antes intuir llovizna muy pronto y cielos nublados. Prefirió controlar sus temores a pescar un resfriado.

El episodio anterior de la llave produciendo aquel sonido cuando cayó –aparentemente sin explicación viable– impulsó a Samuel a dejar su rutina de ejercicios incompleta y buscar algo fugaz para cenar. Su propósito era encerrarse en la habitación y no salir hasta el otro día.

Encendió la televisión a volumen moderado (eso lo ayudaba a sentirse «acompañado») y se apresuró a concluir el día y luchar por no atraer los pensamientos de antes, pues conocía el poder de estos e imaginaba que podrían ser lo bastante poderosos como para causar otro «movimiento» que no quería.

17

Durante el penúltimo día en que Samuel permaneció en el dormitorio, el ambiente se mantuvo ideal para descansar y presentarse a la que sería su última clase como asistente de educación en el Centro Comunitario de Santa Inés del Monte.

Los chiquillos de la escuela, junto a Mónica y Florentina, lo recibieron con adornos pegados en la pared –los cuales decían «*Felicidades, licenciado Samuel Linares*» y «*Éxito en tus metas*»– y con mucho confeti que le arrojaron una vez entró al salón.

El joven pasante se alegró tanto que olvidó el incidente de la llave tintineando en su departamento la noche anterior, haciendo que disfrutara de la despedida que le realizaron ante su término como auxiliar.

La encargada del fondo educativo –Florentina– recibió una tarta de frambuesas por parte de una mujer que parecía cocinar en la zona, así como algunas gelatinas en vaso y al menos cuatro litros de refresco en lo que aseguró, era en cortesía al buen desempeño que el joven llevó a cabo por los cuatro meses.

Samuel se tomó unos minutos y ofreció unas palabras a Mónica y a Florentina en demostración de agradecimiento y respeto al dedicar sus vidas a la enseñanza, diciéndoles que había sido un placer el contribuir algo en aquel medio formativo.

Por su parte, Alfonso y Ernesto también dedicaron una reunión a la despedida del joven, pues, aunque sabían que partiría de Santa Inés al día siguiente, comprendían que la jornada sería dedicada exclusivamente a la carga de muebles y a otras faenas que ameritaban su atención. Los tres sujetos compraron de cenar hamburguesas al carbón y unas cervezas en el único depósito que existía en el pueblo, brindando por lo que fue una amistad entre ellos y por los triunfos que el futuro le tenía reservado a Samuel.

El festejo se extendió hasta medianoche en donde ninguno de los hombres pareció darse cuenta, pero al tomar la palabra y decir que muy temprano se reuniría con un ingeniero de la parte sur de El Carmen, Alfonso decidió despedirse de sus inquilinos y le dijo a Samuel que estaría de vuelta para saludar a sus padres.

Ernesto y Samuel decidieron beber el resto de las cervezas y charlar por un rato más en lo que sería la última reunión como muchas otras.

Y a eso de los quince minutos de haberse retirado Alfonso, la atención de ambos individuos que permanecían hablando fue interrumpida cuando un ruido, proveniente del baño de Samuel, hizo que se giraran y se asomaran por la ventana en una demostración de que los dos escucharon lo mismo. Fue como si un objeto de plástico hubiese golpeado contra la cerámica del retrete.

Samuel entró y se quedó un buen rato mirando alrededor de la casa, entre la alacena, la mesa del centro y al fondo de su habitación que permanecía a oscuras. Por detrás de él, Ernesto aguardó a que el joven actuara y así seguirlo.

Y justo en que un segundo ruido se escuchó de nuevo, el par decidió ir a ver qué sucedía.

La primera reacción del chico fue empujar la puerta del baño con el pie al intuir que en realidad podría tratarse de una rata o de cucarachas; no obstante, y al ver que nada en el interior producía los ruidos, ambos repararon en que los «responsables» de lo anterior habían sido unos frascos de aromatizantes y desodorantes que se cayeron. Sobre la repisa que estaba encima de la taza del baño, otros artículos se veían también fuera de sitio.

Ernesto sospechó lo que podría estar sucediendo, pero al ver el rostro asustado del joven decidió guardárselo para sí mismo y limitarse a cambiar de tema, así como llevar al joven nuevamente afuera y entretenerlo preguntándole cómo tenía planeado festejar con sus padres el logro de haber concluido su pasantía. Pero al contrario de eso, Samuel parecía ausente a lo que le decían, y tenía toda la pinta de que un nerviosismo se acrecentaba en su interior.

–Puedes quedarte esta última noche en mi casa, si quieres...

La gruesa voz de Ernesto despistó a Samuel, quien ahora veía a su alrededor con cierto aire de preocupación. El chico demostraba que la ansiedad poco a poco lo consumía.

–No, gracias –respondió Samuel–. Sé que puedo contra esto y si pude aguantar la situación por más de dos meses, una noche más no hará la diferencia.

Ernesto asintió a lo que escuchaba (en parte porque comprendía y respetaba el valor del joven) y le dio un profundo trago a su lata de cerveza, no sin antes cambiar la charla y hablar de cualquier cosa que ayudara a Samuel a controlar los nervios.

Así transcurrieron los minutos hasta que Ernesto bostezó tanto que optó por levantarse del banco y despedirse del joven, diciéndole que no dudara en llamarlo si era necesario. Samuel también se incorporó del asiento y se metió a su estancia con la intención de lavarse los dientes y no salir hasta el otro día.

Esa noche, Samuel hizo algo que nunca antes hizo por más que el insomnio le hubiese arrebatado el sueño en su vida: ingerir somníferos con el objetivo de que estos lo «golpearan», imaginando que le ayudarían a no despertarse ni aunque estuviera temblando.

Encendió la televisión en uno de los tantos canales de comerciales y moduló el volumen al grado de lograr conciliar el sueño. Se persignó, se acomodó debajo de las cobijas y se giró frente a la pared en un intento por dormir. No quería nada más que eso.

18

Samuel se quedó dormido, pero no por mucho tiempo, pues un fuerte estallido en la cocina hizo que el joven se levantara de un salto por la sorpresa y fuera a sentir una gran punzada en la cabeza del repentino despertar. Todo le daba vueltas en medio de la oscuridad y pudo sentir una fuerte opresión en el pecho que le dificultó el respirar...

En la cocina, otro golpeteo imperceptible se escuchó, haciendo que Samuel recuperara enseguida el control de sus pensamientos y movimientos. El joven recordó de inmediato la pastilla y supo que en realidad no había hecho ningún efecto cuando vio que solo pasó una hora desde que se acostó, sintiéndose timado al creer que lo *tumbaría* toda la noche.

De momento, el arrastre de una silla en el comedor hizo que Samuel empezara a respirar con agitación tan pronto comprendió de qué iban los sonidos, solo que esta vez se encontraba en medio del conflicto y no tenía la audacia de salir a ver qué sucedía...

Samuel se quedó un rato sentado en la orilla de la cama ideando un sinfín de posibilidades a actuar, tomando la decisión de esperar otro rato más hasta que los ruidos cesaran por completo. Por su mente, le apareció la idea de salir en busca de Ernesto.

Pasaron los minutos y no se escuchó nada más, haciendo que Samuel se vistiera y se pusiera los tenis, ya que entre sus anhelos se encontraba la prioridad de salir no solo de su habitación, sino de la casa.

El miedo que empezó a dominar al joven fue suficiente como para tenerlo petrificado sin saber cómo actuar. El simple hecho de imaginar que debía levantarse y cruzar la cocina hasta la entrada le pareció eterno, especialmente si intuía que «alguien» estaba afuera. Al mismo tiempo le era imposible creer que algo así le estuviera sucediendo a *él*.

Cuando por fin los ruidos cesaron y se cumplieron los primeros treinta minutos –con la mirada perdida y el temor latente– Samuel se acercó a la perilla y giró de esta lentamente. Al asomarse e intentar ver en la oscuridad de la noche, el joven reparó en que las sillas habían sido alteradas y que algunos productos de la cocina estaban regados por el suelo, creando en él un pánico que lo dejó pasmado.

El chico hizo reaccionar a sus paralizadas extremidades y sacó el brazo para encender la luz, dirigiéndose a la entrada viendo que todo estaba revuelto en el comedor.

Pero antes de que Samuel diera un paso al exterior de la casa, este se detuvo, no por algún ruido externo a él o porque otro artefacto se hubiera estrellado, sino más bien por la problemática particular que tendría al salir antes de enfrentar sus miedos. Fue como si la madurez lo tirara y lo obligara a afrontar lo sucedido.

Samuel se giró y optó por encender la luz de la cocina y esperó en la entrada a tomar un poco de aire tras el enérgico despertar. Miró el reloj de la pared y vio que eran casi las cuatro de la mañana; pero también logró ver algo por el rabillo del ojo que lo dejó inmóvil, aguardando unos segundos en confirmar si en realidad se trataba de una apreciación alterada por el sueño o algo físico...

Sin tomarle mucha importancia a lo anterior, Samuel se

acercó a las llaves de la estufa al percibir el tenue olor a gas extraviado y fue a comprobar que solo era su cerebro que lo traicionaba. Suspiró por quinta vez en ese rato y se recargó en la estufeta.

De repente, una helada sensación le recorrió la espalda y el vientre al ver (con una claridad que le convenció lo necesario para saber que eso ocurría en realidad y que no era un sueño) cómo una *cabeza* se asomaba desde la parte interior del baño. Samuel dejó escapar un gemido de terror al ver que la sombra del borde regresaba por detrás del cancel y que esta se meneaba por lo que evidentemente era a causa de un movimiento tangible.

Y por un arranque que fue considerado como una inyección de adrenalina al ver que una «persona» se asomaba cuando se supone que vivía solo, Samuel saltó directo al baño y pateó la lámina, viendo que la puerta se azotaba contra la pared en una clara demostración de que allí «no había nada ni nadie».

Pero Samuel, con las energías alteradas y la respiración elevándose al grado de provocarle mareo, sabía con certeza que segundos antes –por no decir *milisegundos* antes– observó el claro rostro y la forma ovalada de una cabeza que parecía verlo desde el baño.

El joven comenzó a rezar todas las oraciones que se sabía y se giró con la única necesidad de salir al frente e ir en busca de Ernesto. Sin embargo, y a escasos centímetros de llegar a la entrada principal, Samuel soltó un grito desde lo más profundo de sus entrañas al ver que esa puerta también se azotó como si una ráfaga de aire la hubiese lanzado contra el marco...

Samuel emitió un par de alaridos extras antes de meterse al cuarto y buscar desesperadamente su celular para llamarle a Ernesto, pidiéndole que le hiciera el grandísimo favor de ir por él. Las manos del chico temblaban tanto que él mismo decidió respirar con vehemencia y controlar sus nervios que parecían estar llegando a límites nunca antes imaginados.

Por más que Samuel intentaba comunicarse con Ernesto mediante una secuencia de llamadas que no parecían estar cruzando la línea, el joven empezó a gritarle desde la ventana de su habitación. Al poco rato, una cerradura abriéndose al costado hizo que el joven entendiera que su vecino salía de su estancia y que caminaba hacia él. Esto lo comprobó al escuchar cómo el sujeto lo buscaba desde exterior y que se asomaba por la ventana buscando a quien lo despertó a gritos.

El joven salió de su habitación con un par de zancadas (las cuales en otra ocasión no hubiese pensado que podría dar) y abrió al frente de un tirón.

Lo que Ernesto vio fue al joven con el rostro completamente pálido y la boca tan seca que el chico parecía haberse comido un dulce espolvoreado.

–Samuel, ¿qué sucede? Escuché unos gritos y creí que algo te pasaba...

–¡*Ahí*!

Solo eso fue capaz de emitir Samuel, señalándole al fondo de la vivienda e incitando a Ernesto a que entrara y fuera directo al baño. Durante el tiempo en que cruzó los escasos metros de la entrada al sanitario, Ernesto imaginó que podría tratarse de un ejemplar de esas enormes arañas que a veces se meten por las ventanas o algo similar. Pero al empujar el cancel y asomarse con sutileza, este se quedó un buen rato revisando cada rincón.

–Había *alguien* ahí –musitó Samuel–. Un ruido me despertó y cuando salí a ver de qué iba el asunto vi con mucha claridad que una sombra se asomaba y que regresaba... Fueron escasos segundos en que todo pasó. Estoy seguro, Ernesto. No gano nada con mentirte.

El extranjero guardó silencio y recorrió el interior con la mirada, notando que ciertos productos estaban regados en el suelo.

–Bueno, ya has visto que no hay nadie. Toma tus cosas más importantes y salgamos de aquí...

19

Como era de esperarse, el resto de la noche Samuel y Ernesto no conciliaron el sueño hasta cerca del amanecer, tiempo en que los dos charlaron y el chico confirmó una y otra vez los detalles de lo sucedido antes de que gritara. Tal era la aparición de una silueta que se asomó por el baño (descartando el hecho de ser una *visión* por el cancel meneándose), y de cómo el madero frontal también se estrelló con una fuerza proveniente de la «nada».

De igual forma, Samuel le explicó a Ernesto que los ruidos que lo despertaron fueron a causa de los objetos que vio en el suelo y de las sillas siendo arrastradas, aun cuando un somnífero se supone que debía sedarlo...

A eso de las cinco de la mañana, los dos decidieron que sería bueno dormir un rato antes de que Samuel se preparara para ir a firmar los últimos documentos a la escuela. Y aunque su estancia en el poblado no terminaba como al joven le hubiese gustado, este se lanzó al sillón-cama y se durmió el tiempo restante hasta que la alarma sonara.

La tutora Mónica y la administradora Florentina le dedicaron unas palabras de despedida al joven pasante, asegurándole que sería recordado en la escuela como un profesional intelectual y lleno de liderazgo. Pero también como aquel chico que en su entrega de calificaciones de servicio social se presentó con una cara en verdad preocupante y tan desaliñado que parecía no tener cordura. Aparte de que el chico les confesó lo que la noche anterior aconteció, demostrando en su rostro y manera de hablar que no mentía.

Días después, el rumor de lo sucedido se extendió por el pueblo al ser varios los que dijeron escuchar los gritos de Samuel en plena madrugada. Y todos le atribuyeron a que el joven había sido acosado por lo que ellos denominaban *chaneques*.

Con sonrisas que parecieron forzadas, Samuel posó para las fotos del anuario y se despidió de los pequeños chiquillos antes de que este regresara a su natal Miahuatlán. No sin antes dedicarles unas palabras (en zapoteco) de motivación y cariño en lo que se refería a nunca dejar los estudios ni el hábito de la lectura... Más de un niño lloró.

A eso de las tres y media del día, Samuel fue alcanzado al Centro Comunitario por sus padres, quienes parecían estar alegres y llenos de vitalidad para ayudarlo a cargar sus pertenencias y salir de allí a festejar. No obstante, la emoción fue interrumpida cuando el joven habló con ellos y les confesó las pericias que acontecieron horas antes, tomándoselo todavía más en serio al ser Ernesto quien les confirmó los hechos con total formalidad.

La familia Linares se encargó de subir los muebles y artículos del recién graduado a la camioneta, y lo hicieron con discreción, pues los aires se encontraban en verdad turbados. En un determinado punto del acarreo, la señora

Adriana se mantuvo en una charla con el dueño de las viviendas y la conversación fue destinada en su mayoría a reafirmar los eventos que Samuel venía reportando de días antes. Por lo cual, y con total seriedad al hablar con sus clientes, Alfonso corroboró que las extrañas circunstancias en el departamento de Samuel eran solamente eso... extrañas pero ciertas.

El hombre le habló del «efecto talco» que llevaron a cabo y de las «muestras» que lograron capturar, siendo estas claras referencias a pies y dedos pequeños que fueron *dibujados* en el polvo. Entre más testimonios que el joven también ya les había dicho por teléfono en alguna otra ocasión...

Pudieron haber sido las seis, cuando Víctor, Ernesto y Samuel concluyeron el traspaso de las pertenencias de este último a la batea de la camioneta. Los padres de familia y Alfonso se reunieron antes de salir y le agradecieron sus atenciones y las facilidades, así como liquidar el resto de la pensión.

Junto a ellos, Ernesto recibió la gratitud de los padres de Samuel al ofrecerle su estancia por las molestias ocurridas en donde su hijo vivió. Y dicho agradecimiento fue demostrado mediante una bien discutida despensa que los adultos trajeron desde Miahuatlán.

Antes de subir y sentarse al centro de sus padres, Samuel se giró y se despidió de sus dos amigos, los cuales hicieron más por él de lo que se pudo imaginar a su llegada. A la par, los sujetos alzaron la mano y regresaron a lo que sería una conversación entre ellos.

Samuel Linares pegó un brinco al interior de la camioneta y ayudó a que su madre subiera junto a él, solo para escuchar cómo Víctor encendía el motor del vehículo y se ponía en marcha muy despacio en dirección a la salida de Santa Inés del Monte.

Pasaron junto al Centro Comunitario y el joven lo contempló por el tiempo que duró, sonriendo al recordar a los chiquillos correr de un lado a otro y de las veces en que charlaba de todo con sus compañeras de aula.

Por una parte, Samuel agradeció no volver a saber nada más de ellos ni de la aldea en general, pues no parecía que fuera a tener recuerdos muy gratos sobre sus últimos días.

Al cruzar el puente que dividía la carretera pavimentada con la ruta campestre, Samuel echó una fugaz mirada por el espejo retrovisor y recordó que días antes dejó unos caramelos a la orilla del asfalto, sintiendo la piel de gallina al también recordar aquel característico sonido que emiten las piedras al rebotar en el suelo. Y ese pensamiento se esfumó cuando Samuel dejó de ver el puente justo al virar por la curva que lo llevaría fuera de Santa Inés del Monte.

LA PLANCHADA

1

Norma Jiménez supo desde el primer instante que el trabajar como enfermera traería consigo una serie de sacrificios que muy pocos están dispuestos a resistir.

Desde que era niña, su madre le imploró –en su lecho de muerte– que se esforzara por sobresalir en su vida profesional, pues ella estaría más que orgullosa de su hija *allá* donde su madre estuviera. Y tal vez las deplorables visitas al hospital cuando Norma fue niña (que poco entendía de lo que sucedía con su madre) fueron el motivo del porqué decidió brindar sus atenciones tan pronto tuvo edad para ingresar a la facultad y formarse como enfermera.

A pesar de que habían transcurrido casi veinticinco años del fallecimiento de su madre (a causa de una embolia cerebral que le arrebató la vida), Norma recordaba el último día que la vio, siendo una jornada triste, fría y oscura. Ella ingresó al cuarto donde su madre solo se limitaba a sobrevivir y se acercó titubeante al lado de la camilla. Junto a Norma, e intentando consolarla con una media sonrisa, su padre la impulsaba a acercarse y abrazarla... sin saber que sería la última vez que lo haría.

El recuerdo de su madre se fue difuminando conforme Norma crecía, y aunque su padre y hermano hablaban de ella en reuniones familiares, para Norma era complicado rememorarla como quería. Recordaba que era una mujer robusta y de rostro noble, así como esos gruesos labios que veía al tararearle las mismas canciones de cuna cuando era bebé.

Ahora, con casi treinta años de edad, Norma continuaba asociando el olor a torundas alcoholadas con su madre moribunda.

«Seré un faro para todos aquellos que lo necesiten».

Sin importar los prematuros años que Norma tenía en ese entonces –y tras enterarse de la muerte de su madre–, todos los días se paraba frente al espejo y repetía esa última promesa que le hizo antes de morir. Promesa la cual también juró mentalmente a todos los pacientes que estuvieron junto a su madre aquella tarde, pues ver a tanta gente sufrir por un mal debía ser la prioridad para los que creen en la hermandad humana... Tras varios años, Norma Jiménez cumplió su promesa al graduarse de la facultad de enfermería con honores.

2

Hoy en día, Norma es una mujer amante de la vida misma y precursora de los ideales de Florencia Nightingale. Es una joven adulta responsable y trabajadora que jamás ha dudado al ejercer como enfermera.

En algún punto de su proceso como profesional, el padre de Norma habló en demasiadas ocasiones con ella para que, al estar preparada y dispuesta a continuar estudiando una especialidad, eligiera aquellas ramas que estuvieran relacionadas con medicina familiar, salud mental o incluso en áreas administrativas. Esto porque así llevaría una vida laboral mucho más tranquila a diferencia del estrés hospitalario.

Sin embargo, y refutando que las personas internadas

necesitan cuidados especiales y trato digno, Norma le decía a su padre que las faenas de oficina podría dejarlas para aquellos que no estaban dispuestos a entregarse por completo a las fatalidades de la vida.

Su padre también le decía cuán orgulloso se sentía de ella por la voluntad de su profesión y el haber afrontado diferentes especialidades; tales fueron ginecología y obstetricia, urgencias (la cual era una de las zonas que más le enseñaron la toma de decisiones clínicas), pediatría, geriatría y traumatología.

Luego de graduarse, Norma Jiménez dedicó su tiempo libre a buscar estancias que estuvieran fuera de su estado natal (Tamaulipas) con el anhelo de ponerse a prueba y hallar mejores oportunidades. Y si bien la carrera de enfermería siempre ha sido catalogada como una labor de alta demanda –donde sea–, Norma quería expandir sus horizontes por la República y abandonar el estilo de vida que su padre les inculcó tras el fallecimiento de su madre.

Norma entendía que, en la mayoría de las circunstancias deplorables, lo mejor era «darle vuelta a la página» y comenzar una nueva vida.

Cuando llegó por primera vez a la Ciudad de México no conocía a nadie en absoluto. Tenía pocas referencias de los mejores hospitales privados y lentamente se fue relacionando con la gente que requería cuidados particulares y en varias unidades voluntarias.

La agradable actitud de la joven y el benévolo espíritu de caridad que tantos pacientes le agradecían, le fueron abriendo las puertas más rápido de lo que ella misma llegó a imaginar. Después no solo se trató de familiares que anhelaban apoyo en sus domicilios, sino que los médicos y otras enfermeras de las clínicas particulares fueron solicitando sus servicios, teniendo más contratos para trabajar.

Tras los contactos que fue obteniendo gracias a sus funciones de manera privada y pública, Norma conoció a Angelina Cortés, también enfermera. Angelina era originaria de la Ciudad de México y era considerada como una excelente instrumentista del hospital de La Raza. Ambas se conocieron al ser Angelina quien escuchó al grupo médico hablar de Norma y de la gran vocación que esta brindaba, decidiendo contactarla en ofrecimiento de más pacientes que buscaban atenciones.

Y gracias a las recomendaciones que Angelina llegó a entablar con varios conocidos del medio, fue que Norma atendió a una pareja de adultos, los cuales no tenían más familia que a ellos mismos; la mujer se llamaba Lilia y su esposo Narciso. Por lo que Angelina le comentó por teléfono a Norma antes de su primer día con la pareja, fue que la mujer había tenido un accidente automovilístico, necesitando atenciones especiales mientras su esposo se iba a la oficina.

Aquella tarde, Norma acudió al domicilio para conocer a la pareja y presentarse, creando un vínculo de confianza inmediato al confesarles que su vocación era lo único firme que llevó consigo desde Tamaulipas. A su vez, Lilia Montejo le detalló a Norma el percance anterior y toda la terapia de recuperación a la que debía someterse, y que gracias a la fuerte estabilidad económica de la que ella y su esposo gozaban, ambos optaron por emplear la asistencia de una enfermera como compañía.

Las siguientes semanas a su contratación, Norma entabló una relación más allá de la que normalmente se obtiene entre paciente y enfermera, ya que la señora Lilia abrió sus sentimientos a la joven y se produjo una conexión mutua.

Pasados los días, se dio la ocasión en que Lilia le confesó a Norma que ella había laborado por varios años en el Instituto Mexicano del Seguro Social. Conforme la mujer le relataba sus experiencias trabajando como asesora jurídica y todo lo que la Institución le dio, Lilia le dijo a Norma que, al no tener hijos, ella podía ayudarla a que fuera parte de la bolsa sindical de dicha sociedad, esto porque ambas compartían el mismo segundo apellido: Pérez.

A lo cual, y más que agradecida de que una mujer que apenas conocía le estuviera ofreciendo una propuesta que muchos deseaban, Norma aceptó con alegría al saber que eso se trataba de un *regalo* de Dios.

«Una mujer tan preparada y dedicada como tú merece un mejor puesto –le había dicho Lilia–. Reúne los papeles necesarios y cuando estés lista, yo misma te presentaré con el director sindical para que entres a trabajar».

Norma se sintió más que dichosa por haber tomado la decisión de embarcarse en esa aventura. Ahora sabía que el trabajar de manera independiente podría traer excelentes beneficios.

3

Transcurrieron seis meses desde que Lilia y Norma se reunieron con los directivos del Instituto (los cuales mostraban un respeto invariable hacia Lilia y su trayectoria) que la joven enfermera ingresó al Seguro Social de manera directa y con buenas referencias.

Norma Jiménez se halló tan agradecida con la mujer y su esposo que su primer salario lo dedicó a dos cuestiones:

a buscarse un mejor departamento que estuviera cerca del hospital Juárez (sede en que fue aceptada de inmediato) y en invitar a la pareja a una cena formal, expresando su gratitud a ambos por confiar en ella desde el inicio.

Su padre y su hermano se alegraron al escuchar las gratas noticias que Norma les compartía, no sin antes recordarle que había corrido con suerte al obtener un puesto así, pues en ese tiempo no cualquiera cedía a desconocidos algo tan oportuno como un cargo en el gobierno.

Norma y su padre hablaban todos los días por teléfono, poniéndose al día con sus vidas y mencionando que no existía un solo momento en que no recordaran la memoria de su madre... Él le aseguró que ella estaría más que orgullosa de Norma por lo que estaba lograba prácticamente sola.

Entre las pláticas que Norma mantenía con su padre y su hermano, esta les compartía las vivencias que diariamente veía. Desde las situaciones más comunes –como lo eran las exposiciones de prevención a la comunidad en control de las enfermedades crónicas degenerativas–, hasta los días en que apenas si tenía tiempo de ingerir un bocadillo por la constante entrada y salida de derechohabientes.

En una ocasión, Norma le platicó a su padre que mientras ella y otra compañera se encargaban de un cambio de bolsa de colostomía, el paciente debidamente a atender comenzó un impetuoso intento por levantarse de la camilla e ir al sanitario. Según el hombre, quien por cierto no tenía indicios de actuar de esa manera, se lanzó contra las enfermeras diciéndoles que sentía una fuerte opresión en el estómago por un «calor» doloroso imposible de describir. Cuando los médicos ordenaron realizarle una gastroscopia en busca del problema, no encontraron nada anormal...

No obstante, para Norma era una verdadera experiencia el acudir todos los días a la incertidumbre clínica.

Pasados los años, y con la práctica cada vez más perfeccionada, a Norma Jiménez le pareció una excelente idea el invertir su salario en una especialidad, siendo la oncología su primera opción al notar que la cuadrilla de profesionales escaseaba. Y las solicitudes de área llegaban a tal grado que el mismo Seguro Social estaba dispuesto a costear una parte de la formación de aquellos que cumplieran con los requisitos.

Norma se preparó en mente y alma en precisar su meta de escalar por el campo profesional. Desempolvó sus viejos libros de *Criterios clínicos*, de *Hematología y su historia*, y el *Manual de oncología básica*, dedicando sus ratos libres a prepararse y así acceder al reducido grupo de cinco aspirantes que el Instituto necesitaba.

El día del examen, Norma sobrellevó la prueba con esperanza y plenitud, aunque supo que las vacantes estaban limitadas ante los casi treinta aspirantes que también anhelaban una plaza de especialista.

La prueba duró más de dos horas y fueron los minutos más tediosos por la complejidad en que el examen fue tornándose, optando en poner los resultados en las manos de Dios y de su madre también, pues Norma tenía una fe inquebrantable de que ella aún guiaba sus pasos desde *arriba*.

Concluido el examen, Norma salió a tomar un poco el fresco y fue a retroalimentarse con los apuntes. Compró un sándwich, medio litro de jugo de naranja, y fue a sentarse en una de las bancas del comedor. Y antes de que pudiera abrir su libreta y comparar lo ahí escrito con sus respuestas, una voz la distanció de sus pensamientos:

—Creí que me pondría nervioso tan solo ver la prueba, pero fue suficiente con ver a tantos aspirantes juntos para entender que no tengo ni la mínima posibilidad de aprobar...

Norma se giró y vio a un individuo de camisa de vestir a cuadros, bien fajado dentro de unos *jeans* arrugados, y con lentes de media luna. El sujeto se sentó junto a ella, le echó una mirada a la torta de jamón que también compró, y le dio una mordida.

—Mucho gusto —dijo con el bocado en la boca—. Me llamo Roberto Vargas, soy enfermero en la sección 27 y postulante a cuidados de oncología... ¿Cómo te pareció la prueba?

Norma dejó a un lado su libreta y decidió tomar su desayuno con total calma. Entendió que charlar con alguien en vez de pensar en medicamentos, porcentajes y en diferentes clasificaciones le ayudaría a despabilar la mente.

—Me pareció bien —respondió ella—. Creo que tengo altas probabilidades de obtener una de las vacantes... Tiene que valer la pena todo lo estudiado.

—Ni que lo digas —Roberto se limpió la mayonesa de la barbilla y continuó—: Realmente yo no puse tanto empeño como sé que la mayoría sí lo hizo. Una especialidad no es algo que deseo en la actualidad por todo lo que eso conlleva; pero al ser una convocatoria que se abre cada cinco años, decidí probar suerte.

A Norma no le pareció correcto el tratar una especialidad tan delicada como oncología a la deriva. Sabía que, de hecho, ni la misma enfermería debía tomarse con tanta simplicidad como la que Roberto expresaba. Sin embargo, hubo algo en él que a Norma le llamó poderosamente la atención, al grado de intuir que, si no hablaban más de salud, podrían entablar una agradable conversación.

Y así fue. Porque luego de charlar sobre varios temas esa misma mañana, Roberto le pidió su número de celular en caso de que ella «necesitara apoyo» en el hospital donde él trabajaba. Intercambiaron sonrisas y cuestiones personales por un buen rato, hasta que Norma tuvo que despedirse.

–Es agradable conocer a más colegas –le dijo Roberto cuando la acompañaba a la parada de taxis–. Muy pronto estaremos obteniendo los resultados del examen, y por lo que hemos compartido me doy cuenta de que eres una mujer muy inteligente, la cual no deja las cosas al tanteo...

Al escuchar el cumplido, Norma le sonrió y lo vio directo a los ojos.

–Gracias, Roberto. Nos veremos muy pronto de nuevo por aquí...

Pero antes de que ella subiera al taxi que ya esperaba, él la detuvo del brazo y la miró. Al verlo más de cerca, Norma reparó en los ojos color miel que el joven tenía.

–No escuché tu nombre... ¿Puedo saber con quién tuve el gusto?

–Norma. Norma Jiménez. Ha sido un placer.

4

Como era de esperarse, Roberto contactó a Norma días más tarde con el pretexto de que *otras convocatorias* se encontraban disponibles por parte de la Institución; pero sobre todo, en invitarla a tomar un café en esos clubs de la metrópoli donde la luz es tenue y la música es suave a fin de que los comensales puedan charlar.

Norma accedió encantada y comprendió que recuperar su vida social sería de gran beneficio, porque no todo era trabajar y dedicarse a mejorar profesionalmente. Aparte de que Roberto le parecía un joven apuesto y abierto a dialogar cualquier tema que se propusiera, siendo el único prospecto que la había convencido al tener una cita tras su llegada a la capital.

Posterior a ese primer encuentro, ambos entendieron que sus reuniones esporádicas fueron escalando por un ámbito más cordial, hasta progresar a un sentimiento afectuoso, decidiendo dar el próximo paso. A lo cual, Roberto le pidió que fuera su novia el mismo día en que los resultados de la convocatoria a la especialización de cuidados oncológicos fueron expedidos.

En cuanto a Norma, esto significó una serie de alegrías cuando vio su nombre entre los tres primeros lugares de la lista, y luego ver a Roberto aparecer con una canasta repleta de dulces y un enorme oso de felpa que abrazaba un letrero en el que se leía: «*¿Quieres ser mi novia?*».

Ella dijo que sí...

Roberto ni siquiera figuró entre los primeros veinte de la lista que estuvieron más cerca, pero ayudó a Norma a completar la documentación que el Instituto requería y gestionaron juntos los detalles para que esta pudiese integrarse a las asignaturas.

Norma agradeció que sus horarios se establecieran los fines de semana y así tener los días restantes libres para trabajar.

En los consecutivos meses, Norma adquirió un estilo de vida que absorbía por completo su tiempo y sus energías. Entre sus planes no solo estaba el de prepararse como enfermera de renombre y cumplir una agenda laboral, sino que había aceptado la propuesta de Roberto de comprometerse y vivir juntos en un espacioso departamento a las afueras de Vallejo.

Una vida sentimental se agregaba a los ámbitos de Norma.

Meses de largas jornadas y estudio hicieron que Norma apenas se percatara de lo rápido que el tiempo pasaba en una urbe como esa. Con cada día transcurrido, ella estaba más convencida del hecho de que llegar a Ciudad de México había sido una de las mejores decisiones que tomó en su vida. Siempre teniendo en mente a su madre, quien seguramente estaría muy orgullosa de ella.

La pareja contrajo matrimonio un 24 de agosto, poco después de que las calificaciones finales de la especialización de Norma estuvieran en el sistema, dando la pauta a simplemente continuar con los trámites de la titulación.

A la boda asistieron los familiares de ambos, amigos de cada uno (incluyendo a Lilia y Narciso) y varios compañeros de trabajo. El festejo se consideró *doble* al compartir con sus seres queridos las casi perfectas calificaciones que Norma obtuvo al cumplir la especialidad que tanto anheló, desde que decidió convertirse en enfermera.

Era considerada como un ejemplo de motivación con aquellos que la rodeaban.

En apariencia todo marchaba bien. Norma comenzaba a escalar por la rama hospitalaria y empezaba a ser reconocida entre sus compañeras como una de las mejores enfermeras en cualquier sector que estuviera. Si se requerían de opiniones o ayuda para asistir a una emergencia, Norma Jiménez intervenía de manera intrépida en lo que fuera.

Por otro lado, la afinidad que Roberto y ella compartían como pareja fue algo que rayaba más allá de las costumbres cotidianas. Conforme el tiempo pasó, ambos llegaron a amarse con nobleza y con mucho respeto. Jugaban como amigos y entendían sus bromas con la completa seguridad de que, por más irreverente que fuera el caso, solo ellos se comprendían en lo más íntimo de sus pensamientos, al igual que en lo profundo de sus sentimientos.

5

Roberto Vargas se consideraba como un buen enfermero mientras sus servicios en el área de salud duraron. Y es que, a diferencia de la increíble vocación que su amada Norma ofrecía al mundo, Roberto comprendía la generosidad que una profesión como tal significaba, optando por cambiarse al campo administrativo cuando tuvo la oportunidad. Esto debido a que el joven era de la firme idea de que todo el mundo puede sacarse un papel en donde se *diga* estar capacitado para colocar sueros o inyectar un glúteo; pero que hay algo que ninguna escuela podrá enseñar jamás: el amar al prójimo desde lo más profundo del corazón, incluso más que a uno mismo.

En cierto punto de su noviazgo, el par de enamorados habló acerca de sus experiencias durante algún turno. A lo cual, Roberto mencionó que el impacto emocional más grande fue el haber acudido a un tramo de la autopista en ayuda de una carambola. Aseguró que nunca podrá olvidar aquellos lamentos que se escuchaban entre los autos destruidos... De ahí en fuera, mencionó otros casos más comunes como accidentados que llegaban a la sala de urgencias o uno que otro mordido por animales ponzoñosos.

Y al ver todo lo que el grupo clínico realizaba (y lo que seguramente le faltaría experimentar), Roberto se prometió a sí mismo dedicarse a otra profesión por la escasa «sangre fría» que una carrera como enfermería exige. Ahora se ganaba la vida frente a un computador en oficinas.

Sin embargo, y sorprendido por la manera tan jovial con la que Norma le relataba sus anécdotas, Roberto comprendió, sin lugar a dudas, que ella había nacido para ser enfermera. Recordaba la vez en que la mujer le relató lo que al principio pareció ser una buena guardia, pero que terminó siendo una de las vivencias más tristes que a Norma le tocó vivir. Ella se encontraba transcribiendo unas hojas de egresos cuando las puertas se abrieron, seguido de un tumulto de gente que pedía a gritos atención urgente. Al asomarse de la central de enfermería, Norma Jiménez pudo ver a un adulto de entre 50 y 55 años que parecía venir escupiendo sangre. Y por la vestimenta manchada de cemento que el desafortunado vestía fue que Norma intuyó que se trataba de un albañil.

Ante el sentido de prisa, Norma se adelantó a sus compañeras y comenzó a auxiliar al médico que intentaba introducirle un tubo endotraqueal al encamillado. Pero después de largos minutos tratando de reanimar al accidentado, este perdió la vida a causa de un paro cardiorrespiratorio.

«Hora de defunción: 19:20»

Lo que hizo que este caso fuera uno de los más lamentables en la carrera de Norma (aparte del fallecimiento del hombre, por supuesto) fue que, al poco rato, una mujer de rasgos indígenas ingresó al hospital lanzando alaridos de angustia en busca de Leopoldo, el sujeto que yacía cubierto con una manta.

Más de uno intentó consolar a la pobre mujer que recibió la noticia de que su esposo había tropezado en el techo de una obra, incrustándose gravemente unas varillas en el pecho..., al grado de perder la vida. Pero no solo eso, pues la mujer confesó, entre lágrimas y gritos de ira hacia el cielo, que su único hijo también había fallecido por un accidente de motocicleta un año atrás, y ahora se quedaba completamente sola tras perder a su marido.

Otra de las ocasiones donde el carácter de Norma se vio afectado fue la vez en que le platicó a Roberto el tiempo que estuvo en los pisos de neonatos y pediatría. Ella le confesó las tristes mañanas en que llegaba, todos los días (incluso varios fines de semana también, por más de seis meses) a bañar bebés que poco faltaba para que parecieran «quebrarse» al tacto. Eso sumado a la pena de ver a varios infantes que deberían estar jugando o estudiando con más niños, y que en vez de eso tenían que pasar la niñez y parte de la adolescencia entre cuatro paredes, canalizados y esperando a sus sesiones de quimioterapia... Sin duda, fue algo que mortificó a Norma lo bastante como para sentir pena por las dificultades que la vida puede traer consigo.

Pero entre todas las confesiones que Norma le llegó a decir a Roberto a lo largo de su noviazgo y su matrimonio, fue que ella nunca derramó una sola lágrima ante las pericias del ámbito hospitalario, diciéndole que la última vez que lloró por alguien fue por su madre, justo al escuchar a su padre decirle que ella no estaría más...

A Roberto le encantaba que su esposa le relatara sus actividades al momento de salir a salvar vidas. Le emocionaba saber que las noches llegaban y que Norma le contaría cómo había estado su día, mientras ambos se tomaban una copa de vino antes de la cena.

A pesar de eso, y con el paso del tiempo, la actitud de

Norma comenzó a desviarse por rutas más melancólicas a diferencia de las que acostumbraba tener. Sobre todo al conocer a Helena Barroso, paciente terminal de cáncer de páncreas.

6

Fue un día como cualquier otro. Norma Jiménez llegó a la sección de medicina interna, como lo venía haciendo en semanas anteriores, y recibió las primeras notas médicas. Se preparó ante lo que sería el primer rondín con los afiliados de oncología y fue a las camillas a verificar los datos. Al parecer, cuatro pacientes habían ingresado en la madrugada después de cirugía.

Norma se apoyó en los diagnósticos de los doctores y comenzó a presentarse con los recién operados.

En lo que una asistente de enfermería se encargaba de anotar los signos vitales de los encamillados, Norma escuchaba atenta las indicaciones que el médico especialista le dictaba; entre medicamentos, cuidados sanitarios y las guías que debían tener en cuenta en caso de otras cirugías programadas.

Cuando el oncólogo y Norma llegaron hasta la última camilla, ambos se encontraron con una mujer envuelta en cobijas y con el rostro ladeado sobre la almohada. En la cabeza, un gorro de lana le llegaba hasta las cejas.

–Ella es Helena Barroso –habló el doctor tras aquel cubrebocas–. Mujer de cincuenta y siete años de edad. Presenta 11.18 de leucocitos; de fosfatasa alcalina 279 unidades, e ingresa a camillas luego de una extracción de tejido siniestrado. Tiene prevista una trasfusión de sangre si...

Norma Jiménez dejó de prestarle atención al especialista cuando vio que la mujer acostada tenía un ligero parecido a su madre... Recordaba que, así como ella se removía en la cama y se humedecía los labios, era muy semejante a como lo hacía su mamá antes de que esta falleciera.

La mujer que tenía anotado en el brazalete «*Helena Barroso*», con tinta roja y entre el suero, le dedicó la mejor sonrisa que pudo a la joven enfermera que llegaba a visitarla. Junto a ella, otra mujer la acompañaba en su pesar.

—¿Enfermera?

La gruesa voz del compañero distrajo a Norma de sus pensamientos, haciendo que esta agitara la cabeza y regresara la atención a los datos, no sin antes dibujar aquella sonrisa tan habitual que presentaba con un recién ingresado.

Terminado el traspaso de información de médico a enfermera, Norma miró por última vez a Helena antes de salir del cubículo. La mujer le asintió con una inclinación de cabeza y le dio las gracias con una leve sonrisa que parecía estar cargada de cansancio.

Ese día estuvo igual de movido que cualquier otro. Norma se encargó de administrar medicamentos controlados y de actualizar las notas de los expedientes. Ocasionalmente apoyaba a las enfermeras auxiliares a remover sondas o en analizar sus técnicas en beneficio de ayudarlas a mejorar.

Y entre que esperaba a que el reloj marcara las tres de la tarde, Norma decidió ir a los módulos a concretar los detalles para el horario vespertino. Al entrar en los dormitorios, Norma se dio cuenta de que la mayoría de los pacientes se encontraban dormidos en un sueño más que reparador por tantas cirugías o quimioterapias. Cuando llegó al cubículo final, esta se detuvo al ver a Helena Barroso, quien tenía un rosario en la mano y parecía levantar una plegaria al cielo.

Norma dudó unos segundos en si regresar por donde había llegado y en confiar en que la mujer no necesitaba nada. Pero también dudó al notar que la silla de su familiar estaba vacía y podría requerir algo. No supo si interrumpir el rezo de la mujer o esperar a su pariente quien, probablemente, estaría haciendo la documentación requerida o había ido a comer.

–Gracias por sus atenciones, enfermera. –Una demacrada voz se escuchó justo al tiempo en que Norma decidió salir–. Dios la bendice...

–Señora Helena –Norma hizo una reverencia de saludo–. ¿Necesita usted algo más? Mi guardia ha terminado, pero déjeme decirle que a la espera de que mi compañera reciba su documentación estoy para servirle... ¿A dónde ha ido su familiar?

–Me encuentro bien, gracias. –Las facciones que Helena hizo al acomodarse en la cama le parecieron muy *allegadas* a Norma–. Mi hermana ha bajado a cambiar con mi hijo durante la tarde. ¿Usted tiene hijos?

Norma negó con una sonrisa y ayudó a la mujer a sentarse en la camilla, como alguna vez lo hizo con su madre.

–Mi esposo y yo lo hemos pensado, pero nuestras rutinas nos lo impiden. Tenemos otros planes.

–Me alegra escuchar eso –le dijo Helena–. Disfrute de su juventud y de todo el amor que usted y su esposo puedan darse. Daría lo que fuera por tener su edad...

Al escuchar eso, Norma sintió un retortijón en el vientre que duró lo suficiente como para saber que la mujer tenía razón: debía disfrutar de su vida al máximo antes de que las eventualidades la pudieran poner en alguna situación similar a causa de la incertidumbre.

Por detrás de Norma, una enfermera de baja estatura apareció, con el rostro repleto de maquillaje y con una jeringa de diez mililitros en la mano. Ambas se saludaron y Norma decidió salir de los cuartos antes de entorpecer a la unidad vespertina.

–Hasta el lunes, Helena. Fue un gusto conocerla...

–Hasta el lunes, enfermera, el placer ha sido mío. ¡Dios me la bendice!

Norma tomó sus cosas, que ya la esperaban acomodadas en el consultorio, y se despidió de sus compañeros deseándose un buen descanso.

Mientras caminaba por el pasillo hasta la salida, Norma no dejó de pensar ni un segundo en su madre.

7

Concluido un fructífero fin de semana, donde Roberto y Norma viajaron hasta el pueblito de Tepoztlán a pasearse por sus rincones y subir a la cima del cerro, ambos regresaron al departamento y se prepararon para lo que sería el inicio de otra semana más.

Norma se encontraba planchando su uniforme en lo que Roberto se encargaba de colgar en la pared los recuerdos que habían comprado en su viaje. En el entorno, la televisión era lo único que sonaba en la habitación y ambos escuchaban (más que ver) una de sus series favoritas, hasta que una cadena de comerciales interrumpió la programación.

La mujer con la plancha en mano detuvo el vaivén sobre el pantalón al escuchar que hablaban de los efectos negativos del tabaco en la salud, ocasionando diferentes problemas respiratorios y del destino de morir por un cáncer pulmonar. El anuncio (que más bien parecía un *spot* del gobierno) mostraba a varios dibujos animados que se iban deteriorando conforme los protagonistas sacaban un cigarrillo del empaque.

La cara de Helena Barroso, y por supuesto, de su madre también, aparecieron en la mente de Norma, pensando en que estaba cerca de comprobar si la mujer continuaba internada o si hubo fallecido por el lamentable estado en que la vio. Y no solo fue un recuerdo inconsciente el que la motivó a cambiar de canal en la televisión, sino el hecho de haber asociado a Helena con su madre por ser idénticas. Los mismos gruesos labios y la voz derrotada por los dolores...

Al otro día, Norma llegó al hospital y notó que por el ir y venir de la brigada nocturna, el turno anterior se mantuvo movido en atenciones. En la sala de urgencia no había silla libre y los familiares de los enfermos se encontraban sentados en el suelo y en las escaleras por falta de espacio.

Cuando se dirigió a la especialidad de oncología, Norma se estableció en su escritorio y se tomó unos minutos para beber café con pan junto a otras enfermeras, en lo que las auxiliares anotaban signos vitales.

La hora de dar inicio a sus labores diarias llegó y Norma Jiménez apoyó al médico e intercambió datos con las demás enfermeras. No sin antes sentir la misma tristeza de siempre al recibir la noticia de que tal enfermo pereció hace poco...

El médico y la enfermera especialista caminaron por los cubículos de la zona hasta llegar al final de la habitación, dándose cuenta de que Helena Barroso continuaba allí. La diferencia ahora era que la mujer se veía con más vitalidad y que estaba concentrada en una lectura.

Al verse mutuamente, las dos mujeres sonrieron, haciendo que Norma se quedara más tiempo con ella tras finalizar la colaboración con el médico.

–¿Cómo se encuentra hoy, señora Barroso?

–Muy bien, hija –respondió la mujer, dejando a un lado su ejemplar del Nuevo Testamento–. Gracias a Dios me he sentido mejor. El doctor Ánfoa me ha dicho que si la cirugía de hoy es exitosa, mis esperanzas pueden ser positivas... ¿Usted cómo está?

–Con toda la actitud de servir –dijo Norma, mirando de reojo al familiar sentado junto a la cama–. No duden en llamarnos por lo que sea. Nos vemos en un ratito...

Con un movimiento de cabeza, Helena se despidió de la enfermera y le sonrió con aquellos gruesos labios, regresando a su pacífica lectura.

En su caminata de vuelta a la central de enfermería, Norma fue reclamada por otra paciente en las primeras camas del cuarto. Ya más cerca de la camilla, reparó en que Azucena Ávila era recién ingresada a la especialidad.

–Dígame, ¿qué se le ofrece?

–Solo quería pedirle... –la mujer tosió para acomodarse la garganta– que por favor le dé las gracias a su compañera que estuvo en la noche. Enfermeras como ella hacen mucha falta. –La mujer se estiró y fue a tomar un regalo envuelto en celofán que contenía caramelos y una taza con el grabado de un cupido.

–Con mucho gusto... Pero tendrá que decirme cuál de todas, pues el grupo de enfermería es extenso.

–Ella es especial... Solo vino una vez a mi cama y me suministró un medicamento que me recuperó muchísimo.

¡Debió haberme visto cuando llegué el sábado! Estoy segura de que parecía un cadáver. Y no solo se me acercó a mí, también a esas dos mujeres. –Azucena levantó el dedo índice y señaló a la cama de al lado, para después apuntar a la camilla de Helena Barroso.

–De acuerdo, Azucena, le pasaré el obsequio a mi compañera...

Norma Jiménez salió de los cubículos y se dirigió enseguida hacia la central de enfermería con la intención de resolver las dudas que la extrañaron. Primero que nada, conocer el tipo de medicamento que se suministró y bajo qué indicaciones lo hicieron. Y la segunda cuestión que le pareció curiosa fue la de esa compañera que administró dicha solución.

La mujer entró con el personal anterior –el cual ya se alistaba para salir dentro de poco– y les mostró el detalle que Azucena le mandaba a quien quiera que hubiera sido su enfermera. No sin antes preguntar si podía echar un ojo a las notas de enfermería y conocer los indicativos de fármacos.

Pero no halló el nombre de nadie en particular que hubiese mandado a administrar ciertos medicamentos en toda la noche. Solo podía ver órdenes como de eszopiclona y dosis bajas de metadona, sorprendiéndose aún más cuando vio que ni siquiera eran para Helena o Azucena.

–¿Alguien aplicó otro fármaco que esté fuera de la lista?

Al notar las miradas incrédulas de sus compañeras por no saber si lo que ella, enfermera especialista preguntaba, entendió que si en las listas no había nada era porque nadie aplicó dosis extra... A menos que se hubiesen equivocado.

–La paciente de la cama #3 me detuvo, me dio esto, y me pidió que le diera las gracias a la enfermera de la noche...

Tras escuchar lo que Norma decía, la jefa de sección se giró en la silla donde estaba y la contempló. Posterior a eso, la mujer de baja estatura interrogó al resto de las enfermeras y esperó una sensata respuesta a lo que escuchaba. El grupo se miró mutuamente sin poder contestar a eso, alzando los hombros y excusándose de que nadie lo había hecho.

–Puede que sea *ella*...

Solo algunos comprendieron lo dicho por la jefa de sección; y sin entender a *quién* se refería, Norma guardó silencio.

–Enfermera Jiménez, venga usted conmigo, necesito que me apoye con unas hojas.

La jefa se puso de pie y le indicó a Norma que la siguiera fuera de la central hasta la pequeña estancia que se utilizaba para desayunar. Ya adentro, la jefa –de nombre Flor– se sentó junto a Norma y le pidió que la ayudara a confirmar ciertos datos relevantes en los expedientes. Durante el intercambio de datos, la jefa Flor fue a tomar la palabra:

–Su desarrollo exponencial y su amor por enfermería la han hecho crecer más rápido que cualquiera de las otras enfermeras con las que he trabajado. Sin embargo, y me arriesgo a obtener una respuesta despreciativa si ofendo su intelecto, hay muchas cosas que usted no conoce y que debería saber... ¿Alguna vez ha escuchado de una tal Eulalia?

Ante la pregunta, Norma negó.

–Bueno, por una parte, le agradezco que no tenga interés en los rumores que desde años se han dicho por este edificio. Pero por otro, es imprescindible que usted sepa de lo que muy ocasionalmente ocurre con los pacientes, sobre todo con los enfermos terminales.

»Hay diversos relatos que se han ido comprobando desde hace tiempo. Algunos le van a decir que es todo *verdad* y otros dirán que se trata de cuentos de gente trastornada, pero debe usted saber que la historia de Eulalia tiene algo de... digámoslo así: de *verdad*.

»Muchos conocen la historia de Eulalia (quien, por cierto, también fue enfermera de este hospital) por el infortunio de una relación amorosa que terminó mal a causa de una decepción sentimental con un médico, y que al no tener «más motivos» para vivir, esta se quitó la vida... También es común escuchar que la leyenda de esa enfermera surgió tras el terremoto del 85', cuando murió en los escombros al intentar poner a salvo a sus enfermos...

»Pero no importa la historia que a usted le cuenten, pues en realidad aquella alma en pena parece comprometerse con los enfermos por igual, y con todo el afán de hacer el bien... o al menos lo justo. De hecho, y eso queda bajo su criterio, debería charlar con Carlos, el chico de la central de esterilización. Él asegura que la vio en uno de sus tantos turnos de noche.

Junto a Flor, Norma se mantenía boquiabierta por lo que escuchaba sin saber qué pensar de la mujer. Conocía a la jefa de meses atrás y entendía que ella era muy respetada no solo en oncología, sino en todo el hospital. Así que escucharla decir eso le pareció una narración auténtica, en donde su única finalidad era relatar lo que sabía.

–En mi opinión –prosiguió la jefa–, creo que la leyenda es verídica. Porque mientras algunos han jurado verla pasearse por los pasillos, otros han asegurado que han sido atendidos por ella... Y aquí es donde los testimonios coinciden con la historia de Eulalia, porque las declaraciones hacen mención de una joven de belleza tierna que atiende a los enfermos, administrándoles medicamentos que no son medicamentos, sino algo especial...

»En fin, a lo que quiero llegar con esta improvisada reunión que le pedí fue para hablar acerca del tema y decirle que, con altas posibilidades, la famosa Planchada ha interactuado con los pacientes en las últimas horas... Bajo mi criterio, *ella* sabe lo que hace.

–¿Y cómo estar segura de que las intenciones de esa mujer, a la cual usted llama *Planchada*, son buenas? –intervino Norma–. ¿Acaso no deberíamos preocuparnos por la estabilidad de la gente antes de dejar su salud a lo que se considera como un... «fantasma»? Disculpe, pero no creo que haya mejor denominación a lo que usted me cuenta.

Flor asintió y suspiró, dejándole ver a Norma que ella solo se limitaba a contarle lo que varios afirmaban.

–Usted decide en qué creer –la jefa miró a Norma con cierto pesar–. Yo solo debo estar segura de que conoce el mito de Eulalia y de su «participación» en lo que nosotros no podemos controlar. En cuanto al regalo que la paciente le dio para la *enfermera que la atendió*, puede guardarlo usted, pues no hay nadie a quien entregárselo...

8

Tras salir de la «reunión» con la jefa, Norma se dedicó a sus notas y en apoyar a las enfermeras en lo que fuera pertinente. Los médicos dieron altas y nuevas indicaciones, así como pedir que llevaran laboratoriales con otras muestras y traer resultados.

Algo que asombró a Norma, y que la hizo actuar enseguida por el temor que le provocó el hecho, fue cuando vio a Helena Barroso que salía, junto a su familiar, del cubículo en dirección al baño. Esfuerzo que por completo quedaba excluido de la rutina que Helena podía realizar.

–¡Señora Barroso! –exclamó Norma y fue en su ayuda.

–Hola, enfermera. ¿Cómo me ve? Me siento de maravilla y he optado por caminar un poco; esas llagas me tienen harta.

–Usted no puede levantarse... Señora –Norma se dirigió al familiar de Helena–, no debió haberle permitido que se incorporara. Para eso estamos nosotras y los médicos. Su estado es muy delicado.

–Eso le he dicho –respondió la mujer que apoyaba a Helena–, pero no me hizo caso. Cuando la vi, ya estaba de pie...

–Estoy bien, enfermera –dijo Helena, ahora con un tono más hostil–. Llevo postrada días en esa camilla y estoy a poco de otra cirugía. Quiero caminar antes de que pierda las pocas energías que tengo.

Luego de escuchar la afirmación que Helena exponía, Norma dudó unos instantes y decidió soltarla del brazo una vez que vio a Helena que se movía y controlaba sus movimientos. No parecía una mujer que en un principio tuvo escasas semanas de expectativa...

Posterior a que el par de mujeres ingresara al baño, Norma se quedó un rato mirando la puerta con el temor de que la mujer pudiese tropezar, tomando la decisión de acudir con Hugo, camillero del área que seguramente se encontraba jugando baraja mientras lo voceaban.

–*Manito* –le dijo Norma a Hugo–, ahí te encargo a una señora que entró al baño con su familiar y que está sensible. Asegúrate de que llegue a su cama, ¿sí?

—Voy —dijo Hugo y pegó un brinco de la mesa en donde estaba sentado.

Norma no volvió a ver a Helena hasta que se encontró nuevamente con Hugo en el pasillo, casi dos horas después de que le pidió el favor de que vigilara a las mujeres. Entonces recordó que sería bueno dar la última visita a los pacientes antes de que bajaran al quirófano... y posiblemente no volver a verlos.

La rutina preoperatoria consistía en revisar los signos vitales, porcentajes en las hojas actualizadas y el control de medicamentos antes de ser llevadas al transfer. En la lista se encontraban dos pacientes: un hombre de 65 años llamado Teodoro Munguía y una mujer de nombre Helena Barroso, de 57 años.

Norma concluyó el llenado de hojas de oncología y se tomó unos minutos en hablar con Roberto en su descanso.

La enfermera regresó a su escritorio y suspiró antes de continuar con sus pendientes, recordando a los que estaban próximos a cirugía; pero en especial a Helena, quien parecía tener algo único que le atraía más que el resto.

Agarró ambos expedientes y se encaminó directo al número de camillas para actualizar datos y solicitar apoyo con las enfermeras auxiliares, solo en caso de vaciar fluidos o de cambiar las sábanas.

Se acercó primero a Teodoro y lo vio igual de nervioso que días antes, pues él le tenía mucho miedo a los hospitales y a su propia enfermedad. Norma escribió algunas observaciones en su historial clínico y le preguntó si necesitaba algo antes de que lo llevaran a quirófano. Pero el sujeto solo negó y regresó a su teléfono celular en un intento por distraerse y no pensar en ello.

Cuando se adentró a lo más profundo de la sala, Norma sintió cierta agitación al saber que vería a aquella mujer que, tanto por rasgos físicos como por determinadas actitudes, era semejante a su madre.

–Buenas tardes, señora Barroso –saludó Norma–. En un ratito más estaré pidiéndoles a los camilleros que la lleven a la sala de operaciones, ¿de acuerdo?

–Hola, hija. Muchas gracias. Es una bendición ser socorrida por un equipo tan capacitado. Dios me los bendice a todos.

–Gracias a usted también... Dígame, ¿existe algún malestar que deba yo saber antes de confirmar la entrada a quirófano? ¿Tal vez un dolor agudo o náuseas que parecieran venir de la nada?

–Estoy muy bien, usted lo ha visto hace un rato, y en verdad le digo que me siento estable y muy confiada en que los tiempos de Dios son correctos. Además, *ella* me ha dicho que todo saldrá bien...

A Norma no solo le pareció extraño que Helena hubiese mencionado un pronombre sin fundamento, sino que esta la siguió con la mirada por un largo rato, como si estuviese esperando a que le confirmara que entendía a *quién* se refería. Pero la joven enfermera no lo captó, al menos al principio.

–¿Usted cree en Dios? –le preguntó de repente Helena.

–Él es quien guía mis manos en favor del prójimo. Sin Él, yo no podría mantenerme fuerte ante lo que mi profesión me demanda diariamente. Por supuesto que creo en un Dios...

La respuesta de Norma hizo sonreír a Helena en una reacción de satisfacción que le causaba escuchar esas palabras. Sabía que tenía razón.

–¿Usted la ha visto, señorita Norma? –preguntó Helena–. Supongo que al trabajar aquí ya hasta ha de ser su *amiga*...

Pero la mujer guardó silencio cuando vio que la enfermera cambiaba su aspecto por uno más asustadizo e incómodo.

–Si se refiere a la leyenda de mi *compañera*, a la cual nadie reconoce y que se pasea por los pasillos, no... Llevo más de ocho años siendo enfermera y es la primera vez que me hablan sobre el tema.

Helena alzó las cejas al escuchar lo que Norma decía y la miró con seriedad. Al cambiar la mueca por una más seria, a Norma le pasó por un segundo el recuerdo de su madre cuando algo no le parecía.

–Ella estuvo conmigo anoche –refutó Helena–. Y no solo revisó mi suero y me talló las piernas por un rato, sino que me habló con su bella voz y me dio fe de que mi cirugía saldría bien. A mi «vecina» de la cama #3, creo se llama Azucena, también se le acercó en la madrugada. Y sé que no fuimos las únicas...

Norma no quitaba atención a lo que Helena le confesaba. Había mucha sinceridad en su mirada.

–¿Y cómo es *ella*?... ¿Cuándo pasó eso? –Norma contempló a la ahora hija de la mujer que la acompañaba y la interrogó.

–Yo no vi a nadie –contestó desde la silla–. Me dormí unos minutos y cuando desperté, mi madre dijo haber visto a un «ángel» que vino a visitarla...

–Eso mismo le estoy diciendo –intervino Helena, y con un tono de voz más bajo, le confesó a Norma–: Ella en verdad es una esencia benévola y sincera, ¡por eso me vio usted tan llena de energía hace un rato! Estuvo cerca de mí, y también me dijo que pronto habría un fallecimiento en la habitación...

Lo que a Norma le sorprendió no fue el comentario de que alguien moriría, pues era sabedora de que los hospitalizados en oncología presentaban cuadros clínicos que, antes de mejorar, empeoraban. Lo que más le extrañó a la enfermera fue que Helena hubiese tenido de cerca a la *compañera*. Le parecía surreal lo que escuchaba.

Por detrás de las mujeres, el grupo de doctores ingresó al cubículo y se acercaron a la paciente Helena Barroso, quien parecía estar acompañada de la enfermera Norma.

—Ha llegado la hora de bajar a quirófano —dijo un médico de barba poblada—. Los informes y el historial clínico serán enviados al doctor Renaldo. ¿Todo se encuentra bien?

—Por supuesto —respondió Norma—. De hecho, estoy escribiendo los datos finales. En un minuto se los entregaré.

—Gracias por todo, enfermera —dijo Helena al ver que la joven se retiraba—. Nos veremos mañana, Dios mediante.

Norma regresó a su escritorio y se quedó unos segundos sin hacer nada más que rememorar la confesión de la mujer sobre aquella «enfermera» que, de igual forma, la visitó como lo hizo con Azucena Ávila, confirmando lo que le había dicho. Esto sumado a que la jefa Flor le contó que la leyenda de una mujer de nombre Eulalia se paseaba por ahí... *Ayudando* a los enfermos.

En ese momento, una de las compañeras de limpieza entró a la administración médica y saludó a Norma, pidiéndole permiso de entrar a recoger la basura del cesto. No obstante, la enfermera tardó en despejar su cabeza y en devolverle el saludo.

Al verla de frente, y sin dejar de sacudir el bote de basura en la enorme bolsa azul de desechos, la chica se expresó de forma que apenó a Norma cuando volvió en sí, porque hasta ella comprendió que se había desconectado de la realidad por completo.

—¿Y ahora? ¡Pareciera que acaba de ver a un fantasma!

9

Llegada la noche en que Norma se recostó a dormir, soñó con Helena... o con su madre. La verdad es que no estaba muy segura de con *quién* convivió en sueños, ya que solo recordaba estar en un campo bastante amplio como para no lograr distinguir el horizonte, y que ella era una niña. La mujer que vio de reojo a sus espaldas la impulsaba en un columpio y se reían, así como *sentir* una gratificante paz que la alegró al despertarse.

Al llegar al hospital Juárez, Norma se mantuvo en los ingresos y egresos planificados para ese día, sintiendo mucha pena al ser notificada que dos pacientes habían perecido durante la noche... Ninguno era Helena.

Después de días sin aceptar el hecho de que hubo un lazo entre ella y su paciente, Norma se levantó del escritorio y decidió visitar a la mujer, pues en las notas médicas se mencionaba que permanecía débil pero estable tras la operación. Quería verla (en particular a ella) y verificar su estado.

Norma salió de la central de enfermería y anduvo entre las camillas de una en una, preguntándole a la gente si necesitaban algo; si sentían dolores, o solo por el hecho de saber que se encontraban bien.

Cuando por fin llegó al final del cubículo, Norma vio a una Helena cubierta de sarapes y que parecía estar dormida profundamente. Optó por volver al rato y dejarla descansar.

Pudieron haber sido las diez de la mañana (hora en que los médicos y enfermeras adelantan su trabajo, quedando más libres de tiempo) en que las enfermeras recordaron que habría reunión en el comedor por la jubilación de Marian López, enfermera general que había cumplido con satisfacción su tiempo laboral en la Institución.

Norma se desatendió de sus actividades y alcanzó a sus compañeros al interior del comedor a tomar el desayuno y su respectiva rebanada de pastel. Allí dentro había aproximadamente diez personas (entre médicos, enfermeros y administrativos) que platicaban entre sí y disfrutaban de un platillo de espagueti, picadillo y ensalada de manzana.

Al ver que el compañero Carlos era parte de la celebración, Norma recordó de inmediato lo que la jefa Flor le relató acerca de que él tuvo una *experiencia* con aquella «enfermera», de la que ya varios venían hablando. A su vez, Norma olvidó el pensamiento de la *Planchada* y buscó asiento entre las demás enfermeras para tomarse un merecido descanso y desearle el mejor de los éxitos a Marian, pues treinta y tres años de labor solo se dicen fácil...

Poco a poco, los trabajadores fueron depositando el desechable en su lugar y se despidieron de los que todavía desayunaban, pues ellos debían regresar a sus puestos antes de que sucediera algo en sus tan apresuradas zonas. Pese a ello, Norma fue de las últimas en terminar de almorzar y de concluir una amena charla que mantuvo con Marian y otros más, incluyendo al compañero Carlos.

Y tras salir del convivio y lavarse los dientes para continuar con su horario, Norma vio cómo Carlos se acercaba a ella –con un recelo palpable– y que la llamaba al costado del pasillo.

–Escuché que ya te enteraste de la Planchada. –La voz de Carlos era moderada–. Ya sabes que en este hospital todo el *mundo* se pone al corriente de lo que pasa, especialmente en áreas como oncología... *Ella* es buena, Normita, que no te quepa duda sobre eso. Eulalia tiene la «capacidad» de hacer el cometido que nosotros no podemos. Estoy seguro de que la decisión que toma con cada uno de los pacientes que se van es porque así lo ha decidido. *Ha sido lo mejor.*

Norma se quedó unos segundos en duda y fue a preguntar:

–La jefa Flor me dijo que tú la viste hace tiempo. ¿Qué tan cierto es eso?

–Claro que la vi, y no solo eso, sino que la *tuve* a escasos centímetros de mí. –El enfermero sonrió como si aquello le causara más fortuna que temor o perplejidad, y prosiguió–: Esto me ocurrió cuando apenas tenía como siete u ocho meses de que las jefas me mandaran a la central de esterilización. Recuerdo que en esa ocasión estuve en el turno de la noche, y que los pasillos se veían más tenebrosos que en cualquier otro momento.

»Estaba yo a mitad del doblez de unas gasas que debía meter en la autoclave, cuando recordé que no había anotado unas salidas de sondas vesicales que una compañera me solicitó. Me acerqué de nuevo al mostrador de entrega, y en eso estaba, que giré la mirada al fondo del pasillo y vi que una enfermera muy delgada, por cierto, se acercaba hacia mí con una celeridad que me imposibilitó ver *cómo* se movía... No sé explicártelo, pero mientras yo escribía en la hoja me pareció que incluso la mujer podría no estar tocando el suelo con los pies.

»Y aquí es donde mi revelación se torna más curiosa, pues lo siguiente que sucedió aparece en mi memoria como si de un sueño se tratara, y no como una vivencia física. La mujer me extendió un trozo de papiro, el cual tomé entre mis lentas manos (al menos así percibí mis movimientos), y sé que «algo» me imposibilitaba el alzar la cara... Únicamente pude ver parte de sus hombros y de su cintura. Nada más; ni su rostro, ni sus pies.

Norma no quitaba atención a lo que su compañero le decía.

—Me encargué de surtir el material que la mujer me pedía —continuó Carlos—, y solo puedo rememorar que se trataban de apósitos y jeringas, para después ver que la enfermera firmaba sobre mi lista de entrega y que se giraba por donde llegó... No sin antes escuchar un tarareo que cesó al doblar por el pasillo. Al por fin «retomar» la estabilidad y la neutralidad de mis extremidades, me fijé en la lista de antes y vi que en realidad nadie firmó la hoja, así como que el material que le di continuaba en el estante... intacto.

—¿Qué sentiste una vez que la mujer estuvo enfrente de ti? —preguntó Norma—. ¿No experimentaste miedo o ansiedad?

—Para nada, en realidad, me sentí como en un sueño donde no tengo el control de mi cuerpo ni de mi mente. Y al mismo tiempo, sabía que estaba yo trabajando... Me es difícil detallar la sensación que tuve esa noche.

—¿Y qué pasó cuando la enfermera se fue?

—Salí de mi servicio y fui a ver a la compañera de la UCI a comentarle lo sucedido, y ella me dijo que se trataba de una tal Eulalia... conocida también como la *Planchada*. Puede que mi historia te resulte curiosa o dudosa, pero por esos días se venía hablando de que una enfermera «externa» a la plantilla de trabajadores se paseaba por todo el hospital.

»Perdón que te haya quitado el tiempo, Norma –le dijo Carlos antes de irse–. Pero los rumores de que la Planchada anda rondando por los pasillos se escuchan en todo el hospital; sumado que hasta mí llegó el cuchicheo de que en el área de oncología se ha presentado con varios pacientes. Por eso he venido a hablar contigo, porque la misma jefa Flor me comentó algo relacionado a un «encuentro» que tuviste...

Norma elevó los hombros en muestra de escepticismo y le agradeció a Carlos el que se hubiese tomado el tiempo de hablar con ella y platicarle, de viva voz, uno de los contactos más cercanos que alguien pudo tener con la famosa Planchada.

Y ante el ajetreo que volvía a incrementar en la sección, Norma se despidió del compañero y regresó a su deber. Ahora tenía mucho en qué pensar.

10

Cuando una de las practicantes interrumpió a Norma para avisarle que una mujer en camillas quería verla –a eso de las dos de la tarde–, ella nunca se imaginó que la paciente le preguntaría por la *enfermera* que momentos antes la atendió.

–Pudo haber venido como a las once y dijo que ustedes se encontraban ocupados –la mujer en la camilla #6 parecía hablar con sinceridad–. Me cambió las sábanas de la cama y renovó mi solución... Se nota que es una enfermera muy amable y cariñosa.

Norma dibujó una media sonrisa al escuchar eso, pues sabía que nadie del personal de enfermería se quedó en la central de oncología en el almuerzo. Algunos internistas sí que comieron su rebanada de pastel fuera de la reunión, pero desde su oficina en caso de una emergencia. Aparte de que la declarante se refería en específico a una *enfermera*.

–¿Cómo es ella? –le preguntó Norma–. Deme todos los detalles.

–Es delgada, como su característica más importante. Es la primera vez que la veo y puedo decir que es una joven que tiene muy presente la imagen de una enfermera, esto porque el uniforme no mostraba arrugas ni manchas. Tiene el cabello muy bien recogido y no vi aretes ni las uñas pintadas..., como muchas otras sí las traen cuando *no* debería ser.

Norma asintió con nerviosismo a lo que decía la mujer y se giró en dirección al pasillo, esta vez no con la intención de preguntar a las compañeras si entraron a ver a dicha paciente, sino directo con Justino, el encargado de mantenimiento.

–Señorita... –La mujer en la cama llamó de nuevo a Norma–. ¿Usted me entregará esa segunda dosis que su *compañera* me daría? Dijo que era media hora después de la primera....

–¿Dosis? –preguntó Norma, todavía más sorprendida por el uso de medicamentos–. ¿Qué medicina le dio?

La mujer negó y miró a su familiar al lado, a ver si este podría recordar algo. Pero no...

–Solo sé que fue una tableta muy pequeña; la cual, por cierto, me ha quitado el dolor de espalda que no me dejaba dormir.

Con la mano levantada en señal de «espere», Norma salió del cubículo y caminó directo a la cabina de Justino. Al llegar a la oficina del sujeto –quien es el encargado de la red de cámaras en todo el hospital–, la mujer reparó en que ella venía presionando el émbolo del lapicero por lo que era una clara muestra de ansiedad y temor.

Llamó a la puerta y a los pocos segundos salió un hombre de camisa deportiva fosforescente –la cual hacía notar aún más su barriga–, y se contemplaron por un largo rato en lo que ella se decidía a hablar. Tuvo que ser él quien preguntó qué se le ofrecía, pues la enfermera parecía estar ida y con la garganta cerrada.

–¿Sí?... ¿Qué necesita, compañera?

Recuperando el dominio de sus cuerdas vocales, Norma por fin habló y le hizo saber que, al parecer, un *anónimo* había estado con una de sus pacientes. Pero no solo eso, sino que también intervino en las soluciones dando medicamentos fuera de tiempo. Y como encargada del gabinete, Norma tenía mucha peculiaridad en conocer de quién podría tratarse, así como la responsabilidad ante lo que ocurriera.

–¿Podemos revisar las cámaras del corredor? Solo así me sacaré esta duda que me viene consumiendo de días...

Incrédulo ante la situación, Justino accedió a la petición de la enfermera y la invitó a pasar y sentarse en los bancos, en lo que él retrocedía las cintas de las dos videocámaras que apuntan al pasillo y a los cubículos.

–¿Fue entre las diez y media y las once? –preguntó él.

–Me parece que sí... aunque, ya que lo recuerdo bien, varias compañeras salieron a mitad del desayuno.

Justino se giró a ver a la mujer (quien parecía estar hablando consigo misma) y no le quitó la vista en lo que intuyó que la enfermera pudiese sufrir algún tipo de amnesia.

–Entonces puede que haya sido una de ellas.

–No importa –exclamó Norma, sin dejar de ver a la nada–. Ayúdeme a revisar la grabación y a estar segura de que fueron mis colegas.

El encargado se giró de nuevo a la pantalla y se entretuvo en lo suyo, hasta que llamó a la enfermera a que se acercara a él para analizar los cuarenta minutos en que la central de enfermería quedó vacía. La velocidad del formato en que veían los videos avanzaba lo suficientemente rápido como para ver cualquier indicio fuera de lo común.

En las imágenes se podía ver a uno que otro familiar que salía a hablar por teléfono o a ciertas compañeras de Norma que en un inicio le hicieron imaginar que había sido una de ellas. Entretanto, y luego de comprobar los cuarenta minutos en tan solo diez, ambos trabajadores llegaron a la conclusión de que ninguna de las enfermeras que salió fue a los cubículos. De hecho, las compañeras parecían que solamente iban por sus botellas de agua o por dinero, pues, así como salían de la reunión, regresaban con la misma.

–Es increíble... –murmuró Norma.

–¿Que las enfermeras se tomen tanto tiempo en desayunar? Sí, es increíble...

Tan grande fue la sorpresa de Norma al ver que nadie entraba con los pacientes que ni prestó atención a la sonora carcajada de Justino. A su vez, la mujer se acercó a los controles de la computadora y fue a manipular el indicador a la parte donde los familiares entran y salen, en caso de que una enfermera se hubiese «colado» entre ellos... Pero nada.

–Debería hablar con la jefa y comentarle el caso –dijo Justino–. Sobre todo si están administrando medicamentos que posiblemente están controlados.

La lógica de Justino le pareció a Norma lo bastante sensata como para asentir y compartir su idea; pero eso ya había ocurrido y la jefa tampoco es como si la tranquilizara con la versión previamente relatada. Al contrario, esta le dejó más dudas que respuestas.

Norma Jiménez agradeció la atención de Justino y salió de su espacio para regresar a su oficina y encerrarse a revisar las notas médicas y las recetas expedidas en farmacia durante las últimas ocho horas. Incluso llegó a pensar que la señora en la camilla en realidad confundió a una enfermera con una doctora que fue a visitarla... Pero esa hipótesis fue sucumbida cuando explicó las acciones que *solamente* una enfermera lleva a cabo, así como el detalle de las uñas sin pintar.

Y entre tanto quemarse la cabeza en idear una posible razón de lo sucedido, Norma reparó en que su hora de salida estaba próxima, decidiendo concluir los pendientes y en realizar su recorrido final. Norma jamás deseó con tantas fuerzas terminar su jornada y olvidarse de un asunto que la mortificaba... sobre todo cuando no parecía tener explicación.

11

En su caminata por las camillas y el olor a torundas alcoholadas, Norma agradeció el hecho de que muchos de sus pacientes dormían profundamente y se vieran «estables». De vez en vez, se detenía frente a alguno de ellos y comprobaba que el normogotero emanara solución sin problemas o en preguntarles si necesitaban algo antes de que se fuera. Saludó a Azucena Ávila –quien hablaba por teléfono– y ambas se limitaron a sonreír en señal de que todo estaba bien.

Apenas llegó al final del dormitorio, Norma vio que un familiar le daba de comer a Helena mientras ambas reían. Aquella sonrisa era, sin lugar a dudas, muy parecida a la de su madre...

–Señora Barroso, ¿cómo ha estado? –saludó Norma–. Vine a verla temprano y la encontré durmiendo. No quise despertarla. Por cierto, se ve usted alegre y eso es algo que me emociona bastante.

–¡Sí! –respondió la mujer en la camilla–. Gracias a Dios me siento mejor, y hoy he recibido una gran noticia: ¡Mi hermano Marcelo viene a visitarme!

La mujer demostró unos expresivos ojos llenos de agradecimiento que terminaron por contagiar a Norma de la emoción.

–¿De dónde viene su hermano, señora Barroso? –le preguntó Norma, sin quitarle la ilusión.

–Desde Sinaloa, pero tiene años que no lo veo por muchas circunstancias que la vida nos puso en el camino... ¡Él llega mañana!

Norma apretó una de las manos de Helena entre las suyas y le dijo que no se imaginaba cuánto le agradaba escuchar eso, asegurándole que la familia debía estar presente ante las adversidades. Por un instante, Norma sintió que hablaba con su madre y no con una paciente que apenas conocía. El sentimiento que compartieron las dos por esos segundos se percibió especial y repleto de cariño.

–Dios te bendice, hija –Helena miró a Norma y le asintió con una tez ligeramente demacrada.

Y justo en que la visita comenzaba a escalar por una

agradable conversación, esta fue interrumpida cuando una voz –buscando a Norma Jiménez por los altavoces– sacó a la joven enfermera de la plática con Helena, haciendo que se despidiera de ella para salir al llamado.

Por el eco en el pasillo, Norma comprendió que se trataba del mismo sujeto que la ayudó con las cintas del circuito minutos antes. La voz se percibía neutra y sin denotar emoción; pero la enfermera también entendió que si la llamaban era por algo de trascendencia única que estaba ocurriendo...

No fue necesario que Norma golpeara la puerta con los nudillos porque esta se abrió antes de hacerlo, dejando ver a un Justino serio y con los ojos bien abiertos que la invitaban a entrar.

–He encontrado algo en las cintas que me pareció debía ver. –Justino fue directo a la pantalla y, previo a reproducir el video, decidió poner en contexto a Norma–: Después de que se fue de aquí, me senté a tomar el resto de mi desayuno y por simple ocio retomé lo grabado desde el minuto veintitrés, ahora con la velocidad normal... Y hallé lo que yo considero *la aguja en el pajar*.

Justino accionó el reproductor e incitó a Norma a que centrara toda su atención en lo que tenía enfrente, quedándose largo rato viendo cómo nada sucedía. En un determinado momento, la mujer se acomodó en la silla y miró de reojo a Justino, pues creyó que había visto algo que en realidad no era...

–¿Me puede usted decir de qué se trata? Nunca fui meticulosa con los detalles.

Sin hablar, Justino regresó la mano al indicador y fue a manipular la grabación. Insertó un teleobjetivo cerca de los cuartos y fue a disminuir la velocidad con la que avanzaba el clip.

Y ahí fue donde Norma lo vio...

Concluidos los diez segundos seleccionados, y al ver que la enfermera tenía un rostro de aparente sorpresa, Justino regresó la cinta otra vez y esperó a que *sucediera*.

—¡Justo ahí!... ¿Lo ve?

El hombre fue reduciendo la reproducción hasta convertirla en imágenes que empezaron a dar una secuencia. En ellas, lo que parecía ser una bruma (similar a la emanación que despiden los pacientes al estar nebulizados) se extendía por la entrada del cubículo y el pasillo principal. Era como si una mancha blanquecina tambaleante «flotara» en lo extenso del corredor hasta perderse.

Ambos trabajadores se miraron sin decir nada y tragaron saliva a la par. Cuando reaccionó de su espasmo, Norma incitó al compañero de camisa fosforescente a que reprodujera de nuevo el clip, pues quería estar segura de lo que se veía era cierto y no una simple «mancha» en el lente. Sin embargo, y tras analizar las posibles justificaciones de lo ocurrido, ninguno de los dos hiló una conjetura basada en el razonamiento, siendo ahí donde Norma sintió una creciente alegría que la invadió ante algo que jamás había presenciado en su vida: ¡un auténtico fantasma!

Pero..., ¿acaso podría ser eso? La joven enfermera venía escuchando diferentes versiones de lo que sucedía ahí; tanto del mismo personal con el que trabajaba, como de los pacientes que, a su parecer, no estaban en posición de bromear con algo así.

—¿Entonces es cierto lo que dicen acerca de la Planchada? —preguntó Justino a la mujer.

—Estoy segura de que la jefa Flor sabrá qué hacer...

Transcurridos los minutos, y con una sonrisa ciertamente divertida, la jefa de la central confirmó que dicha grabación abarcaba un trasfondo en demasía enigmático. Aceptó las altas posibilidades de que se tratara del espíritu de Eulalia y confirmó todos los testimonios que escuchó.

La mujer le pidió a Justino el favor de crear una copia del video (con cierta amplitud para tener un marco de contexto aceptable) y así llevársela al director del hospital a mostrarle lo captado. Esto porque los empleados y los derechohabientes venían de tiempo atrás hablando de una enfermera –aparentemente externa al hospital Juárez– que se paseaba por los rincones del sitio.

La jefa Flor sabía que, si lograban convencer al director de que los reportes de Eulalia eran verídicos, independiente a lo que se pudiera intuir con la razón, el dilema sería contrarrestado en gran medida.

De improviso, y despistando a Norma de la conversación que Flor y Justino tenían acerca de qué hacer con la «evidencia», su celular vibró en el bolsillo, comprobando dos cosas: que Roberto ya tenía un buen rato esperándola allá abajo y que el tiempo se le pasó volando, pues casi transcurrió una hora desde que entró a ver los resultados en las cámaras.

12

El resto del día, Norma y Roberto se dedicaron a realizar sus rutinas de ejercicio físico en el parque de San Juan de Arango. Les apetecía acudir cada tercer día al bosque y trotar en la pista de alrededor hasta el atardecer.

De regreso al automóvil, Roberto mantenía su buen humor de siempre –sobre todo cuando terminaba de correr– y venía sugiriéndole a su compañera las tres opciones que más se le antojaban para cenar. Junto a él, Norma parecía no prestar atención a lo que decía; y no solo en esa ocasión, sino desde que se vieron antes, percibiendo enseguida una preocupación que aquejaba a su esposa.

–¿Te sientes bien, querida? –le preguntó Roberto–. Llevas un rato así y sabes que eso me inquieta.

–Estoy bien... Y sí, me parece que los sándwiches con papas a la francesa serán lo mejor al llegar a casa.

Roberto se reservó ante las evidentes penurias de Norma y se limitó a viajar de regreso sin decir nada. Al poco rato, la mujer fue quien rompió el silencio:

–El día de hoy un compañero de mantenimiento encontró algo en las cámaras que tiene toda la pinta de ser un espectro... Sé que te parecerá muy tonto lo que te diré, pero muchos pacientes (y hasta la misma jefa de enfermeras) dicen que es la «Planchada»... ¿Puedes creerlo? ¡*La Planchada*!

Al notar que Roberto ni se inmutaba por lo que decía, Norma lo interrogó para ver si él tenía algún comentario acerca de eso. La respuesta de su esposo fue contraria a lo que sospechó en un principio:

–Aun si no me dices nada de que hay evidencia grabada, te hubiera creído de todas maneras. Esa *enfermera* de la que han hablado (y hablarán, estoy seguro) fue vista por el doctor con el que trabajé hace varios años y por el auxiliar de la noche; yo apenas había ingresado al Instituto. El médico era un adulto de avanzada edad que no parecía tener otro propósito más que llevar a cabo su labor e irse a casa. No era alguien sociable, y solo hablaba con los enfermeros cuando era necesario.

»Aquella vez, yo me encontraba cubriendo el rol vespertino, y el doctor, de nombre Enrique, debía quedarse a la siguiente guardia en lo que sería una jornada bien pagada por el médico que no se presentó. Para eso, yo me despedí de mi relevo que llegó puntual, sin imaginar lo que escucharía al otro día...

»La enfermera del horario matutino me recibió con un misticismo que despertó mi curiosidad, solo para contarme todo lo que la noche anterior aconteció con el doctor Enrique y el auxiliar. Mi compañera enfermera me dijo que, al recibir el turno a las siete, notó que el joven y el doctor tenían enormes ojeras de lo que parecía habían estado bajo estrés.

»¿La razón? A eso de la una de la madrugada llegó un grupo de motociclistas con la urgencia de atender a tres de sus colegas que fueron embestidos por un tráiler... dándose a la fuga el conductor del camión. Y siendo la clínica el lugar más próximo ante lo acontecido, el grupo decidió primero ir ahí que al hospital.

»Lo sorprendente de esa noche fue que ambos servidores se embarcaron en una labor casi titánica al intentar controlar el sangrado con cada segundo que transcurría, solo esperando a que la ambulancia llegara y que los transportaran a la unidad. En aquella ocasión –y apuesto lo que sea a que tengo razón–, el joven enfermero aprendió más que en su paso por la facultad...

»En fin, durante cierto punto de la movilización y el ajetreo que era el atender a tres sujetos a la vez, el médico fue solicitado por el joven enfermero en lo que se refería a una atención de emergencia, esto debido a que uno de los motociclistas no dejaba de sangrar y parecía estar cayendo en un paro cardiorrespiratorio.

»El doctor le pidió al auxiliar que fuera en soporte del otro par a revisar que las hemorragias no se complicaran. Y al salir del consultorio a acatar la orden, el joven se quedó petrificado justo al ver que una enfermera giraba en el pasillo lateral –el cual comunicaba con el jardín de la unidad médica–, perdiéndose antes de verla de frente.

»Pero sin tiempo de sobra para ver de quién se trataba, el auxiliar se unió al par de heridos que estaban en el consultorio de al lado y se empeñó en hacer su labor. No fue necesario, pues el chico aseguró notar cierta paz allí dentro a como estaba antes de salir... Los motociclistas postrados no se veían mejor; pero sí que las hemorragias habían cesado y ambos parecían encontrarse «sedados». Ni un lamento de dolor se escuchó.

»La ambulancia llegó al poco rato y los heridos fueron subidos al vehículo, notando que dos de ellos parecían estar mejor que un tercero al haber controlado la respiración y el ritmo cardiaco. El doctor y el enfermero se tomaron un descanso tras ofrecer la mejor de las atenciones urgentes, hasta que el auxiliar recordó la *visión* que tuvo.

»El chico salió del consultorio y rondó por la clínica entera en busca de la mujer que, claramente, vio alejarse cuando estaban en plena acción con los motociclistas... Pero nunca encontró a nadie.

Roberto se estacionó al frente del departamento y apagó el auto. Por la reacción que Norma tuvo, entendió que esta apenas si se daba cuenta del camino recorrido.

–¿Qué pasó después? –le preguntó Norma.

–Mi compañera de la mañana escuchó las dos versiones (la del médico y del enfermero) y dijo que ambos vieron a una *mujer* que los ayudó ante la dificultad, pero que ninguno de los dos la mencionó al otro por el temor de que pudieran ser catalogados como locos. Aunque nunca olvidarán a esa enfermera, la cual no volvieron a ver más y que obró ante lo que se denominaría un *milagro*... ¿Quieres saber lo más extraño de todo?

Norma asintió de manera maquinal.

–A raíz del incidente, los trabajadores de la clínica empezaron a hablar de que en las oficinas administrativas tenían en su poder la cinta de aquella noche... Yo nunca vi tal video, pero lo que sí sé es que a partir de esa ocasión el doctor Enrique cambió sus actitudes por lo que estimaba parte del «fenómeno».

–¿Entonces te consideras adepto a la historia de la tal Eulalia y su destino; ya sea en el final de sus días por un amor imposible o por la catástrofe de un terremoto?

–Cualquier teoría es permisible dependiendo del enfoque que se le dé –respondió Roberto–. Inclusive llegué a pensar que podría ser más de «una enfermera». Puede que varias almas estén relacionadas para el bien humano. También he escuchado versiones en donde la Planchada va y crea el mal... Pero no me convencen lo suficiente.

–¿Por qué no? –lo interrogó Norma.

–Creo que solo una potencia divina interviene en todas las ocasiones que alguien ha jurado verla. Pienso que nosotros como humanos deberíamos aceptar que, sin importar lo sensacional del caso, existen sucesos que no podemos comprender, pero que *ahí* están...

13

Norma Jiménez durmió, pero no descansó. Despertó antes de la hora normal y se mantuvo viendo el techo hasta que la alarma de ambos sonó. A su lado, Roberto parecía que había dormido igual que un bebé.

La pareja se dedicó a lo suyo como cada día y compartieron la misma taza de café antes de que se dirigieran a sus labores, no sin olvidar aquella película que Roberto podía elegir previo a dormir... Y así hasta que el fin de semana llegara.

Norma aparcó la camioneta en el estacionamiento y se echó una última mirada al espejo para ver su rostro; el cual, lo sabía, era parecido al de esos zombis que salían en el videojuego que Roberto jugaba de vez en cuando. Tenía unos minutos libres antes de que el biométrico marcara la entrada y decidió utilizar los cosméticos de la guantera para colocarse un poco de sombra y delineado.

Luego de checar su entrada, Norma anduvo en dirección al servicio de oncología con el deseo de que las compañeras enfermeras le compartieran otra taza de café.

La mujer notó que el turno estaría movido al ver a muchos pacientes sentados en las escaleras y hasta durmiendo en el suelo, por lo que seguramente fue una noche acelerada en cuanto a ingresos. No tardó en confirmarlo una vez que se sentó frente al escritorio y vio las notas médicas que ya la esperaban. Tanto las de ese turno, como las que no terminaron a causa de la movilización. Para su «suerte», el trabajo físico lo realizarían las enfermeras generales y las auxiliares. Ella solo debía apoyar a los médicos y dar indicaciones a la par de la jefa Flor.

El flujo de ingresos (menos que de egresos, desgraciadamente) se intensificó a la par de que Norma se enteró de que todavía faltaban dos pacientes más en quirófano, haciendo que actuara y fuera a visitar a los demás encamillados antes de que otra cosa sucediera.

Norma se tomó el tiempo en preguntar cómo se encontraban los derechohabientes y en presentarse con los recién llegados. Les dijo lo mismo que siempre decía al ver una nueva cara: «*Me encuentro a sus órdenes. No importa qué pase, yo estaré con usted*».

Avanzó por el cubículo y percibió una huella de gratitud a la vida por ver de nuevo a Helena Barroso, quien estaba rodeada por su hijo y por una enfermera auxiliar que le tomaba pruebas de glucosa. Al cruzarse los ojos de Helena con los de Norma, ambas sonrieron con alegría y se contemplaron por un instante.

Tan pronto como la joven auxiliar se despidió de la paciente, Norma vio una facción en Helena repleta de gratitud que le dejó en claro era una mujer cariñosa. Y esa facción le pareció excesivamente similar a las que hacía su madre cuando los doctores le decían algo positivo. Era una mirada cargada de afecto y confianza.

–Buenos días, señora Helena –le dijo Norma cuando la auxiliar se fue–. ¿Cómo se siente usted el día de hoy? Si existiera algo que necesitara, no dude en llamarme.

Helena tardó varios segundos en responder.

–Gracias, hija. Eres muy amable... ¡Mi hermano viene en camino! Dice que podría estar llegando a mediodía.

–¡Me alegra oír eso! Ya tendré el gusto de conocerlo. ¿Cómo se llama?

–Marcelo. Marcelo Barroso. ¡El único hermano entre cinco mujeres!

Posterior a eso, Norma se entretuvo anotando ciertos porcentajes en su libreta diaria y en verificar que los líquidos de Helena corrieran sin obstáculos. Sin embargo, su registro fue interrumpido cuando sintió la cálida mano de

Helena, quien la estrechaba entre las barras de la barandilla. Su apretón fue tan firme que hizo a la mujer reaccionar en caso de que le sucediera algo. Pero no. Helena simplemente le dedicó una enorme sonrisa de oreja a oreja y la llamó para que Norma se acercara todavía más.

—*Ella* vino en la noche y me dio esperanzas. —La voz de Helena carraspeó al hablar—. Dijo que mi dolor cesará pronto y que mis hermanas y mis padres estarán felices de verme otra vez... y que tendré la oportunidad de despedirme de Marcelo antes de eso.

—No diga eso, Helena —Norma acarició la cabeza de la mujer y la vio directo a los ojos, sin poder controlar aquellos recuerdos que tanto la turbaban—. Usted mejorará y regresará a su casa a convivir con su familia. Tenga fe, que eso es lo más importante...

La demacrada mujer de la camilla negó con tranquilidad y volvió a aferrarse a la mano de Norma, quien no parecía comprender lo que le decía.

—«*Es tiempo de descansar, Nelly. Tu paso por aquí ha terminado*» —Helena miró a la enfermera—. Eso fue lo último que ella me dijo antes de irse, y le creo cuando me aseguró que mi tiempo ha concluido.

Norma Jiménez pudo sentir cómo la humedad de las lágrimas opacaba su vista, haciendo que parpadeara enseguida en un intento de ocultar la amargura que le causaba ver la convicción con la que la mujer hablaba. Al ver cómo Helena fruncía el ceño al acomodarse en la camilla, Norma pudo ver a su madre, recordando aquellas charlas que tenían antes de que ella se fuera.

—No diga eso, ma' —El hijo de Helena, muy cerca de ellas, dijo con la voz cortada—. Usted mejorará y saldrá adelante...

–Tiene que hacerlo por ellos, ¿de acuerdo? –Norma tampoco parecía estar bien, pero se controló–. Más tarde vendré a verla por si requiere algo. En caso de que necesite atención y no me encuentre, avísenle a cualquier enfermera o doctor.

Helena miró con cariño a Norma y le dijo:

–Dios la bendice, enfermera... Viva su vida con intensidad y ame con toda su alma.

Norma sintió un nudo en la garganta y solo asintió a lo dicho por la mujer, para después salir del cubículo y regresar a la central de enfermería. Ya ahí, Norma le pidió de favor a las enfermeras generales que la mantuvieran actualizada con cualquier detalle de sus pacientes respecto a reacciones a medicamentos, al cambio en la coloración de la orina y demás; pero sobre todo, de cualquier problema con Helena Barroso, pues parecía que la mujer no se encontraba bien emocionalmente.

No obstante, las circunstancias hicieron que Norma se olvidara de Helena gran parte de la jornada, esto debido a que la enfermera especialista fue solicitada en quirófano a eso de las diez de la mañana. El personal que debía ingresar a la cirugía no era el conveniente en aquella intervención paliativa, tomando la decisión de pedir el apoyo de Norma Jiménez en el quirófano #4 –de emergencia– para continuar con la operación.

Su presencia en el grupo de médicos y enfermeras que asistían a la cirugía fue exclusivamente en análisis de la misma. De hecho, ni siquiera notó que su participación en quirófano era necesaria al verificar que la extracción del tumor se llevaba a cabo de manera uniforme y sin contratiempos. Pero enseguida se presentaron las complicaciones, su intervención fue necesaria en soporte al doctor

Montana.

Pasaron alrededor de dos horas desde que Norma ingresó al quirófano, cuando una enfermera se asomó por la ventana y fue a preguntar a la encargada de sección por ella. Al escuchar su nombre, Norma sintió curiosidad por quién estaría buscándola, aguardando hasta que le pasaran el recado.

–¿Enfermera Jiménez?
–Soy yo...

La compañera movió la mano en señal de acercamiento y se tomó un momento en acomodar sus palabras.

–La paciente Helena Barroso ha entrado en shock neurogénico hace poco. Los médicos actúan de inmediato y me pidieron que le avisara...

Norma sintió un frío en la espalda y tragó saliva a causa de la zozobra. Alterada por lo que escuchó, la enfermera avisó al cirujano el inconveniente con una paciente en oncología y se disculpó al tener que acudir a lo que era una emergencia en su propia área.

Se descalzó los guantes, se retiró la ropa quirúrgica, y a punto estuvo de volver a ponerse la filipina, que la misma compañera de antes preguntó de nuevo por Norma Jiménez, haciendo que el eco de su voz llegara a los vestidores. Poco después, una secuencia de pasos se escuchó más cerca, hasta que la puerta del baño se abrió.

–Helena Barroso ha fallecido –comentó la compañera–. Los trámites de defunción ya se están llevando a cabo. Ya la esperan en oncología...

Norma se quedó sin habla y se tomó unos segundos en procesar las palabras de la asistente, para actuar de inmediato y terminar de cambiarse con la finalidad de acudir al deber y firmar la documentación necesaria.

14

Las principales salas de espera, como urgencias y laboratorio, se encontraban atiborradas de derechohabientes.

Por su parte, Norma caminaba con tranquilidad por los pasillos y mirando al suelo, sin dejar de pensar en que la señora Barroso ya no estaría más con ellos. Y aunque sabía que los enfermos terminales tenían más probabilidades de fallecer que de sanar, Norma deseó y confió en que Helena mejoraría... Pero sabía que sus ilusiones eran solo eso: anhelos insostenibles a la realidad.

Norma por fin llegó a su oficina tras alentar su caminar, por el conflicto que le causaba saber que debía comprobar lo que le decían, y pudo ver que la mujer que acompañó la mayor parte del tiempo a Helena (su hermana) lloraba con pesar sobre el hombro de otra mujer que no conocía.

La enfermera pasó de largo a los familiares y entró al cubículo, viendo cómo un auxiliar se apoyaba con un camillero en terminar el amortajamiento de la paciente que en vida estuvo al final de la habitación. Al ver el rostro inexpresivo de Helena y sus extremidades totalmente agarrotadas, Norma no pudo evitar tomarse un respiro en la silla de al lado para procesar la imagen.

«Hace un rato la vi bien... y ya no está más», se dijo a sí misma.

Sin verlo venir, un adulto de mediana estatura y de bigotillo canoso entró al cuarto con un folder en el que parecía guardar los documentos de Helena y todo lo relacionado con su fallecimiento. Y al ver que el par de trabajadores aún no concluían con la preparación del cadáver, el sujeto se acercó a Norma y se presentó:

—Hola, buenas tardes... Usted es la enfermera especialista que cuidó de mi hermana todo este tiempo, ¿verdad?

Norma alzó la mirada y asintió sin muchas ganas.

—Yo soy Marcelo Barroso, hermano de Helena. —El hombre señaló el cuerpo de su hermana y contempló cómo manipulaban sus restos—. Nunca fuimos muy unidos, mucho menos con tantos problemas familiares. Helena fue la hermana perfeccionista y recta que no podía aceptar que mi vida era mía y de nadie más... Pero hoy estoy agradecido de que Dios nos regaló la bendición de despedirnos luego de tanto tiempo sin vernos. Hubiera usted visto la enorme felicidad que le dio cuando llegué...

Norma asintió ligeramente y pudo idear la reacción de Helena al ver a su hermano. No era muy complicado imaginársela tan alegre, sobre todo por el parecido con su madre.

—Nos abrazamos como nunca lo hicimos —continuó Marcelo—. Nos dijimos cuánto lo sentíamos por nuestros errores y sé que las últimas miradas que me dedicó fueron desde lo más profundo de su corazón. Todavía no puedo creer que falleciera a los quince o veinte minutos de mi llegada. Ahora sé que estaba esperándome para así irse en paz...

Enfermera y camillero concluyeron su trabajo y le cedieron lo siguiente a Norma, quien debería firmar algunas hojas pendientes y dar la orden de que podían bajar el cuerpo al mortuorio.

Pero antes de que eso sucediera, Norma se acercó sigilosamente a la camilla y se quedó unos segundos admirando la bolsa de cuero cerrada. Alzó la mano y la acercó al cierre de la misma, no sin antes dirigirle una mirada a Marcelo que permanecía detrás de ella. Y mediante un asentimiento de cabeza que le inspiró confianza, Marcelo aprobó lo que la mujer quería hacer.

Ante esto, Norma recorrió el cierre y lo primero que vio fue un rostro completamente sereno que le removió las emociones, sobre todo cuando su interpretación no fue la de reconocer a Helena Barroso, sino a su madre... Aquellos gruesos labios y las arrugas que colmaban su rostro la devolvieron por unos instantes a esos días en que no se separaba de ella, así como de las penurias que vivió a su lado antes de que falleciera.

Norma cerró de nuevo la bolsa y se quedó mirando por la ventana hacia los edificios que circundaban al hospital. No supo cuánto tiempo pasó desde que sus pensamientos la mantuvieron absorta de que una amiga (ya no veía a Helena como una paciente sino como una amiga) había fallecido y que ni siquiera estuvo a su lado.

Sin querer, Norma se sintió culpable al saber que la situación pudo ser diferente si hubiera estado cuando el shock sucedió, el cual terminó con la vida de Helena.

15

El camillero Hugo se hizo cargo de transportar el cadáver una vez que toda la documentación estuvo lista. Por su lado, Norma se tomó unos minutos en salir a respirar aire fresco y en comunicarse con Roberto.

–¿Sí, bueno? ¿Estoy hablando con la enfermera más bonita del distrito #15?–. Del otro lado de la línea, Roberto no escuchó más que una respiración–. ¿Norma?... ¿Acaso otra vez me has marcado accidentalmente?

—Aquí estoy. —Por fin habló la enfermera. En su voz se percibía el abatimiento—. ¿Cómo estás?... ¿Desayunaste?

—Muy bien, cariño. Y no, justo ahora disfruto de un tentempié de fruta picada y...

—¿Recuerdas a Helena Barroso? —lo interrumpió Norma, con la vista perdida en el jardín.

—Creo que sí. Es una de las pacientes que habló contigo sobre la Planchada, ¿no?

—Falleció hace un rato y yo no estuve ahí para ella. —En este punto, a Norma se le dificultó hablar por un nudo en la garganta que la contuvo—. Cuando llegué al servicio temprano... ella me dijo que solo esperaba a su hermano antes... antes de *irse*. No merecía morir en la cama de un hospital...

El silencio se hizo presente en la llamada, esto porque Roberto no sabía qué responder ante eso. Comprendía que lo único que podría decirle a su esposa era que el fallecimiento de esa gente era común. Incluso le pasó por la cabeza el comentario de recordarle el porqué había tomado la decisión de cambiarse de campo al tener la oportunidad: por las mismas tristezas que la enfermería conlleva.

Ambos se enfrascaron en una corta charla donde Roberto dejó que su esposa se desahogara con él al confiarle los sentimientos que llegó a enlazar con aquella mujer de nombre Helena. Y por lo que Norma le dijo antes de despedirse de él y regresar al escuchar que la voceaban, Roberto supo que Helena posiblemente fue de las pacientes que hizo mención de la famosa Planchada y de su paso por los cubículos. Algo le decía que así era.

La enfermera especialista regresó a su área y preguntó qué era lo que requerían, pues siempre actuaba a cualquier llamado como una profesional: con seriedad y prontitud. Pero se dio cuenta de que nadie del personal la necesitaba, sino que en realidad se trataba de la familia de Helena.

–Díganme... ¿Les entregaron el certificado? ¿Tienen el resto de los documentos en tiempo y forma?

–Sí, señorita –respondió el hijo–. Solo hemos venido con usted a darle las gracias por lo que hizo por mi madre. Tenga...

Norma se quedó viendo el estuche de chocolates que le regalaban y sonrió con un gesto de nostalgia. Sin embargo, su sorpresa cambió cuando vio que en el interior había lo que a simple vista parecía una hoja de papel libreta.

–Mi madre le ha dejado algo escrito allí dentro... Gracias por sus atenciones.

Sin nada más por decir, los familiares caminaron por el corredizo en dirección a la salida y se perdieron entre la multitud, antes de que Norma pudiese gritar un «*gracias a ustedes*» que apenas si emergió de su garganta.

La enfermera se encerró en la oficina y reparó en que ya tenía al menos un par de órdenes médicas sobre sus carpetas, haciendo que se dedicara a cumplir con su deber y a postergar el obsequio que recién le dieron.

Y así pasaron los minutos hasta que la hora de salida estuvo cerca, no sin antes dar un último rondín por las camas y sentir un vuelco en el estómago al ver el espacio del fondo vacío. Norma suspiró y prosiguió atendiendo las penurias de los demás encamillados, quienes de igual forma se encontraban lamentando el deceso de la señora Helena. Esto porque se volvió conocida por las bendiciones que mandaba a todos y por las conversaciones que alguna vez sostuvo con los demás.

Al poco rato, la compañera del turno vespertino se presentó y Norma no solo agradeció el remplazo, sino también el gozar de la libertad de simplemente esperar a que el biométrico marcara la salida e irse.

Mientras tanto, Norma salió otra vez a tomar aire fresco al estacionamiento y a degustar uno de los chocolates que antes le dieron. Pero su motivo era otro... Era ver lo que Helena escribió para ella en algún momento de su estancia en oncología.

Norma se metió un caramelo a la boca y desdobló cuidadosamente el trozo de hoja, viendo que el texto había sido escrito con lápiz y que la fuerza con la que las palabras fueron trazadas no mostraban la suficiente precisión en el texto. A pesar de ello, sí que eran lo convenientemente legibles como para leer aquellos versos que Helena Barroso escribió:

«La estimación del buen vivir no transcurre en el tiempo o en la materia, y menos en las burdas creencias de que el espíritu fallece con la carne y que la maravilla de experimentar la Vida solo ocurre una vez en el infinito.»

«Estoy enteramente convencida de que los recuerdos y los sentimientos más profundos son aquellos que siguen al espíritu hacia lo Divino y Eterno, nunca sin dejar a un lado el inmenso amor que se nos ha brindado desde que Dios nos ideó.»

«A usted y a todo aquel servidor de la salud que lucha por el prójimo sobre una u otra razón. Dios me los bendice siempre.»

Norma Jiménez suspiró profundo y aguardó frente al volante un rato. Se quedó mirando por largos minutos el pedazo de hoja y fue dominada por la vista borrosa a causa de las nacientes lágrimas. Esto porque no era únicamente recordar a Helena Barroso y su forma de ser, sino a su madre, quien de vez en cuando regresaba a su memoria y le daba esperanzas.

Durante el trayecto a su casa, Norma no dejó de pensar en los últimos días y cómo es que le era increíble haber sentido tal «conexión» con Helena. Sabía que sus labios eran igual de robustos que los de su madre y que ciertas facciones en ella le alegraban las mañanas cada que llegaba. Muy en el interior se convencía de que no era una paciente a quien visitaba, sino a la mujer que le dio la vida y que le cantaba esas canciones de cuna por más débil y enferma que estuviese.

Tras haber estacionado su auto a las afueras del departamento, Norma se encaminó lo más despacio posible antes de abrir la puerta y ver a Roberto que parecía estarla esperando. En el rostro del hombre se veía paciencia y mucha ternura ante lo que su esposa podría estar experimentando. En cambio, en los ojos de Norma se veía tristeza y bastante pesar ante lo sucedido, haciendo que Roberto se lamentara por la manera en que vio a su esposa... tan frágil y con el aspecto de haber esperado tanto para llegar a casa y desahogarse como se debía.

Norma miró a Roberto directo a los ojos y así lo contempló por unos segundos, hasta que se lanzó a sus brazos y se soltó a llorar como hace mucho no lo hacía. Como la última vez que vio a su madre en una camilla de hospital.

EL NAHUAL

1

Entender la posibilidad de que algún día podríamos salir de casa –al trabajo o a dar un paseo– y no regresar a despedirnos de nuestros seres queridos, es lo que yo denominaría la parte más cruel de esta vida.

Por «suerte» (si es que puedo considerar lo sucedido como algo relacionado a la fortuna), pronto entendí que nadie queda a expensas de algún accidente que pueda mandarnos al *otro lado*. Eso, o arruinarnos por el resto de nuestros días postrados en una silla de ruedas o con el rostro desfigurado.

En el caso de mi primo Simón, también conocido en su colonia como «El Pirruri» o simplemente como «El Gallo» (por su estilo de peinarse simulando la cresta de un gallo), su muerte fue fulminante y decisiva...

Recuerdo que yo me encontraba tapizando unos muebles con mi patrón Gerardo –en Tejupilco, Estado de México– cuando el teléfono móvil comenzó a sonar desde mi bolsillo trasero. Pero al no poder atender el llamado por estar sosteniendo un pesado sillón (mientras Gerardo untaba pegamento en el recubrimiento) dejé que el timbre sonara dos veces; y posteriormente ser tres más, hasta ser la sexta notificación la que me obligaba a ocuparme del móvil.

Era mi madre, y al parecer, tenía necesidad de hablar conmigo. Le devolví el llamado para ver que estuviera bien y, por lo que me pareció fue consecuencia de los intentos por contactarnos al mismo tiempo, por fin logramos enlazar la señal. El llanto de mi madre del otro lado de la línea me preocupó demasiado, comprendiendo que algo grave sucedía...

—*¡Tu primo Simón!* —Recuerdo sus palabras—. *¡Tuvo un accidente en la fábrica y ha muerto!*

No supe cómo reaccioné ante lo que escuchaba, pero por la manera en la que Gerardo se me acercó y vi su rostro, puedo intuir que me bloqueé de la impresión. El llanto de mi madre, casi imposible de calmar por un segundo a fin de escuchar lo que intentaba decirme, me parecía trágico e irreal. Pude sentir el amargo sabor que muchos sienten al perder a un familiar de manera repentina...

Cuando mi madre hubo mejorado su estabilidad y dominó su hablar, ella me reiteró los detalles de lo acontecido. Me dijo, entre carraspeos y quejidos que esporádicamente dejaba escapar, que mi primo se encontraba manipulando unos cables de alto voltaje en la planta donde trabajaba, errando en la técnica. La tarea de Simón y la de su compañero había sido la del reconectar unos cables en la fuente de energía e intercambiar el interruptor eléctrico derretido a causa de un chispazo, por uno nuevo. Y sin que mi madre me lo dijera, de inmediato presentí que, por algún error o descuido, mi primo Simón debió haberse quedado «pegado» a los cables y con un fuerte impacto lejos de ahí la corriente lo mandara al suelo, muerto.

Las alarmas se activaron, el personal empezó a correr de un lado a otro y accionaron los sensores de emergencia, solo para que el médico de la empresa corroborara que nada más se podía hacer por él. Debían avisar a sus familiares del fallecimiento.

Ese día y el siguiente, Gerardo me los cedió libres en la tapicería. Él entendió mi pérdida familiar y me dijo que un descanso sería lo correcto para procesar el accidente. «*En caso de que requieras más días, puedes decirme sin problemas*», me dijo mi patrón.

Me dirigí a la casa en un recorrido por el que no dejé de pensar en la fatídica noticia del fallecimiento de mi primo. Por un lapso indefinido, perdí el dominio de mi mente. Era como si me sintiera en un sueño donde, tarde o temprano, me despertaría al igual que cualquier otro día para tomar mi desayuno, peinarme frente al espejo e irme a trabajar. No quería aceptar que mi primo –un joven adulto de treinta y cinco años– abandonaba este mundo por un accidente laboral.

Ahora me sentía asustado al saber que cualquiera podría fallecer sin imaginarlo...

Como era de esperarse, mi madre me recibió con el rostro enrojecido del llanto y con los párpados cerca de reventar. Las lágrimas no cesaron en ningún momento y corrió a abrazarme con una fuerza que identifiqué como miedo. Pero me sentí aún más desconcertado al reparar en su maleta y la de Alondra (mi hermana pequeña) que estaban junto a la puerta.

—Me voy a Veracruz, mijo' —me dijo con una voz apagada y temerosa–. Tu tío Gregorio no puede estar solo... Me iré en el primer autobús hasta allá. Me llevo a tu hermana.

No supe qué decirle; ella tenía razón. Mi tío no podía soportar el impacto a sus setenta años de que su hijo (y único apoyo) había fallecido a una temprana edad, pues enviudó tiempo atrás cuando mi tía Leticia «se nos adelantó» a raíz de problemas de salud.

Al rato llegó mi tía Romina, igual de atareada e inflamada del rostro por el llanto que por poco y no la reconozco... Sentí una pena que me embargó más al ver que entre sus pertenencias, las cuales también llevaría con mi tío Gregorio, se guardaba un montón de ropa de Simón que, por bastante tiempo, se tuvo en la casa de mi tía Romina de la época en que fuimos niños. Se me hizo un nudo en la garganta al ayudarla a cargar las bolsas...

Durante el transcurso a la terminal de autobuses nadie habló. De vez en cuando, los murmullos de mi madre se escuchaban por detrás de mi asiento, al parecer diciéndole a mi tía algo relacionado con otros familiares que aún no se enteraban del fallecimiento de Simón. En un determinado punto del transcurso, dirigí levemente la mirada a los espejos y pude notar que mi madre lloraba en silencio y que intentaba controlarse para no alterar más a nadie. Se veía inconsolable...

Al llegar a la terminal y despedirme de las mujeres –con la promesa de que estaríamos en contacto y que las alcanzaría al otro día– salí de la estación y sin comprender por qué, sentí una fuerte necesidad de fumarme un cigarrillo. Tenía meses sin tocar la nicotina, pero las últimas impresiones me obligaron a buscar una tienda para comprar tabaco y despejar mi cabeza de las preocupaciones y las ansiedades que torturaban mi mente.

¿Acaso he disfrutado de la vida como debería ser? ¿Qué pasará el día en que alguien me llame al teléfono y me diga que otro familiar, todavía más cercano (como mi hermana o madre), ha fallecido repentinamente?

Estas y otras cuestiones abarcaron mi cabeza, intentando contrarrestarlas poniendo el filtro del cigarro en mis labios e inhalando grandes bocanadas de humo. Al fumarlo, sentía que mi alma «regresaba» a mi cuerpo al controlar el estado de consternación que me turbó como nunca lo creí. Había pasado. Era verdad. No era un sueño o cosa de mi imaginación... Mi primo Simón había fallecido un día como cualquier otro.

2

La relación que tuvimos con mi primo Simón y mis tíos no fue muy unida en la actualidad a como alguna vez llegó a ser, en comparación de cuando mi tía Leticia aún vivía.

Los escasos recuerdo que vagan por mi memoria son porque cada año –desde que éramos niños hasta que ingresamos a la preparatoria– mis tíos y Simón nos visitaban en el Estado de México para vacacionar y pasar las fechas más importantes, como los cumpleaños o la Navidad.

Recuerdo las temporadas en que salíamos a correr por toda la calle y que pateábamos el balón (por más que mi madre nos gritara que dejáramos de hacer escándalo) y que andábamos en bicicleta alrededor de la manzana. Nos reuníamos con los niños de las otras cuadras a jugar *carreritas* o hacer travesuras. Siempre disfrutando de la compañía mutua.

Al estar más grandes, tal vez entre doce o trece años, nuestra relación mejoró demasiado cuando Simón estuvo un tiempo viviendo en casa de mi tía Romina por el ciclo de la secundaria y parte del bachillerato. Según él, quería conocer lo que era vivir en este inmenso territorio *chilango*. Y sin importar que su madre se mantuvo en desacuerdo al no querer ocasionar molestias con Romina, esta terminó por aceptar el hecho de que alejarse de su hijo por un rato sería bueno.

El tiempo pasó y la pubertad nos repartió lo que a cada

uno nos tocaba, haciendo que tomáramos caminos diferentes al ingresar a la preparatoria. Los amigos de Simón pertenecían al grupo «cholo». Ya saben, ese grupito que disfruta de los recesos y de las clases salteadas en las máquinas de baile o jugando Street Figther, bebiendo cerveza en las tiendas aledañas a la escuela o fumando a hurtadillas en los extremos más alejados de los salones. Mientras que por mi parte –y no es que fuera un alumno retraído o aburrido–, yo tomé el rumbo de ayudar a mi madre a vender comida afuera de la misma prepa y en leer los apuntes del semestre. Una de mis metas era mantener la beca que el Gobierno me brindaba por excelente promedio.

Poco a poco, nuestros estilos de vida se separaron por completo cuando mi tía Leticia cayó en cama y Simón optó por regresar a Veracruz para atenderla y ayudar a mi tío Gregorio en las tareas del hogar. Así como también detuvo los estudios y se dedicó a tiempo completo en trabajar y mantener estable a mi tía; quien, después de tanto luchar y conservar aquel espíritu tan alegre que demostraba, falleció a los sesenta y seis años por un paro cardiaco que puso final a la concurrencia con la que disfrutábamos de las reuniones familiares.

Simón entró a trabajar en la empresa de manufactura y dedicó el tiempo únicamente a su entorno, dejando a un lado (de forma abrupta) las visitas anuales a las que nos tenían acostumbrados. Incluso las llamadas telefónicas entre él y yo cesaron...

Y aunque mi madre y mi tía Romina visitaron Veracruz en más de una ocasión –a ver que mi tío estuviese bien– las estrechas relaciones que en algún punto entablamos como familia habían disminuido irremediablemente.

No obstante, las fatídicas circunstancias actuales nos

acercaron de nuevo a mi tío para ofrecerle el apoyo moral que necesitaba; sobre todo cuando su familia directa había perecido y se quedaba solo en aquel frío y solitario pueblo del que tanto se había excluido la mayor parte de su vida. Esto debido a que mi tío jamás llegó a entablar amistades en su lugar de residencia. Siempre fue un hombre retraído y, de cierta manera, huraño también.

Mi tío Gregorio, al menos que yo recuerde por lo que alguna vez me platicó mi tía Leticia, sumado a las ocasiones de verlo reaccionar ante la cercanía de su entorno, tenía cierto rechazo hacia quienes le ofrecían estima. Todo el tiempo estaba enojado, y al cabo de largos años viviendo en su colonia y ser reconocido como alguien *enojón*, mi tío llegó a quedarse solo por completo ahora que no tenía a nadie. Salvo a nosotros, sus familiares foráneos.

La vida de todos estaba por cambiar como nunca lo imaginamos...

3

Tras las primeras horas del fallecimiento de mi primo, mi madre se mantuvo en contacto conmigo para informarme todos los detalles acerca de lo que a continuación harían; tal era el caso de los gastos fúnebres –los cuales estarían cubiertos por el seguro al que mi primo estaba afiliado–, la documentación en gestión del afore y suplantarlo a mi tío, y llevar a cabo ciertas remodelaciones en la casa de Gregorio tras varios años descuidada.

Otra de las opciones que mi tía Romina le sugirió a mi tío fue que considerara la alternativa de irse con ella y así vivir sus últimos años en compañía. Pero él, por razones que jamás mencionó –y con un tono de molestia– se negó rotundamente argumentando que se encontraba «de maravilla», declarando que nunca «necesitó» de nadie...

Como muchos lo intuirán, los problemas familiares incrementaron entre mi familia y Gregorio al rozar la imprudencia de querer ayudarlo y que esa ayuda fuera negada. Las llamadas que me hacía mi madre –desesperada y llorando del fiasco que le causaba lidiar con mi tío, cuando las circunstancias ameritaban razón y estar unidos– estaban repletas de frustración por la actitud de él al ser grosero.

Ambas mujeres cesaron en los ruegos de que mi tío se mudara a Tejupilco con Romina y estas optaron por dejarlo en manos de su media hermana, Valentina Rosas, quien era una anciana que muy de vez en cuando (y *muuuuy* de vez en cuando), se reunía con mi tío Gregorio para charlar sobre la vida y nada más. Y a pesar de su intervención frente a la oposición de mi tío acerca de tomar la oportunidad que le daban, Valentina tampoco logró convencerlo de que el vivir con la familia sería lo mejor, pues ella era igual de vieja que él y le dejó en claro que no podría ni consigo misma dentro de muy poco.

Ante la problemática anterior, mi madre terminó por pedirme el favor de que yo pasara unos días con Gregorio en su casa, verificando que en verdad estaría bien a solas. De otra forma, mi madre y mi tía tomarían la triste decisión de mandar a mi tío a un asilo...

Un fuerte impulso tiró de mí y acepté mi cooperación con Gregorio; aunque la decisión no dependía completamente de mí, sobre todo cuando no podía dejar mi empleo por más de cinco días. Pero de cualquier modo hablé con Gerardo y le comenté mi situación, diciéndome algo que ya sabía: una semana como máximo podría tomarme de vacaciones.

Pero gracias al extenso tiempo de conocernos, y de que él conocía a mi familia (incluido a mi tío Gregorio y Simón), Gerardo me sugirió otra opción bastante rentable, en donde podía «apartarme» mi lugar en su empresa y reactivarme en el sistema de nóminas si es que era necesario quedarme más de los seis días con mi tío. Le tomé la palabra y le agradecí su apoyo.

Gerardo se había convertido en alguien muy cercano a mí, independientemente de lo laboral.

4

Viajé aquel 12 de marzo del año 2018 a las cercanías de Ciudad Mendoza y de la tan aclamada Orizaba. Tuvieron que pasar casi siete años antes de que regresara al estado de Veracruz como en los viejos tiempos. Muchas cosas habían cambiado. Desde el camino por la autopista cubierta de neblina, hasta las calles empedradas que tiempo atrás denunciaba la gente por falta de pavimentación.

Ahora podría considerar a la región como una localidad en potencia. El turismo aumentó, y, por lo que mi madre me dijo al escucharlo de boca de los comerciantes, era que el ámbito profesional de la zona también crecía exponencialmente.

El territorio donde mis tíos y mi primo vivieron la mayor parte de su vida se encuentra en una ubicación tan peculiar como peligrosa también. Una de las grandes bendiciones que ellos siempre proclamaban con los de su alrededor era la fantástica vista que disfrutaban todos los días al salir, pues tenían al frente la pulcra laguna de Nogales. Pero hablando geográficamente, los habitantes de ese sitio podrían morir en cualquier terremoto, ya que su humilde morada fue construida al borde del cerro de las Antenas, un área con varios senderos y envuelta en árboles que llevan hasta Ciudad Mendoza por el camino norte, llegando incluso hasta Maltrata y otras regiones del valle.

Luego de andar por la avenida, y gracias a la falta de memoria al intentar recordar el poblado, solicité la guía de varias transeúntes para viajar al bulevar y andar hasta Nogales. Tenía vagos recuerdos de cruzar primero un municipio de nombre Río Blanco y divisar la parroquia de San Juan Bautista frente a un parque. A continuación, debía pasearme por un camino alterno a la famosa laguna, llegando por fin a la dirección correcta.

Ingresé por la arboleda que circunda las aguas del cristalino nacimiento y me posicioné junto en el primero de los puentes en un intento de ubicarme desde la explanada del parque, buscando la casa de mi tío en la pendiente del cerro. Mientras caminaba en dirección a la vereda que ascendía, pude ver algunas bandadas de patos que nadaban o que se paseaban por cualquier tramo de las canchas y restaurantes.

Al llegar a la bifurcación que dividía el camino en dos (uno al extremo norte del cerro y otro hasta las viviendas laterales) me detuve unos segundos y me giré para admirar la vista. Mis tíos tenían razón al asegurar que su panorama era algo que difícilmente se cambia... Pude ver los enormes ahuehuetes menearse por el viento y a uno que otro sujeto brincando en las frías aguas (las cuales son igual de claras y transparentes que las de un paraíso).

Cuando por fin identifiqué la humilde morada de mi tío, me tomé unos segundos en admirarla y percibir que no era como lo recordaba en las escasas veces que los visitamos. Esta vez, y para una apariencia más deplorable, y de cierta manera, depresiva también, el hogar se veía peor que antes.

Recordé entonces que hubo un tiempo donde mi tío trabajó mucho en mantener su hogar lo mejor posible. Construyó, arregló, e incluso mandó a pavimentar cierto perímetro de su propiedad en medio del cerro. Pero tras la muerte de mi tía y los problemas que él y Simón tuvieron a consecuencia de eso, mi tío se derrumbó moralmente. A su vez, mi primo construyó un cuarto a pocos metros y empezó una vida aparte.

En la actualidad, y al no tener un motivo que lo impulsara a prosperar tras la muerte de su esposa, mi tío Gregorio abandonó los esfuerzos de mejorar su hogar, notándose la falta de cuidado en la misma. Sentí un nudo en el estómago al pensar en el lastimoso declive en el que ahora se veía...

Antes de acercarme a la casa y llamar al interior, un enorme perro salió de entre los galones de agua –donde un vecino tenía el fregadero– y fue a lanzarme una secuencia de ladridos que me irritaron un poco. Pero gracias a la cadena atada en el cuello fue que el animal no se me acercó más... En las chozas contiguas otros perros empezaron a ladrar.

La puerta frente a mí se abrió y fui recibido por mi tía Romina, quien me saludó con un leve meneo de cabeza y se hizo a un lado, invitándome a pasar.

Los perros no dejaron de ladrar hasta que entré a la casi abandonada casa de mi tío y me tomé un rato en admirar el interior. La alacena de hace años y la mesa del comedor seguían en el mismo lugar, esta vez cundidas por el polvo y la polilla que se había encargado de dañar la madera. En un rincón vi una estufa Mabe muy destartalada y cubierta de grasa seca con restos de comida. Así como un altar repleto de flores alrededor con las fotos de mi tía Leticia y de Simón en el pasillo.

—Tu tío Gregorio se está bañando, y tu madre y Alondra no deben tardar en llegar; fueron a la miscelánea a comprar.

Dejé mi maleta cerca de la entrada y me acerqué a mi tía Romina con toda la intención de darle un abrazo. Nos quedamos un largo rato en lo que ella volvió a desahogarse con un tímido llanto sobre mi hombro y yo solo me limité a abrazarla con fuerza, sintiendo que mis párpados también se humedecían por el recuerdo... Ambos necesitábamos apoyo emocional en ese momento.

Al poco rato escuché una puerta abriéndose y cerrándose en la habitación de al fondo, haciendo que me girara a ver cómo una figura caminaba entre la oscuridad del pasillo rumbo a la sala, arrastrando las chanclas mojadas y carraspeando. Me alejé de Romina y me acerqué hasta mi anciano tío para saludarlo y darle mis condolencias. Sin importar las circunstancias que giraban en torno a la familia, la reacción de mi tío fue de completa indiferencia y solo dibujó una leve sonrisa que interpreté como un intento de ser amable conmigo. Se acercó a la alacena y buscó una taza de agua.

—¿Qué haces aquí, sobrino? —me preguntó—. Deberías estar trabajando en México... No necesito que estén conmigo y ya se los he dicho.

—Gregorio..., es por tu bien. Ricardo solo estará contigo unos días. —Mi tía Romina se sentó en el sillón y me vio con pesar. En su mirada pude captar cansancio y fastidio.

—Así es, tío —respondí—. Además, me será bien estar alejado del ajetreo por un tiempo. No he tomado ni un día libre desde hace meses.

—¡Sírvete de comer, sobrino! Ahí hay estofado de papas y bisteces que hizo tu mamá. Ya has de estar hasta la madre de tanta guajolota, ¿apoco no?

Reí el comentario de mi tío y le acepté tomar un vaso de agua.

Algo que me hizo sentir incómodo y asombrado a la vez fue la tibia conducta que mi tío presentaba tanto en su semblante como en su actuar. Parecía que no tenía pena qué lamentar y que nada hubiese ocurrido con su hijo. Y aunque era un anciano que no dejaba mostrar sus emociones tan fácilmente, aquella ocasión en verdad era especial y pensé que podría demostrarlo... Pero me equivoqué.

Ahí fue donde entendí a mi madre cuando decía que él era un adulto muy *complicado*.

Poco después de intentar charlar con mi tío de cualquier tema para evitar que la tensión allí dentro fuera cada vez más difícil de sobrellevar, la llegada de mi madre y mi hermana con varias bolsas hizo que me levantara del sillón a ayudarlas. Al verme, mi madre me abrazó y agradeció mi pronta presencia.

—¿Ya comiste, chamaco? —me preguntó.

—No tengo mucha hambre... Gracias.

Pero mi estómago demostraba lo contrario.

—Yo sé que sí —respondió mi madre—. Ve a lavarte las manos y ayúdame a poner la mesa.

5

El funeral de mi primo Simón se llevó a cabo el mismo día de mi llegada, y su cuerpo fue sepultado en el Panteón Municipal de Nogales. Allí, un conocido de mis tíos dedicó unas amenas palabras a mi familia –con especial particularidad a Gregorio– y se tocaron mariachis en honor al descanso eterno de mi primo. De igual forma, un grupo de al menos cinco vecinos de la laguna se unieron a dar el pésame a mi tío y permanecieron con nosotros hasta el crepúsculo.

Esa tarde concluyó con el padre de la catedral bendiciendo el descanso de Simón y con dos panteoneros que descendieron el féretro, cubriéndolo de tierra y dando así por concluida aquella trágica eventualidad que a todos tomó de imprevisto.

Antes de que mi madre, mi hermana y mi tía Romina regresaran al Estado de México a continuar con sus actividades, me adapté en la que había sido la habitación alterna de mi primo Simón –la cual reacondicioné y limpié junto a mi madre. La sensación de tristeza que me embargó fue evidente al guardar ciertas pertenencias de especial cariño, haciendo que por fin, y por más que me controlé desde la noticia del fallecimiento de Simón, me dejara caer en la cama y le llorara lo que venía reprimiendo de días. Aún no podía comprender *por qué* a *él*...

El favor de mi madre para que yo me estableciera en Nogales por un tiempo era el de acompañar y apoyar a mi tío hasta que demostrara que podía estar solo sin que alguien estuviera a su cuidado. Sin embargo, y aparte de que mi tío dio señales de haber envejecido por todo el *estrés* provocado, noté que un gran número de personas subían la cuesta a darle sus condolencias, mientras que otros iban solo a molestarlo... Por ende, mi objetivo en Nogales también se basó en protegerlo de aquellos que no conocían el respeto hacia los adultos mayores, sobre todo tras perder a un ser querido.

Esto lo percibí luego de que mi tío saliera a reñir a un grupo de nadadores que, al parecer, se habían acercado a decirle algo que lo enfadó tanto que hasta yo mismo me asusté al ver su rostro. Y al preguntarle qué se traían esos abusadores con él, mi tío me fulminó con la mirada y se encerró de nuevo en su casa, decidiendo darle su espacio y mantenerme al margen.

Conforme los días transcurrían me di cuenta de que una semana apenas sería suficiente para adaptarme al nuevo estilo de vida y seguir el rutinario proceso que mi tío llevaba. Desde barrer el frente de su casa, hasta subir a la cima del cerro en busca de madera.

Hablé por teléfono con Gerardo y le comenté mi caso, sabedor de lo que significaba esa llamada. Le dije que mi estancia en Veracruz podría ampliarse más de lo estipulado; a lo cual, Gerardo me motivó a tomarme un tiempo y me dijo que reservaría mi puesto para cuando regresara. Le agradecí enormemente y los siguientes días no hice nada más que buscar un empleo que me ayudara a sustentar mis gastos.

Llené varias solicitudes de empleo y me tomé la libertad de andar por los alrededores de la laguna en un rato que me pareció más que agradable, esto porque el día se prestó para una caminata confortable en andar por las calles de aquel poblado.

Anduve por varios parques viendo las vitrinas de papelerías o tiendas a ver si requerían de un trabajador. Algo que me gustó demasiado fue el panorama alrededor, el cual estaba rodeado de grandes cerros tupidos de un color esmeralda que hacía perfecta sintonía con los ya débiles rayos del sol. Al mismo tiempo, una oleada de incertidumbre se adueñó de mis pensamientos en donde volví a recordar a mi primo Simón y cómo es que la vida nos había cambiado de un segundo a otro. *Sí*, había sucedido en realidad.

Me sentí agradecido por caminar y disfrutar del frescor de aquella tarde, nunca sin olvidar que mi primo, tan alegre y joven, un día salió de su casa sin saber que regresaría cubierto con una sábana blanca y una etiqueta de identificación colgando del pie. Eso podría ocurrirle a cualquiera... ¿cierto?

Cuando iba de regreso a la laguna —confiando suerte en los cinco establecimientos que encontré— la voz de un extraño gritó mi nombre a varios metros, dudando si de girarme sería lo cordial o continuar mi camino, ya que se supone que nadie me conocía en Nogales. Pero a causa de la insistencia en las menciones que clamaban a mis espaldas, detuve el paso y me giré para ver a un hombre que se acercaba a mí.

—Tú eres Ricardo... Ricardo Peña, ¿verdad? Tu tío es don Gregorio.

Me quedé en blanco y después asentí. Estaba en lo correcto.

—Hace días vi a tu madre pasar por aquí y creí que tú también vendrías, luego de... Bueno, tú sabes a qué me refiero. Lo siento mucho, de verdad. «El Pirruri» siempre fue parte del barrio. Justo hoy, hace una semana, los dos nos reunimos a tomar un trago...

—Gracias —le dije—. Y sí, mi madre llegó primero junto a mi hermana y mi tía; pero por la escuela de mi hermana y el negocio de mi tía ambas ya han regresado. Yo estaré un tiempo indefinido por acá... ¿Cómo te llamas?

—¿No te acuerdas de mí? —preguntó—. Soy uno de los parientes con los que antes salías a jugar. Por ese motivo te reconocí al verte pasar.

Mi rostro se enrojeció de la pena y le confesé que no lo recordaba. De eso ya tenía tiempo...

—Soy Edgar, también conocido como «El Cejas». —Al decir eso, se quitó la gorra de visera plana y arqueó las cejas en señal del *porqué* le apodaban así—. ¿Cómo te trata el sur? ¿Estás libre para caminar un rato?

Ante esto, le dije que sí y nos encaminamos lentamente al sendero que subía por la cuesta donde vivía mi tío Gregorio. Mientras tanto, los dos charlamos acerca de mi familia en esa parte de Veracruz y me incitó a que anotara su teléfono celular en caso de que necesitara *una mano*.

Cuando Edgar se despidió de mí, me dijo algo que no comprendí al instante y que lo tomé a broma o simples creencias: «*Cualquier percance, no dudes en llamar. Y evita salir en la madrugada; se rumora que el nahual ha estado rondado por la colonia. Ya varios lo han visto*».

Al escuchar eso último dibujé una media sonrisa de incredulidad y le agradecí sus atenciones. Me despedí con una reverencia de cabeza y me di la vuelta para empezar a subir la pendiente.

Por detrás de mí, Edgar se quedó largo rato viendo cómo me alejaba, y aquel rostro inexpresivo que le vi me aterró más de lo debido.

6

En los días que me vi desempleado me dediqué a dos

asuntos de mayor relevancia: en ayudar a mi tío al acarreo de carbón y leña, y en nadar en esa cristalina agua que tenía a escasos metros.

En cuanto a la segunda ocupación que llegué a gozar en Nogales, me encantó la convivencia que los nadadores de las localidades aledañas tenían. Los había de todas las edades; desde niños que al parecer se saltaban las clases con tal de ir a echarse un clavado, hasta adultos que visitaban el nacimiento con su familia. En cuanto a mí, me encantaba descender antes de la puesta de sol y lanzarme a las frías corrientes en ese balneario natural, el cual tenía la dicha de gozar a toda hora.

Lo que no me gustaba (y fue algo que se degradó con el tiempo) fueron las faenas que mi tío llevaba a cabo con terquedad y, en ocasiones, por el simple hecho de hacerme sentir incómodo ante su actuar. Tenía que estar al pendiente de cuando salía de su choza (con el machete colgando del cinturón) y empezaba a subir con paso lento, pero decidido, por la loma del cerro... En más de una ocasión lo vi resbalar y escuchar a su espalda crujir con cada bulto de madera que se echaba encima, a pesar de insistir en que yo lo podría ayudar.

Los conflictos del carácter con mi tío –que en un punto mi madre me advirtió– por fin empezaban a hacer acto de presencia entre él y yo. En mi caso, el temor a que Gregorio se lastimara de gravedad permanecía todo el tiempo que duraban nuestras caminatas por el cerro.

Y es que desde el inicio él mismo me pidió «de favor» que no interviniera en sus ocupaciones (pues decía que era lo que lo mantenía activo); pero también me era imposible hacerme de la vista gorda y dejar que un anciano subiera en solitario por una cumbre que representaba diversos inconvenientes...

Al tercer día de haber buscado un nuevo empleo, el teléfono celular sonó y vi que un número desconocido quería ponerse en contacto conmigo, intuyendo que se trataba de un gerente que necesitaba trabajadores con disponibilidad de tiempo. No me equivoqué. Quien me hablaba se presentó como el encargado de Recursos Humanos del supermercado al que había ido a dejar mis papeles, preguntándome si estaba libre para una entrevista en dos horas, a la cual accedí encantado.

Y aunque mis dudas acerca de que mi tío ahora sí estaría solo la mayor parte del tiempo –dándole la *libertad* de cometer imprudencias– mi madre y mi tía Romina me tranquilizaron al decirme que yo debía hacer mi vida sin la completa precaución de lo que podría sucederle a Gregorio. De hecho, y ya cansadas ante el egoísmo de mi anciano tío, las dos consideraron bien el empezar a buscar pensiones en un asilo, esto porque cada vez era más complejo sobrellevar la situación con él.

Me contrataron de inmediato en el área de cajas y me dijeron que solo tendría un día a la semana para mis descansos, y yo acepté eso al saber que así podría estar lo más alejado posible de las complicadas acciones de mi tío.

Mi primer turno como empleado a tiempo completo fue matutino, así que mis descansos eran dedicados a nadar y a cenar con mi tío. Momentos donde la convivencia con él era grata y racional. Me platicaba de sus faenas en su juventud y de los conflictos con varios de la región. Y por la forma en que a veces se expresaba o actuaba, noté que todavía podría mantenerse en pie al menos otros cinco años.

Los días pasaron y la rutina terminó por dominar mi vida, al grado en que me adapté en Nogales y me centré en trabajar y en nadar por las frías aguas de la laguna. Mis días de descanso los utilizaba en viajar a Orizaba y perderme en el centro de la ciudad, o en simplemente nadar. Incluso se creaban «campeonatos» para el mejor clavado desde el puente...

En esas «reuniones» me encontré más de una vez con Edgar y platicábamos de cualquier cosa, no sin antes persignarse al hablar de mi primo Simón o de mi tío Gregorio. Al parecer, les tenía respeto. Pero no solo él, pues algunos de los nadadores me pedían que le diera sus saludos... No obstante, había otros que no solo se retiraban al escuchar el nombre de *Gregorio*, sino que también cuando me veían de cerca por el parentesco que tenía con ese anciano que vivía en la cuesta del cerro.

—No te preocupes —me dijo Edgar—. Hay mucha gente que no sabe recibir a los foráneos.

7

Las labores de ese jueves fueron más de lo que yo me encontraba listo para afrontar, esto debido a que la renuncia de un empleado, de manera imprevista, me obligó a hacer el trabajo de dos.

La jornada empezó a las siete de la mañana y terminó a las ocho de la noche, en lo que se resume como varias descargas de camiones que llegaron, el embalaje de la mercancía, y en atender las cajas de cobro en soporte de mis escasos compañeros. Para colmo, aquel día fue quincena y el supermercado estuvo al tope en cuanto a clientes y proveedores.

Al término de mi horario llegué derrotado al cuarto y solo me dediqué a cenar una orden de tacos cerca de la laguna e irme directo a la cama. Es más, ni siquiera pasé a la casa de mi tío a saludarlo como lo venía haciendo desde que llegué a Nogales. Pero al escuchar su televisión encendida y los trastos que golpeaban unos a otros, supe que todo estaba en orden con él, tomándome la libertad de acostarme antes de las diez y dormir hasta que amaneciera.

Sin imaginarlo, mi tranquilidad en aquel sitio tan alejado de la ciudad –y tan cerca del boscaje–, se interrumpió en plena madrugada, justo cuando un rechinido que parecía provenir del techo de lámina me despertó... Me incorporé de la cama y abrí la ventana en un intento por visualizar la procedencia de aquel chirrido que parecía andar de un extremo del techo a otro.

Con fuertes ladridos, los perros de alrededor empezaron a trastornar la noche.

Me quedé pasmado y pude escuchar el sonido de varias pezuñas que corrían y que, al mismo tiempo, resbalaban por la planicie; como si lo que estuviese arriba fuese una gallina asustada que se detenía al mirar que estaba a punto de caer. Y al escuchar detenidamente lo sólido que parecían esos movimientos, pude intuir que se trataba de algo más *voluminoso* que una gallina... La lámina se sumía con cada pisada que *aquello* estuviera dando.

Salí de inmediato y pude ver a los vecinos que también se asomaban por las ventanas y puertas a causa de los gruñidos que emitían los perros. Y justo al escuchar que «eso» se encontraba por detrás de la vivienda, me lancé a la carrera en busca de lo que sucedía... Pero no hallé nada más que una ligera capa de polvo que pareció haber sido revuelta, así como el sonido de las plantas que se movían entre la oscuridad, y que me daban a entender que lo que haya sido huyó por el barranco del cerro.

Me quedé un rato pensando en qué animal pudo ser, pero solo recordé a las gallinas que más residentes (todavía más arriba del cerro) tenían libres por todo el terreno. Lo más curioso es que no escuché ningún cacareo... Entonces imaginé a una rata inmensa o una ardilla que, posiblemente, fue a caer de las ramas y a estrellarse contra el techo. Pero ya que lo recordaba, tampoco escuché un impacto anterior a las «garras» que andaban por la lámina.

Una fuerte oleada de aire frío me incitó a regresar al interior del dormitorio, esta vez con el sueño más despejado y alarmado por cualquier tipo de plaga que pudiera entrar en la noche.

Y en eso me encontraba, esforzándome por conciliar de nuevo el sueño, cuando un lamento que empezó a incrementar me hizo saltar otra vez de la cama. Parecía provenir de escasos metros y del lado de donde mi tío Gregorio se suponía que descansaba. Y digo «se suponía» porque noté que el llanto lo emitía *él*. El temor a que un animal anduviera acechando la zona se convirtió en la duda de que mi tío estuviera herido. Pese a ello, y al tomar un abrigo para disponerme a buscarlo y preguntarle qué pasaba, un impulso me detuvo antes de salir en lo que sería una intervención a sus penas.

«*Tal vez a estas horas es cuando llora, sin que nadie lo vea, la pérdida de Simón*», tuve ese pensamiento, el cual tomó bastante sentido al escuchar que su llanto era lento y difuminado... Como alguien que llora con pesar.

Me quité la chamarra y me acosté de nuevo en la cama, decidiendo que lo mejor sería dormir antes de que mi alarma sonara. Pero no fue fácil, pues los sollozos me impidieron conservar la calma, sobre todo cuando una tragedia familiar había ocurrido hace poco...

Me dormí pasado un rato.

8

Me alisté como de costumbre y salí a las seis y media de la mañana; aprovechando el tiempo de andar hasta el supermercado sin subir al autobús, ya que se encontraba cerca y el clima aparentaba estar en condiciones de disfrutar de una buena caminata.

Pasé junto a la casa de mi tío y me detuve esperando a que saliera, igualmente dispuesto a iniciar con su rutina diaria.

–¡Ya me voy, tío! –le grité–. ¿No se le ofrece nada a mi regreso?

El anciano, el cual no parecía moverse como un adulto de setenta años sino como un joven, se asomó por una de las ventanas y me chifló, acatando su llamado para que me acercara a él.

–¿Qué vas a desayunar allá? –me preguntó, parpadeando y haciendo bailar sus canosas cejas.

–Mis compañeros y yo nos reunimos en una cafetería que hay cerca de ahí. Lo más probable es que un pambazo o un cuernito.

Con la indiferencia que lo caracterizaba –y a la que lentamente empezaba a acostumbrarme– mi tío regresó la cabeza al interior de su comedor, no sin antes levantar la mano y despedirse.

–Nos vemos luego –me dijo.

Proseguí mi andar por la terracería –mientras rezaba y cruzaba los dedos para que la cuadrilla del supermercado estuviera completa– y me quedé admirando el despejado cielo. El aire corría cálido y supuse que a mediodía el clima estaría entre los veintiocho o treinta grados Celsius.

Y tanto fue mi despiste andando que no vi lo que a punto estuve de pisar... Pegué un brinco lo más lejos que pude de aquel gato muerto –con las tripas de fuera y rodeado de moscas– y me di cuenta de que por poco tropezaba por el susto. Reí por los nervios que me causó ver al animal en descomposición y decidí rodearlo..., no sin dejar de ver los detalles que me fueron imposible no morbosear. Entre ellos, que tenía muy poco tiempo desde que el animal había muerto y que sus órganos *reventaron*, esto por la línea de sangre seca que escurrió de su hocico.

Salí hasta la avenida principal y me encontré con la sorpresa de que Edgar también venía en su bici, asegurándome que su rutina diaria consistía en rodar hasta el Rincón de las Doncellas y regresar a su casa al desayuno.

En lo que caminaba a mi destino, Edgar se quedó un rato junto a mí en lo que consideré un amable acompañamiento en mi ruta. Me preguntó cómo estaba mi tío y de cuándo tenía pensando regresar al Estado de México. A lo cual, le respondí que incluso podría adaptarme un poco más de tiempo en Nogales y hacer algo de dinero.

Y en eso estábamos, charlando y riendo, cuando Edgar interrumpió la placidez de siempre en sus pláticas y cambió las facciones de su rostro. Se bajó de la bicicleta, se posicionó lo más cerca de la banqueta para no interferir con el tráfico, y me susurró casi al oído:

—¿Escuchaste lo que pasó anoche?

Me giré a verlo y negué.

–¿Qué pasó?

–Una pareja reportó a la policía de la laguna que escucharon fuertes gruñidos en la parte trasera de la biblioteca. Esto se lo contó el mismo guardia a mi mamá hace rato que pasó por la casa. Pero no solo eso, sino que igual varios vecinos dijeron que el número de sus gallinas ha disminuido en los últimos días... ¡Pa' mí que es el nahual!

Edgar soltó una carcajada de burla que me hizo *seguirle la corriente*... aunque no sabía qué responderle. No podía asegurarle nada que no tuviera fundamentos lógicos, por más que hubiese escuchado sobre el nahual y lo que se decía de él: como que era un perro grande y que asustaba a las personas.

Y al notar mi rostro de incredulidad, Edgar me deseó un buen día y se subió de nuevo a la bici, lanzándome otro de sus comentarios que dejaba a mi entera sagacidad.

–Dile a tu tío Gregorio que no salga de noche... No vaya a ser que se encuentre con quien no deba.

Chocamos los puños en despedida y yo continué mi caminar hasta el supermercado. Al llegar, me alegré al ver a un sustituto en el área de descargas que ya estaba siendo capacitado.

9

Dos días después al encuentro con Edgar, hablé por teléfono con mi madre y nos entablamos en una charla lo bastante duradera como para no darme cuenta de que la noche nos había alcanzado.

Yo me encontraba sentado con los pies colgando desde

un pequeño acantilado y veía a los nadadores lanzarse con diferentes clavados, así como a una que otra pareja que se paseaba por las jardineras. Entretanto, mi madre me hablaba acerca de que se venía quedando a dormir con mi tía Romina, pues se sentía atemorizada en las noches y le pidió que se fuera con ella.

También mencionó que salió de viaje a las afueras de Toluca en busca de una casa hogar que se adaptara a las necesidades de mi tío. Con pesar y apenado por estar de acuerdo con mi madre acerca de llevar a Gregorio fuera de Nogales, acepté que sería lo mejor para todos; pero sobre todo, para mi tío, ya que aparentaba ser un riesgo para sí mismo y no podíamos arriesgarnos a dejarlo a la deriva.

La primera vez que escuché a mi madre quejarse de lo pesado que se comportaba Gregorio imaginé que se refería a las mismas actitudes de toda la vida que mi tío exponía al mundo (las de un anciano malhumorado), y las cuales nunca le gustaron a mi tía Leticia ni a ninguna otra mujer de la familia por referirse a ellas de manera déspota y machista. Sin embargo, y al comprobarlo personalmente, me di cuenta de que mi madre decía la verdad...

Las conductas de Gregorio no solamente estaban basadas en el enfado o en la brusquedad, sino que la insensatez de lo que alguna vez fue un hombre cuerdo, empezaron a agravarse en reacciones y miradas fuera de lo común. En ocasiones parecía que estuviese yendo directo a la locura sin boleto de regreso, pero aquellas deducciones caían en duda al también llevar a cabo actividades físicas y administrar sus gastos con astucia.

En una de las primeras ocasiones en que subía tras él a la cima del cerro, con la intención de cortar madera y venderla, mi tío me sorprendió en verdad cuando se detuvo a mitad de la nada, por lo que aparentó ser un ataque al corazón. La situación me alteró y de inmediato me arrodillé a su lado con la intención de cargarlo y bajar a ver quién podría llevarnos a urgencias. Pero en el instante en que me coloqué de cuclillas y pasé mis manos por sus piernas, mi tío se aferró a mi brazo con una fuerza que me pareció excesiva, en especial para un adulto. Su penetrante mirada me taladró por un buen rato y me obligó a quitarle las manos de encima... Entre gemidos de dolor y una respiración entrecortada, Gregorio fue disminuyendo su ahogada respiración y se estabilizó.

Cuando por fin retiró los delgados dedos de mi piel, pude ver una enorme mancha roja que parecía rodear hasta mi antebrazo. La punzada que llegué a sentir consecuente al apretón se mantuvo por largos segundos, en donde el temor general se esparció tanto en la precaución de la estabilidad de mi tío, como en la fuerza ejercida en mí.

Tras la caída, Gregorio se incorporó y reanudó el paso ¡hacia arriba!, sin tomar en consideración el hecho de que estuvo cerca de morir allí mismo. Pero no le importó lo que le dijera sobre ir a hacerle estudios clínicos, pues Gregorio simplemente me lanzó una mirada que jamás alguien me dedicó y me obligó a alejarme de él.

Por esa y más razones, fue que acepté el «trato» de mi madre al esperar otros diez días en Nogales en lo que se concluía el papeleo del recibimiento en el asilo. Me confirmó que después de eso, el deber con mi tío volvería a ser de ella y de mi tía Romina; y no solo del convencimiento que por milésima vez le harían sobre ir a Tejupilco con nosotros, sino de la obligación de ponerlo en un sitio seguro por sus últimos días de vida en caso de que la respuesta continuara siendo *NO*. «Si tu tío no entiende que necesita apoyo, no nos deja otra opción más que hacerlo a la fuerza», me dijo mi madre por teléfono.

Igual me comentó la fecha estimada para obtener respuestas de la casa hogar y del regreso de ella con mi tía Romina a Nogales. Y posterior a charlar de otros temas cotidianos, ambos nos despedimos por esa vez, no sin antes prometerle que la estaría llamando en los siguientes días.

Al concluir la comunicación con mi madre, me levanté de donde estaba sentado y me quedé unos segundos admirando la cristalina laguna que se veía por debajo del cerro. En algún punto del parque, las risas de varios niños y el sonido del agua saltando por los aires me dieron a entender que la gente en verdad se la pasaba bien. Chequé mi reloj y me di cuenta de que aún podría bajar y nadar unos minutos antes de volver y alistarme para el otro día.

Y justo al girarme para ir a dejar el celular y ponerme las chanclas, una fuerte sensación de «te estoy viendo» me hizo voltear a una de las ventanas de mi tío, notando cómo este se asomaba y contemplaba mi andar sin perder detalle. El semblante que percibí por detrás de la opaca textura del cristal fue similar a la de un cadáver, ocasionando en mí un temor que me es complejo relatar en estas páginas. Se trataban de unos ojos hundidos en las cuencas y de unas arrugas que fácilmente pudieron ser comparadas con cicatrices de antaño.

—¿Qué hay, sobrino? —carraspeó mi tío y terminó de abrir la ventana—. ¿Hablabas con tu madre?

—Sí, dice que le manda saludos. Hablaré de nuevo con ella en la semana, por si quiere decirle algo...

A pesar de la amabilidad con la que me referí a su pregunta, Gregorio se fue alejando de la ventana a paso lento hasta que desapareció en la penumbra, solo escuchando sonar la televisión al fondo. Tragué saliva y apresuré el paso a las frías aguas de la laguna. Necesitaba refrescar las ideas.

10

En uno de mis tantos descansos en el trabajo decidí que sería bueno visitar el cementerio del municipio en recuerdo de mi recién fallecido primo. Había días en que a mi memoria regresaban aquellas tardes de verano andando en bicicleta o de las noches de invierno en que jugábamos videojuegos hasta la madrugada; pero sobre todo, esos recuerdos me inundaban la cabeza al estar habitando el mismo recinto en donde alguna vez Simón vivió. Durante todos los amaneceres de aquella etapa de mi vida me peinaba en el mismo espejo donde él se veía, me asomaba por el portillo como seguramente mi primo lo hacía y dormía en su colchón, siendo imposible no recordarlo.

Los cielos de ese día estuvieron despejados y el viento corría frío, señal de que la noche estaría estrellada y que en la semana habría buen clima.

Tomé mi mochila con los artículos que cargo al realizar caminatas largas (agua, una muda extra y dinero) y bajé el sendero en dirección a la avenida principal.

El gato muerto ya no estaba...

Mi andar por el tramo que separa la carretera de la laguna fue agradable y reconfortante. Los niños corrían en calzoncillos con sus pistolas de agua y los vendedores ambulantes gritaban a todo pulmón lo que vendían. No obstante, y a poco de andar a la avenida, la voz de una mujer me hizo girar cuando comprendí que aquella maldición que gritó a mis espaldas iba dirigida, sin lugar a dudas, a quien esto escribe.

—¡Lárgate de aquí, y llévate al demonio de tu tío contigo!

Al girarme, me di cuenta de que en realidad no era una sola mujer la que me miraba con recelo, sino que un grupo de al menos cuatro señoras se cuchicheaban entre ellas y me analizaban con temor. Pero al no comprender la razón de ese trato, me limité a continuar por la banqueta hasta que me alejé de las mujeres. Y aunque me retiré lo suficiente, todavía logré escuchar que seguían hablando de mí y que renegaban sin quitarme la vista de encima.

Aturdido por lo anterior, dejé pasar el inconveniente y me centré en lo mío.

Luego de diez minutos caminando, por fin llegué al cementerio y fui directo a la tumba de Simón, la cual estaba adornada con diferentes regalos y objetos de familiares y amigos. Me senté en una esquina de la piedra labrada y me centré en hacer una oración por su alma y su eterno descanso. Posterior a eso, extraje mi ejemplar de *Los viajes de Gulliver* y me introduje en una pacífica lectura, la cual consideré compartía con él.

Y así se me pasó el tiempo, entre leer y admirar los grandiosos cerros que se perdían por el oeste en una casi infinita cordillera. La noche llegó y el guardia del panteón me dijo que debía retirarme, esto porque el cierre estaba cerca.

Regresé por el camino de antes —andando más despacio por el hecho de disfrutar el clima en el parque— y a eso de las nueve de la noche decidí reintegrarme a la ruta que lleva a la laguna de Nogales.

Sin embargo, una aglomeración en dirección al mismo

nacimiento de agua al que me dirigía hizo que tomara precaución en mi andar, sobre todo cuando vi un par de patrullas municipales y a una ambulancia que pitaba enérgicamente a los demás conductores.

Conforme me acercaba al puente que divide la calle Nicolás Bravo con la laguna de Nogales, más seguro me sentía al saber que una trifulca o un ahogado era el intérprete de aquel ajetreo. Y al ver que un grupo de paramédicos intentaba cruzar por los curiosos que ya se aglomeraban, pude ver que llevaban cargando a un señor de unos cincuenta años, quien mantenía presión contra su propia pierna vendada, y que, al parecer, deliraba en una secuencia de alaridos que hizo a todos los presentes distorsionar el rostro del miedo.

–¡Ha sido ese maldito *animal*! –clamaba el hombre, quien parecía tener la pinta de ser indigente–. ¡Deben acabar con él antes de que continúe llevándose a sus animales y ataque a sus hijos y esposas!

Unas cuantas risas entorno se escucharon justo en que el par de paramédicos se metió a la ambulancia y esta partió al sur, perdiéndose en el tráfico.

Los curiosos empezaron a librar el paso hasta que el flujo volvió a su ritmo normal; pero el tema principal que se habló por esa noche fue que el *nahual* había sido el único responsable del incidente. Niños y adultos le creían al de la pierna vendada por el hecho de que muchos ya venían reportando su presencia. Unos hacían mención de que sus familiares lo *vieron*, mientras que otros aseguraban que las noches anteriores escuchaban extraños ruidos venideros del cerro. Y las declaraciones se resumía a un animal en especial: un enorme perro que podría medir los dos metros parado en dos patas... Algo que nunca nadie apostaría como un perro callejero.

Por mi parte, me limité a lo mío, no sin antes visitar a mi tío Gregorio para que cenáramos juntos. Pero no estuvo. Es más, no volví a verlo hasta eso de las once y media de la noche, momento en que unos pasos encima de la hierba del sendero hicieron que me asomara y fuera a ver cómo Gregorio se encerraba en su casa y encendía la televisión a todo volumen.

Por la hora y la prudencia de no salir a saludarlo, es que opté por simplemente organizar mi mochila y acostarme a dormir, pues al otro día me esperaba una nueva ronda laboral en el supermercado.

11

Salí muy temprano de mi estancia y me dirigí al trabajo como lo venía haciendo ya de tiempo atrás. Me detuve frente a la puerta de mi tío para despedirme, pero me fue imposible hablar con él cuando vi todas las ventanas de la casa cerradas. Me extrañó no escuchar el ajetreo diario al prepararse antes de subir el cerro, el acomodar su espacio frontal tras su regreso con la madera, e incluso el sonido del noticiero matutino.

Aquella mañana, yo iba justo a tiempo al supermercado, así que continué mi descenso y consideré la ausencia de Gregorio como que se encontraba en el baño o que había bajado a la tienda a comprar algo.

Mi día se mantuvo tranquilo y sin aparentes contratiempos que me obligaran a hacer las funciones de otro. Aparte de eso, también hubo dos temas que, para ser honesto, me fatigaron al escuchar lo mismo durante todo el turno.

El primer asunto se trató de un pedido incompleto que se envió a un cliente –el cual amenazó al gerente por hacerlo perder el tiempo–; y el segundo acerca de unos rumores que algunos vecinos de la colonia Rafael Moreno decían al haber visto un «animal muy grande» que vagaba por Nogales.

Mis compañeros no dejaron de charlar de dicha fiera ni de cómo es que el velador vio –en la lejanía y atento a que nadie se le acercara– que una alimaña de fisionomía peculiar andaba de una esquina a otra en busca de la seguridad que le ofrecía la oscuridad de la noche.

Y no fue hasta que uno de los bodegueros del supermercado recordó el acontecimiento que ocurrió debajo del puente de la laguna, que varios trabajadores mencionaron al hombre (a quien vi en mi regreso del cementerio y que tenía la pierna vendada) que exclamaba una y otra vez que un animal lo había atacado, haciendo referencia a que posiblemente se trataba del mismo *nahual*.

De regreso a mi estancia tras el trabajo me mantuve en una reflexión de lo que venía escuchando. Y en cierto lapso de mis ideas imaginé que la gente tenía una creencia muy arraigada a dicha leyenda; pero también era consciente de que el número de atestiguantes eran amplio en la zona, incluido a mí mismo si consideramos el hecho de que vi a un «testigo» herido sobre una camilla, quien denunciaba el ataque de un animal.

Llegué al hermoso nacimiento de agua y me quedé asombrado por el increíble contraste de colores que se veía, así como al ver que los espacios de lanchas y puntos de clavados se encontraban vacíos.

Con una sonrisa de oreja a oreja que me causó el ver ese

nacimiento de agua para mí solo, fue que subí de inmediato al cuarto, aventé la mochila y me cambié de ropa con la intención de volver al agua y refrescarme luego de una jornada igual de fatigosa como las anteriores.

Pasé por el ventanal de la casa de mi tío (que ahora sí estaba abierto) y me asomé al interior para saludarlo. Él se encontraba mirando el televisor al tiempo que realizaba sus crucigramas y bebía una taza de té. Le pregunté si necesitaba algo y nos entretuvimos charlando sobre nuestras tareas del día y de ciertos detalles que pasaré por alto. Le dije que bajaría a nadar y únicamente alzó la mano en señal de «adiós».

Anduve de nuevo a la laguna y al llegar a la bifurcación de caminos me topé con un trío de jóvenes que permanecía justo al pie de la senda, mirando a la cima del cerro y cambiando con evidente nerviosismo su actuar... Sobre todo cuando me vieron pasar junto a ellos y me recorrieron de pies a cabeza, sin quitar aquellos rostros que me hicieron dudar.

–Buenas noches –les dije. No me respondieron, pero sé que me siguieron con la vista hasta que llegué a los enormes ahuehuetes y estos me cubrieron.

Me tomé unos segundos en respirar y en estirar los músculos a fin de evitar un calambre. Por un instante, me fue complicado creer que un sitio como ese estuviera casi vacío. Sabía que los visitantes podrían estar hasta tarde nadando o simplemente caminando por los jardines, pero jamás creí que la laguna se fuera a quedar desértica como esa vez.

Brinqué con un clavado y estuve un rato braceando en completa paz. El silencio que se percibía alrededor era absoluto, y solo en ocasiones era interrumpido por el motor de los camiones que pasaban por la autopista.

De repente, el impacto de una piedra a escasos metros de mí hizo que me girara enseguida, distinguiendo a la misma cuadrilla de antes que pasaba y que reían entre ellos. Me vieron desconfiados y comenzaron a cuchichear... Llegué a imaginar que habría altas posibilidades de que me asaltaran, y no por la hora, sino por estar yo solo nadando.

Pese a mis dudas, los cretinos continuaron su camino hasta el puente, no sin antes ver una secuencia de más piedras que fueron a caer cerca de donde yo nadaba.

—¡Ahí está el sobrino del nahual! —decían—. ¡No se le acerquen, puede ser peligroso!

—¡No suban al cerro si no quieren ser atacados por ese maldito monstruo!

Sin nada más por hacer, me quedé a mitad del agua mirando cómo el grupo de burlones se perdía en la oscuridad sin dejar de carcajear y de gritar cosas que no escuché.

¿Se referían a mí?...

Tuvo que pasar un rato para comprender que sí se referían a mí, porque el hecho de que los sujetos me lanzaron piedras por el puro placer de hacerlo no me parecía razón suficiente.

Me salí del agua con los ánimos estropeados y me quedé un rato pensativo mientras contemplaba el pasivo menear del agua. Esto cada vez me daba muy mala espina.

«¡*Ahí está el sobrino del nahual!*»

12

Regresé a la habitación y me cambié de ropa antes de

bajar de nuevo a comprar la cena; pero sobre todo, a buscar a Edgar e invitarle un refresco, pues él me ayudaría a resolver *algunas* dudas que me aquejaban. En realidad no conocía su casa ni a su familia, aunque sí podría pedir información en la tiendita de la esquina, ya que era un cliente ordinario.

Y ahí me dirigí...

El chico de los ultramarinos me indicó la ruta y pude constatar que Edgar vivía a pocas cuadras de allí, sintiendo un ligero aro de nostalgia al recordar que alguna vez corrí y jugué con niños que hoy son adultos, como yo.

Por el estilo de vida que Edgar vivía en esa parte de Nogales supe que no habría problema en encontrarlo durmiendo o fuera de su casa, y eso lo comprobé cuando salió de inmediato tras llamar al portón.

–¡Ese mi Richi! –dijo al verme–. ¿Vas o vienes? ¿Qué tal el *jale* de hoy?

–Hola, Edgar. Bien, gracias –me acomodé la garganta–. Quería saber si estás libre un rato... Quisiera preguntarte algo. Traje unas bebidas.

Supongo que mi seriedad le preocupó cuando lo vi cambiar esa agradable actitud por una más seria. Me invitó a pasar y me preguntó si estaba bien subir al techo de su casa, esto porque la noche era fresca y el cielo parecía estrellado.

Acepté a lo anterior y caminamos por un pasillo que conectaba con el patio trasero de su casa, no sin antes presentarme a Fede, su pequeño perro peludo que corrió a olfatearme y nos siguió escaleras arriba.

Edgar me ofreció una silla de plástico y nos sentamos frente al cerro de la laguna, sintiendo ese cálido viento que meneaba los árboles y las cristalinas aguas. Arriba de nosotros, la antena del cerro se veía en la cima parpadeando rojo y blanco.

–Estoy noventa por ciento seguro de que has venido por lo mismo que tengo en mente –Edgar encendió un cigarrillo diferente al del tabaco y continuó–. Pero no quiero ser yo quien abra el tema, así que te dejaré hablar. Soy todo oídos...

No sabía qué era lo que Edgar tenía en mente, pero yo estaba igualmente seguro de que el asunto encerraba los mismos principios.

–Cuando fui niño –comencé a hablar–, escuché a una amiga de mi madre decir que ella había visto a una yegua comerse una gallina en medio del campo, con la particularidad de que el animal ocupaba sus pezuñas para «desmenuzar» la carne de su presa...

Al decir eso, Edgar me miró fijamente, le dio un trago a su refresco, y me dejó continuar.

–Si te pedí que habláramos no es por el temor a que un perro de gran tamaño me ataque, sino más bien por querer saber si tú en verdad crees en la leyenda del «nahual».

Pensé en hacer el comentario de la manera tan renuente en que me veía la gente del poblado y en lo que decían de mi tío, pero no pude. No quería escuchar algo negativo relacionado a mi familia.

–La gente dice que existen individuos con la capacidad de convertirse en bestias, por decirlo de alguna manera –Edgar se cruzó de piernas y contempló el cerro–. Habrá algunos que te dirán haberlos visto como toros, yeguas como la mujer que dices, o como animales más chicos... Yo lo *he visto*, y al menos en Nogales, varios han identificado a esa alimaña como un perro más alto que la media.

»La vez que tuve el «encuentro» con esa bestia fue hace unos dos años, cuando Obras Públicas empezó la construcción de unas bodegas al costado del cerro, del lado de la calle 16 de septiembre. En aquella ocasión, me contrataron para la construcción y muchas veces bajábamos pasadas las once o doce de la noche. Por lo general lo hacíamos en camionetas y en grupos. Pero la vez del suceso, un colega y yo bajamos poco después del resto, esto porque el patrón nos entretuvo de más y porque los compañeros debían entregar unos costales sobrantes. Posterior a eso, un ingeniero de obra nos ofreció llevarnos de vuelta a la avenida con la condición de que lo esperáramos... Preferimos adelantarnos.

»Los primeros metros en curva los sobrellevamos con calma y agrado. Recuerdo que mi compañero me charlaba algo acerca de un problema familiar que tenía y al mismo tiempo me pedía consejos. Sin embargo, al poco rato aparecieron lo que al momento identificamos como dos faroles de automóvil que subían por la curva, llamando nuestra atención y obligándonos a orillarnos. Pero al rodear la loma cundida de árboles por donde esas brillantes luces se vieron, nos dimos cuenta de que nadie venía subiendo... Es más, el ruido de ningún motor se escuchaba secuenciado a la luminosidad. Y ahí fue donde dudé en mencionarle el hecho a mi colega, aunque él se adelantó y me fue a interrogar con la mirada..., como si quisiera saber que yo también vi esas «luces».

»No obstante, nuestras sospechas fueron resultas cuando ese par de «focos» volvieron a aparecer en medio de la maleza, haciendo que instintivamente nos acercáramos al borde de la carretera en busca de lo que sucedía. –Justo en ese punto de su relato, Edgar apagó el cigarrillo, se cruzó de manos sobre su regazo, y continuó–: No fue necesario adentrarnos por aquel sendero que se perdía a la mitad del cerro, pues ese grotesco y casi deforme perro que nos gruñó entre la nada nos obligó a correr antes de escuchar cómo también se perdía por el monte... He visto infinidad de perros callejeros en lo que va de mi corta vida, Richi. Desde los más pequeños, como un «tacita de té», hasta el dóberman más grande... Pero eso que vimos no se asemejaba a nada similar. *Eso* estaba muy lejos de ser un perro y muy cerca de parecerse a la fisonomía humana.

13

Puedo decir que por esos días no recordaba mucho sobre Nogales y Veracruz. Tenía vagos recuerdos de que viajábamos a ver a mis tíos desde el Estado de México y que aprovechábamos las vacaciones para nadar y jugar con todo lo que estuviese disponible.

Ahora, y ya de adulto, debo confesar que no recordaba en absoluto a Edgar más allá de lo que vendrían siendo recuerdos forzados tras varios años de no regresar a la zona.

Por lo general, tiendo a confiar en pocas personas, siendo las más cercanas aquellas con las que mantengo una verdadera percepción de en quién fiarme. Y si bien la amistad con Edgar era algo reciente –descartando las reuniones de la infancia– pude ver en sus facciones que el sujeto hablaba con discreción y sinceridad.

—Pero, ¿qué es en realidad? –le pregunté–. ¿Ese *animal* está relacionado con la brujería o algo por el estilo?

—Créeme cuando te digo que alguna vez investigué lo que pasa con ese nahual –Edgar se acomodó en la silla y continuó–: Considero que las voces adultas son las que mejor podrán narrarte sus hipótesis de lo que un nahual significa. Mi madre dice que la forma de identificar a una de esas bestias es por cómo reaccionan los animales de alrededor, pues en la mayoría de los casos es con violencia o temor... Aparte de eso, he oído a más conocidos –y no tan conocidos– que han hablado de otro tipo de fauna ajena a la que normalmente se ve.

»Hace tiempo escuché algo acerca de la relación que tenían nuestros antepasados con dicha leyenda, y noté que los inicios se apegan a la interpretación de que los guerreros olmecas se atribuían en relación con los animales más fuertes; como la audacia de un jaguar o la astucia de un águila.

»Y referente a tu duda de que si el nahual es un ser negativo o positivo, déjame decirte que existen versiones más recientes, obviamente transgredidas por el tiempo y las *lenguas*, que nos hablan del potencial que los descendientes de las culturas preclásicas cedieron a nuestros tatarabuelos y bisabuelos al heredar un sinfín de sabidurías... Tanto para el bien como para el mal.

»La tradición nos habla de que en la actualidad existen los famosos chamanes que tienen la capacidad de *interactuar* fisiológicamente con ciertos animales; entre los más comunes, como he dicho, son los perros, burros, toros, cerdos de tamaños increíbles y más. La capacidad de esa gente para alterar el cuerpo y la mente puede ser lograda mediante rituales o por decisión propia...

—¿A qué te refieres con «decisión propia»? –lo interrumpí.

—A que el sabio tiene desarrollada la facultad de traspasar su campo espiritual en comparación al resto. Eso, y que conoce los *métodos* para sobrellevar ese don... Ha nacido con ese don. Y aquí es donde el nahual opta por hacer el bien o provocar miedo y maldad. Un nahual positivo puede ser un guardabosques o un guía espiritual; mientras que uno negativo se basa en pactos más allá de lo que la gente querrá saber.

Al escuchar que Edgar se refería a un «pacto» para lograr alcanzar ese estado de transformación de humano a bestia, me incorporé del respaldo y presté mayor atención. Eso podría significar que había altas posibilidades de que cualquiera fuera un nahual, siempre y cuando se llevaran a cabo rituales específicos.

—¿Me estás diciendo que podríamos convertirnos en un animal si así lo *quisiéramos*?

—¡Ojalá! —exclamó Edgar, divertido—. ¡Me encantaría ser un caballo! Pero no, no es tan sencillo como nos lo podemos imaginar; de así serlo, el mundo entero estaría transformándose en cualquier barbaridad... La información que me han platicado dice que no *todos* pueden serlo, esto debido a que el chamán tiende a ser alguien preparado y con ciertas actitudes que dejan en claro su grandeza espiritual. De las ramas más importantes que un nahual debe dominar son la geometría celeste, las matemáticas con relación a la cosmología y conocimientos en herbolaría. Aquel que se convierte en animal es considerado un sabio desde el nacimiento. Lo dicho: traen consigo un don.

»También te puedo decir que tras la llegada del cristianismo a occidente la religión ha interpretado esta leyenda por obra del mismo Satanás, así como que todo aquel que tiene la capacidad de convertirse en un animal queda fuera del «Reino de los Cielos». Por eso y más, es que la gente asocia a los nahuales como algo proveniente del mismísimo infierno...

—Entonces, ¿podrías asegurar que la bestia que anda por ahí es un ser negativo? Creo que los pobladores están más asustados de lo que deberían, y el claro ejemplo es ver la laguna vacía.

—La gente tiende a ser chismosa, y en ocasiones, pueden idear más escenarios de los que suceden en realidad. —Edgar se tomó unos segundos y me miró—. Aunque sí pienso que varios hablan con la verdad.

—¿Tú qué opinas de mi tío Gregorio?

Mi pregunta era algo que Edgar no esperaba durante la charla. Me contempló con un rostro de indecisión, se acomodó la garganta, y se tomó otros segundos en analizar su respuesta.

—Le tengo respeto a don Gregorio. Podrá ser un anciano con el que muy pocos tienen contacto, pero es muy conocido en la laguna y parte de las colonias aledañas.

—¿Puedo saber por qué? Digo, no habla con nadie, es renuente y en ocasiones raya en lo grosero.

En el rostro de mi compañero pude ver cierta incomodidad y duda. Lo veía sonreír de los nervios y negar para sí mismo, como si él tampoco creyera en lo que me diría.

—Tu tío tiene mucha fama en Nogales porque aseguran que es un nahual... No me creas todo lo que te digo, Richi, pero tú eres el que hace las preguntas y yo solo me limito a darte una respuesta medianamente racional. Aparte de que pronto te darás cuenta de que muchos no tienen nada más por hacer que inventar historias.

Pero yo sabía que no solo se trataban de «historias», sino de hechos que venía viendo y escuchando; tanto por la evidente locura de que un hombre exclamaba haber sido atacado por «algo», lo cual tenía toda la pinta de ser un animal, como por el rechazo de que varios residentes me demostraban por estar ahí.

—Cuando recién llegué aquí –le dije–, algo que «caminaba» en el techo de lámina del cuarto me despertó en plena madrugada, obligándome a salir... Pero no encontré nada. Y no solo eso, ¿recuerdas al pobre que fue llevado a urgencias, el que estaba debajo del puente y se hizo famoso por advertir que cuidáramos a «nuestros hijos y esposas»?

Edgar asintió.

—Yo estuve ahí cuando lo subieron a la ambulancia y le oí gritar que nos cuidáramos de «*eso*», pues no había más responsable de su desgracia que una bestia... ¿Qué tanto crees en que mi tío es un *nahual*? Puedes decirme lo que en verdad piensas. No me molestará tu respuesta.

Edgar hizo una mueca que intuí era por mis preguntas tan directas, y vi que le causaba lío responder. A pesar de eso, lo dejé reflexionar el tiempo que quisiera con tal de que me ayudara a resolver mis dudas.

—En lo personal, yo jamás he visto prueba alguna de que tu tío sea un chamán o brujo, pero sí que puedo decirte que llevo tiempo sin subir a la cuesta en donde ustedes viven por el temor a que, tarde o temprano, me encuentre con ese *rumor* que tanto se ha esparcido por la laguna últimamente. No es que tenga algo en contra de tu tío o de ti, simplemente el instinto me dice que es preferible respetar el terreno de don Gregorio.

El mutismo que nos invadió fue preciso para que cada uno acomodara sus pensamientos. A lo lejos, el sonido de las ramas de los ahuehuetes meneándose con el viento se escuchó pacífico y reconfortante. Empezaba a encariñarme con el clima de la región.

—Existe otra leyenda muy conocida en esta parte de Nogales acerca del nahual –Edgar se acomodó el pantalón desde la pantorrilla y fue a cruzarse de brazos sobre el pecho–. ¿Te gustaría escucharla?

14

Obviamente acepté a prestar oídos a lo que Edgar me confirmó, pues se trataba de una segunda hipótesis de la leyenda del nahual en esa parte de Nogales.

–La narración está ambientada en el año de 1877. Los vecinos han aseguraron que desde hace décadas un «hechicero» ha habitado en estas tierras, el cual tiene la capacidad de convertirse en un animal y pasar por desapercibido. La leyenda toma auge cuando un grupo de ingenieros comenzó la construcción del ferrocarril, iniciando desde el puerto de Veracruz, pasando por diferentes poblaciones importantes, como Paso del Macho, Fortín, Orizaba, Apizaco, hasta Ciudad de México.

»Los inconvenientes de dicha obra comenzaron cuando los trabajadores llegaron a Nogales y se cruzaron con el cauce del nacimiento de agua, justo a escasos metros de donde estamos. Y tal vez estarás pensando en que las problemáticas estuvieron relacionadas con el poderío político o económico del lugar; pero no fue así, ya que en realidad el grupo de ingenieros se vio entorpecido por el rechazo que aquel «brujo» opuso al dañar el territorio.

»Los pocos que se enteraron de la contrariedad que hubo entre los directivos del ferrocarril y el adulto que los enfrentó, aseguran que este se acercó de buena fe a pedirles que se alejaran del manantial para no dañarlo. Pero al ser un anciano, los ingenieros ignoraron las peticiones del viejo y continuaron con la construcción en esa parte de la laguna.

»Lo que nadie se imaginó fue que durante la implementación de la vía, la cuadrilla de trabajadores comenzó a ser «acosada» por piedras que venían desde el cerro en dirección a ellos. Aterrados, los obreros reportaron el incidente con el patrón de la obra y le hicieron saber lo que ocurría. Sin embargo, y como era de esperarse, los propietarios de la línea los devolvieron a los cimientos.

»Algunos días después, y con la orden de continuar laborando pasara lo que pasara, los obreros se dedicaron a cumplir sus jornadas. Todo iba bien hasta que un extraño ruido de entre los árboles llamó su atención, y lo que sucedió a continuación fue que los empleados vieron a un animal que se les acercaba. Pero no era cualquier tipo de bestia que ronda por los cerros, sino una que podría medir tres metros de altura aproximadamente. Tenía el cuerpo de un buey; la cara de un burro; las patas de un caballo, y un par de brazos que se asemejaban a los de un humano... «*¡Lárguense! ¡Ya se los había advertido!*».

Al escuchar ese grito que Edgar expresó para darle más sentido a su historia, pegué un brinco por lo inesperado y reí de los nervios. Parecía protagonizar la leyenda con muchos ánimos.

–«*¿¡No han comprendido?!*» –continuó la representación–. «*¡Dejen en paz este manantial! ¡¡Váyanse de aquí!!*».

»Tras ese encuentro con lo desconocido, los trabajadores huyeron y abandonaron la construcción a la mitad, y por más que los jefes hicieron hasta lo imposible para que los operarios regresaran a concluir las vías, no hubo poder humano que los convenciera de poner otra vez un pie en la laguna.

»Por esa razón es que actualmente el tren rodea a Nogales, pasando por Huiloapan, Ciudad Mendoza y El Encinar, pues a partir de ese momento comprendieron que había alguien –o algo– que los ahuyentaría en protección de ese nacimiento de agua. Algunos creen que el nahual sigue vagando por las calles y el cerro, porque la leyenda asegura que esa laguna continuará corriendo hasta que el nahual muera... Como ves, esta narración proviene específicamente de Nogales, Veracruz.

Ambos nos quedamos largo rato sin decir nada, al tiempo en que bebíamos las sodas y disfrutábamos de esa noche tan fresca. Me impactó la forma en que Edgar me narró la leyenda y en que todo cuadraba con lo que sucedía en la actualidad. Finalmente entendía porqué la mayoría era tan apegada a la creencia de que una bestia rondaba por los alrededores...

–Creo que es hora de que vuelva a mi cuarto –le dije a Edgar, mientras me ponía de pie y me tomaba un respiro–. Gracias por recibirme y darme a entender que no me estoy volviendo loco con lo que se rumora... Has sido de gran apoyo.

–Cuando gustes, ya sabes que me encuentras por estos rumbos. –En este punto de la despedida, Edgar se acercó todavía más a mí y susurró–: Sin importar qué sea *eso*, ándate con cuidado. Te recomiendo estar atento a tu alrededor y, si es posible, portar un arma en defensa propia. Nunca se sabe con qué nos podemos encontrar.

Lo miré asombrado por el misticismo con el que me hablaba y asentí. Por supuesto que me mantendría con los ojos bien abiertos de ahora en adelante.

15

Esa noche llegué a la vivienda y me tiré en la cama en lo que fueron varias horas de insomnio luego de escuchar a Edgar confirmarme el mito del nahual y cómo es que los testigos podrían decir lo mismo: un enorme animal rondaba por ahí.

Entre mis pensamientos de mayor relevancia estuvo el hecho de que Edgar me aseguró lo que las personas decían de mi tío, y aunque tenía razón acerca de que los chismes son el pan de cada día en dichas colonias, yo sabía que mucha gente no podía estar equivocada al mismo tiempo. Independiente a que ya había escuchado de la leyenda del nahual en México.

Faltaba poco menos de una semana para que mi madre y mi tía Romina fueran a Veracruz a ver cómo iban las cosas. Entretanto, yo me limitaría a esperar y ver qué sucedía con Gregorio, sobre todo cuando le dijeran que ya tenían un lugar apartado en el asilo.

Me atemorizaba su reacción...

Esa misma noche, y antes de conciliar el sueño (casi a las tres de la mañana), me mantuve cuidadoso en tratar de identificar los ruidos que comúnmente se escuchaban en los alrededores. Los camiones de doble remolque dejaban escapar sus perceptibles emitidos cada vez que aceleraban y el menear de los árboles era lo que predominaba en la oscuridad. A veces, y cuando los vehículos de la autopista dejaban de transcurrir por tramos, la laguna caía en un gran mutismo que me recordaba el especial sitio en el que me encontraba.

Otro de los pensamientos que domó mi mente fue el de tomar en consideración la sugerencia de Edgar al decirme que estuviese bien atento y protegido. Así que medité el hecho de viajar al centro de Orizaba a comprar un equipo de defensa; como una navaja (que tuviera más herramientas, por supuesto), un gas lacrimógeno, o de plano una manopla de acero en caso de que quisieran asaltarme, pues también decían que los robos estaban a la orden del día.

La verdad es que no supe si el plan de conseguir un arma lo llevaría a cabo o solamente eran los delirios del insomnio de esa noche. Mi cabeza estaba tan revuelta de tantos asuntos y temores que no sabía qué era real y qué no... Hasta que por fin me dormí.

16

Al día siguiente me fui al trabajo como lo venía haciendo de tiempo atrás (a diferencia de llevar más sueño en esta ocasión) y eso me ayudó a despejar la incertidumbre que me aquejaba.

La jornada de ese jueves se tornó nublada y una ligera llovizna me obligó a tomar un taxi de regreso a la laguna. Y al llegar a la ladera, a eso de las seis y media, me asomé por la ventana de mi tío y reparé en que preparaba la cena.

—Pásate, mijo'. Vente a echar un *taco*.

Llevaba hambre, así que acepté.

Lo que más me sorprendió fue que ni siquiera me vio cuando me asomé por la posición en la que él estaba, y que de todas formas advirtió mi presencia apenas me encaminé.

—Buenas', tío —respondí—. Claro, deme *chance* de irme

a cambiar y regreso.

Esa tarde comí junto a mi tío Gregorio mientras veíamos las noticias. Y por el tiempo en que compartí alimentos con él me di cuenta de que apreciaba el silencio durante su cena. Si le preguntaba algo o lo interrumpía de los noticieros, él se me quedaba viendo con el rostro serio y me respondía con aires de fastidio. Pero solo actuaba así comiendo, ya que al concluir empezaba a soltar la lengua acerca de cómo había estado su día y de que ciertas personas le parecían mezquinas..., por la simple razón de poder despotricar apodos y maldiciones contra los demás. Hablaba tanto de la gente que en ocasiones era mejor despedirme de él y regresar a mi cuarto. No obstante, esa noche estuvo de un humor que hasta a mí me agradó por las escasas veces en que teníamos una charla amigable.

Mi tío Gregorio me recordó las vacaciones en que la familia prácticamente se la vivía en las aguas de la laguna. Rememoramos los recorridos que él mismo nos daba por la zona árida del cerro –hasta cruzar por Maltrata– y en que los domingos nos reuníamos en los campos de la fábrica a jugar el clásico «Solteros contra Casados».

Como era de esperarse, mediante la conversación se mencionó a mi primo Simón, esto porque era de los más aventurados y con más energía en la familia. Tal fue la ocasión en que trepó hasta la copa de un enorme árbol de la laguna y saltó con un perfecto clavado en las aguas, haciendo que ganara un concurso... Entre más hazañas que hicimos juntos.

Por primera vez, y desde que llegué a Nogales, pude ver a mi anciano tío que se tallaba los ojos al notar que las lágrimas cundían su vista. Me acerqué a él y le di unas palmadas en la espalda, pues ambos sentimos la misma tristeza al hablar de que Simón se nos *adelantó* cuando tenía una vida por delante.

Pese a ello, Gregorio se apartó de mí y regresó sus lentillas al rostro, cambiando su actitud por la misma de siempre y optando por ofrecerme una copa de aguardiente para el «frío». Dudé en aceptar el trago por la forma en que podría tornarse la actitud de mi tío a causa del brebaje, pero al notar aquella alegría que lo mantenía sonriente, acepté un vaso y continuamos charlando.

Me habló del tren que rodeaba a Nogales (no sin antes yo sentir un ligero respingo en la espalda) y del tiempo en que trabajó como comerciante. No sin olvidar ciertas problemáticas que llegó a tener con el municipio al prohibirle vivir donde ahora estábamos... Pero luego de reñir contra el poderío del gobierno y pedir el apoyo de los representantes de Propiedad, mis tíos lograron permanecer en las alturas de ese hermoso nacimiento de agua. Con el paso del tiempo, y al ser una sección en donde vivir ahí era completa responsabilidad de los dueños, más gente fue llegando al costado de la casa de Gregorio y se fue estableciendo.

Ya entendía el porqué mi tío no cedería tan fácil el irse y dejar lo que tanto tiempo, esfuerzo y hasta corajes le llevó preservar...

Terminé de beber aquel trago tan fuerte que mi tío me dio y le dije que era tiempo de irme a descansar. Era quincena y sabía que en el supermercado me recibirían con una dosis extra de clientes en caja. Pero antes de que pudiera levantarme para lavar mi vaso y salir, mi tío Gregorio dijo algo que me regresó al asiento:

—Yo sé que tu mamá y tu tía Romina quieren enviarme a una casa hogar... y todos sabemos que eso no pasará.

Levanté el rostro tras lo dicho y entendí que ya sospechaba lo que veníamos suponiendo desde que Simón falleció. Lo que más me extrañó fue que Gregorio no era un adulto que utilizara teléfonos celulares o aparatos electrónicos más allá de la televisión como para comunicarse con alguien. Y ahí fue donde intuí que a lo mejor un comentario se les debió escapar a alguna respecto al destino de mi tío.

—Convéncelas y diles que no me harán moverme de aquí por nada del mundo —mi tío cambió su rostro por uno de pocos amigos y prosiguió—: Convéncelas de que estoy bien y así te evitarás involucrarte en mi contra...

Sus profundos ojos me contemplaron largo rato, hasta que reaccioné a su mirada hipnótica y le respondí:

—No es decisión mía, tío. Puedo hablar con ellas y decirles lo que me pida, pero eso no cambia que su edad, sin ofenderlo, pronto será un impedimento para usted...

—¿Para mí? —rezongó—. Querrán decir que por el *bien de ustedes*, porque entre más rápido se deshagan de mí, tendrán paso libre por todo lo que he trabajado... ¡Esta casa no es de nadie más que mía!

El grito que profirió mi tío fue tan fuerte que me levanté como un rayo de la silla y fui al lavabo. Estaba confundido y asustado por las actitudes tan cambiantes del anciano. Pero él me siguió muy de cerca al lavadero y continuó con sus «amenazas».

—El día en que ustedes me pongan dentro de un condenado asilo... me muero. Eso puedes júralo.

Me giré a verlo y noté que en su rostro se palpaba el nerviosismo y el temor. Y de no haber sido por lo asustado que demostró estar, no me hubiera compadecido de él y le hubiese contestado de igual forma. En cambio, aquellos ojos afligidos y al punto de las lágrimas me hicieron serenarme y pensar mejor la situación. Por sobre el severo modo en que parecía querer resolver todo (a gritos y ofendiendo con su imprudencia), mi tío tenía razón al asegurar que más de cincuenta años de su vida estaban ahí...

Sé que para cualquier otro que no sepa lo que ese adulto decía será fácil opinar acerca de lo que «debería ser mejor». Muchos supondrán que el mudar a mi viejo tío a un asilo de Toluca (a casi cinco horas de distancia) era lo óptimo por las condiciones que recién habían ocurrido. Pero al preguntarle a ese mismo viejo acerca de todo lo que allí vivió, estoy seguro de que comprenderíamos porqué preferiría morir ahí antes de pasar sus últimos años lejos de su hogar.

Por otro lado, una gran responsabilidad caía sobre su única familia foránea (o sea nosotros) al comprender que dejar a un anciano como él solo sería firmar su sentencia de muerte o invalidez, esto porque su edad le imposibilitaría continuar dentro de poco.

—Veré qué puedo hacer por usted, tío —le dije y nos quedamos viendo un rato—. Pero no quiero que se haga muchas ilusiones respecto a lo que yo diga u opine. Ya sabe cómo son mi madre y mi tía cuando se enojan...

Mi tío pareció relajarse y asintió con cierta desconfianza. En sus ojos pude ver una muestra de enfado y recelo, pues era muy inteligente como para saber que yo *formaba parte* de los que habían decidido encerrarlo en una casa hogar.

Me apresuré a lavar el vaso y me despedí de mi tío, para después salir y ver que la llovizna se mantenía ligera y que la neblina envolvía los árboles de la laguna. Por detrás de mí, y apenas puse un pie fuera de la casa, la puerta se cerró con fuerza, dándome a entender que mi tío se había molestado... pero, ¿cuándo no?

17

Encendí la televisión y esperé un rato antes de salir a nadar y relajarme. El clima era frío, pero me encantaba sumergirme en solitario y notar esas bellas aguas transparentes.

Pasado un rato, me cambié de ropa y salí.

Los únicos presentes en la zona eran parejas de novios o uno que otro ciudadano que utilizaba la laguna para cruzar más rápido hasta el municipio. De ahí en fuera, nadie más nadaba.

En cuanto a mí, así como llegué al nacimiento me lancé de un brinco y pude sentir que mi cuerpo se contraía por lo helada que estaba el agua, siendo esta una sensación deleitante. Atravesé la distancia que me separaba de la biblioteca con el sendero de las casas y regresé en menos tiempo del que hacía cuando recién llegué a Nogales. Me sentía orgulloso por la mejoría en mi resistencia y técnica al nadar.

Me encontraba disfrutando de la soledad que el clima ponía a mi favor y anduve de un extremo a otro como si de un chiquillo se tratara. Sin embargo, un seco golpe proveniente de cualquier lado llamó poderosamente mi atención. Era como si hubiesen dejado caer un costal de cemento sobre el piso, pero multiplicado por cinco.

Guardé silencio y me acerqué a la orilla de la laguna en caso de que algo de importancia ocurriese. Por la mente me cruzó algún tipo de explosión de gas o un choque en la autopista... Pero al dejar pasar un rato, un segundo estruendo –desde lo más profundo del cerro– hizo que pusiera atención a los árboles que se meneaban, por lo que parecía que algo «descendía».

Al salir del agua regresé a las alturas a toda prisa (por lo que entendí era curiosidad y un impulso de adrenalina) y pude notar que dicho ruido y el desplazamiento se acercaban muy rápido, obligándome a entrar de inmediato en protección a lo que venía... Pero los sonidos se detuvieron, y a su vez, me pareció escuchar lo que era el chillido de un animal pequeño (conejo o rata) que aparentaba estar siendo víctima de otra alimaña. En ese instante, mi cabeza recordó algo: el *nahual*.

Me armé de valor y salí de nuevo de la vivienda para ver qué era lo que se movía. A lo cual, solo alcancé a ver que una sombra se perdía hacia arriba, dejando el cadáver de una ardilla que parecía ser su cena... Mi corazón latía tan fuerte por el repentino susto que no pude hacer más que alejarme del moribundo animal y dejar que el tiempo hiciera lo suyo, pues tampoco me atrevía a matar a esa ardilla «para que no sufriera».

De momento, un último impacto como los dos anteriores, ahora a varios metros en lo profundo del bosque, se escuchó en la lejanía, intuyendo que, por alguna razón, *eso* provocaba los ruidos.

Cuando por fin recuperé la templanza y acomodé las ideas, reparé en que los perros de junto venían ladrando de tiempo atrás, pero que por la ansiedad que acrecentó en mí fue que preferí entrar al cuarto. Estaba seguro de que los chismosos no tardarían en salir a ver qué sucedía...

Aquella noche fue otra más como las que me quitaban el sueño de tanto pensar y no tener respuestas tangibles con las cuales sostenerme. Las incógnitas parecían sumarse en lugar de disminuir.

Por alguna razón, recordé la «trifulca» anterior que tuve con mi tío y decidí comprobar que estuviera bien. Me asomé por las ventanas y lo único que percibí fueron las luces del interior y nada más. Seguido a eso, vi a los vecinos que se asomaban también en dirección al cerro, como seguramente yo lo hice antes. Los vi murmurar y reír, pero algo que me dejó confundido fue cuando señalaron la casa de mi tío.

Dieron las doce de la noche y me acosté con la esperanza de dormir antes de que mis pensamientos se convirtieran en una bola de nieve cuesta abajo. Di un par de vueltas sobre el colchón y me esforcé en poner la mente en blanco, intentando no pensar en nada más que en caer por ese estado profundo que me desviaría de la realidad: el sueño.

18

Por una causa que a la fecha no he podido descifrar, mi alarma no sonó al otro día ni a la hora en que generalmente me hace brincar de la cama por las mañanas. Claro..., a menos que no la hubiese escuchado por el profundo sueño en el que me embarqué.

Con veinte minutos de retardo, y agobiado por la conmoción que me causó ver que iba atrasado, tomé mi mochila que siempre cargaba conmigo y salí a toda prisa buscando un taxi. En el camino a la avenida me topé con un tumulto de gente reunida en las faldas del cerro que bloqueó mi paso cuando iba de bajada. Pude ver que dos mujeres parecían estar alteradas y que otras más intentaban calmarlas. Pero al llevar prisa y nada de tiempo en escuchar lo sucedido, continué mi andar hasta que el primer conductor se detuvo y me llevó.

Llegué con cinco minutos de retraso a mi horario y me adapté a mis tareas diarias, no sin antes recibir la fulminante mirada del gerente.

A eso de las seis regresé a pie de mi jornada a la laguna, esto porque anhelaba caminar un poco y aprovechar ese cálido clima. Entretanto, me coloqué mis audífonos para fluir con la música y me despabilé un rato. Hasta que fui acercándome al cerro y pude ver a Edgar que charlaba con uno de los tantos colegas que igual nadaba con nosotros. Me acerqué a saludarlos, pero lo único que logré fue quedarme con la mano extendida con Rodrigo, quien se despidió de Edgar tan solo verme... Ante la reacción del sujeto, Edgar me miró de soslayo y se acomodó la garganta.

–¿Cómo estuvo el *jale*, mi rey? –me dijo.

–Bien. Firmé cinco minutos tarde y parece que el gerente se lo toma personal. Ya sabes, es lo que hay...

–¿Te enteraste del incidente de hoy? –me preguntó–. Dicen que ahora fue *visto* por detrás del parque, en la calle Rafael Moreno y a plena luz del amanecer. No eran ni las seis de la mañana que un par de mujeres reportaron haber visto un perro de inmenso tamaño, el cual huyó por las vías hacia la fábrica abandonada.

Por fin tenía sentido aquella escena cuando bajé temprano por el sendero y vi al grupo de reunidos; solo que nunca me pasó por la cabeza que la razón fuera el «nahual».

–Pero eso no es todo –prosiguió Edgar–. También me enteré de que un carnicero del mercado Primero de Mayo vio algo la noche de ayer antes de cerrar su negocio. Dijo que pudieron haber sido entre las nueve o diez, y que el desplazamiento de un hórrido animal que pareció gruñir rondaba cerca. Posterior a eso, el carnicero dijo que vio a un perro correr en dirección a la autopista, para luego perderse entre la maleza.

—¿Se sabe de algún herido? –pregunté, esperando que dijera que no.

—No, pero debemos cuidarnos porque cada vez hay más testigos que hablan de ese animal... Te recomiendo que si vas a salir de noche, bajes contigo un machete o algo con qué defenderte.

La fatiga de ser rechazado por la mayoría de los habitantes, sumado al escuchar el mismo tema una y otra vez, me tenía harto. Así que con amabilidad y un golpeteo en el hombro me despedí de Edgar, quien se quedó mirándome fijamente hasta que entré a mi estancia.

Entretanto, hubo algo en su precaución que me obligó a volver al razonamiento de los últimos días: algo acerca de que cosas extrañas sucedían en Nogales, aun cuando yo no quisiera pensar más en ello. Todo apuntaba a que, si no me preparaba, una de tantas veces podría verme afectado.

19

Esa misma tarde me dirigí a Orizaba y me entretuve visitando diferentes locales en lo que consideré una concluyente ratificación acerca de lo que haría... Caminé en torno a las tiendas de artículos de defensa y tomé la decisión de entrar a una y ver qué podía adquirir. El establecimiento al que entré parecía vender rifles de cacería, uniformes militares, navajas y cuchillos de diversos tamaños.

El encargado del lugar me preguntó qué buscaba y fui

a decirle que requería un artefacto que fuese lo más reservado posible, así que me mostró pequeños frascos de gas pimienta y las famosas navajas que tenía yo en mente. Por el contrario, el precio de las dagas era superior al que mi presupuesto se adaptaba; y el gas lacrimógeno debía utilizarse correctamente (sin errar en absoluto), pues se corría el riesgo de que también la víctima fuera a recibir algunas partículas directo a los ojos al momento de usarlo.

Al notar la decepción que me causaba el no tener el dinero necesario ni la práctica para disparar un gas, el señor de la tienda me llamó a la vitrina lateral y fue a hurgar entre unas bolsas que se encontraban en la gaveta más baja. Cuando se incorporó de nuevo vi que revisaba algo dentro de una caja de cartón y que le colocaba el seguro a esa pequeña arma que tenía en las manos.

–Lo que usted necesita, caballero, es un arma que inflija daño, pero que no amerite gran manejo. Le presento uno de los productos más vendidos entre aquellos que desean defenderse sin necesidad de cargar en la conciencia la muerte de alguien.

El hombre me enseñó lo que a simple vista parecía ser una pistola nueve milímetros, con la diferencia de que esta era más pequeña. Su peso era cordial en beneficio de quien nunca antes utilizó armas, y el mecanismo era sencillo. Vi los detalles en la caja y no pude evitar sorprenderme al reparar en el accesible precio de la misma: quinientos pesos.

–¿Cómo es que una pistola así puede valer menos que las navajas? –pregunté desconcertado.

A su vez, mi pregunta le pareció *graciosa* al comerciante y me explicó:

–Las cuchillas que usted ve ahí colgadas –señaló detrás de él– son importadas de países europeos, como Rusia,

Alemania y Suiza. Por ende, su precio se eleva. Aparte de que son navajas que le durarán toda la vida y así tendrá qué heredarles a sus nietos... La pistola que usted tiene en las manos es de postas, no de municiones reales.

Me entretuve maniobrando el arma y quedé pensativo en la decisión que tomaría a continuación. Tenía un presupuesto de máximo ochocientos pesos y sabía que, entre más dinero ahorrara, mejor para mí.

De las dos opciones que tenía (la pistola de postas y el gas pimienta) la que me parecía más «inocente» era el gas pimienta, sin olvidar también que sería más fácil el cometer una imprudencia contra mí mismo... Por otro lado, la pistola se trataba de un artículo que, según el dueño de la tienda, era perfecta para los que jamás tuvieron prácticas de tiro y que entendían que solo debían apretar el gatillo contra el enemigo.

Luego de tanto pensar y comparar opciones (pues el vendedor también me mostró dispositivos de electrochoques o incluso armas de verdad), me decidí a comprar la pistola de postas al intuir que podría ser la opción más viable. Aparte de que, entre más lejos estuviera yo del *blanco* a atacar, mejor...

El encargado del establecimiento elaboró mi nota de compra, me hizo firmar unos documentos especiales que debía entregar a los proveedores, y envolvió el producto de la manera más sutil posible, no sin antes obsequiarme cinco postas más a las ya incluidas.

–Gracias por su compra –me dijo el señor, estrechándome la mano–. En verdad espero que nunca se vea en la necesidad de utilizar esto... Que tenga un buen día.

Salí de la tienda con mi producto en mano y me encaminé hacia la parada de autobuses de regreso a Nogales.

Mientras caminaba, no dejaba de pensar en lo dicho por el sujeto: *«espero que nunca se vea en la necesidad de utilizar esto»*, y ahí fue donde supe que yo tampoco anhelaba hacer uso de las postas. No obstante, el artefacto lo terminé usando tarde o temprano...

20

El lector de estos recuerdos podrá sospechar que los escribí por un impulso de melancolía al rememorar los buenos y malos días que viví en el estado de Veracruz. Pero la verdad es que las circunstancias son las que me han obligado a sentarme frente al teclado a describir –lo más detallado posible– lo que aconteció en los previos y consiguientes días a que mi primo Simón falleciera.

Actualmente me encuentro de regreso en Tejupilco y he recuperado mi empleo anterior con Gerardo. A pesar de eso, estoy seguro de que estabilizar mi serenidad mental y física tardará más de lo que pude imaginar al principio, gracias a las eventualidades que me terminaron por envolver hasta que huí de esa hermosa laguna que todos los días admiraba.

Tras los inconvenientes que estoy a punto de narrar, las autoridades del estado de Veracruz me retuvieron contra mi voluntad en lo que fue una secuencia de interrogantes y amenazas con la finalidad de «ablandarme» y hacerme escupir la verdad. Pero como el lector podrá darse cuenta en las próximas líneas, nada de lo que sucedió tiene pizca de sentido común.

Todo ocurrió dos noches después de haber comprado

la pistola en Orizaba, la cual guardé en el mueble de mi ropa interior. Horas antes mantuve conversación con mi madre y hablamos de cuándo llegarían a Nogales, aparte de preguntarle si una de ellas hizo mención acerca de la casa hogar a la que sería enviado Gregorio. Como era de esperarse, mi madre negó preocupada y me pidió que estuviera pendiente de eso, así como pedirme que no mencionara nada más con él para evitar aquella renuencia de la que tanto huíamos.

Me despedí de mi madre y me ocupé de mis actividades de cada tercer día: como lavar ropa, barrer y preguntarle a mi tío si necesitaba algo en qué ayudarlo. Pudieron ser aproximadamente las once de la noche que bajé a refrescarme con un chapuzón, y regresé a la vivienda al poco rato.

Al subir por la cuesta vi a tres niños que corrían por el sendero que se perdía todavía más en el cerro. Los chiquillos no pasaban de los doce años y vi que parecían estar haciendo travesuras entre ellos; así que seguí a lo mío y me encerré.

Los niños no dejaron de reír y gritar en el exterior hasta casi medianoche, hora en que me acosté y apagué el televisor. Pero justo al conciliar el sueño, un llanto casi desesperado me despertó, solo para notar que el reloj de mi celular marcaba la una de la madrugada. Los chicos continuaban jugando, con la diferencia de que el «juego» se tornaba desastroso por lo que escuché afuera... Lo que más me aterró fue el percibir a los niños que parecían estar debatiéndose contra algo que *gruñía* y que los superaba en fuerzas, esto porque empezaron a gritar pidiendo auxilio.

Me vestí en tiempo récord, tomé el arma que ya se encontraba cargada y lista para usarse, y salí con toda la intención de no solo ayudar a los chiquillos, sino también de someter a quienquiera que estuviese rondando la zona desde hace ya varias noches.

Lo primero que vi fue a dos de los tres niños que gritaban y pedían ayuda a toda la laguna (y aunque pude ver que los vecinos salían, ninguno fue bueno de actuar). Sin embargo, lo que en verdad me hizo pegar un par de zancadas por atrás de la choza fue el ver a la única niña que estaba siendo atacada por un enorme perro que bramaba y escupía saliva con cada intento de arrastrarla al interior del cerro.

Sin pensarlo dos veces, le apunté a ese desnutrido, y al mismo tiempo robusto perro, y fui a disparar sin consideración. El estruendo de la posta fue más escandaloso de lo que pude imaginar, creando un eco por todo el cerro y la laguna que hizo gritar a los niños; pero no solo a ellos, pues también alcancé a oír cómo los curiosos volvían a sus casas.

—¡Váyanse de aquí! ¡Rápido! —les grité a los niños cuando vi que el perro soltó la ropa de la chiquilla y se adentró por los árboles.

Dominado por una adrenalina que no creí posible, me lancé a la persecución de aquel enorme perro que estuvo cerca de «secuestrar» a la niña. Corrí entre brincos esquivando árboles y rocas en medio de la oscuridad, todo sin perder de vista la sombra que me adelantaba por unos cinco o seis metros y que parecía mugir como si de un toro se tratara...

En aquel instante recordé lo que muchos venían asegurando ver y debo admitir que el miedo me invadió lo necesario como para disminuir el trote y optar por regresar. Ahora sabía que la leyenda de un posible nahual era cierta.

Me detuve al costado de un cedro a recuperar la respiración y alcé la vista a ver cómo aquella bestia escapaba con amplias zancadas, las cuales me dejaron en claro que no era un perro cualquiera. Revisé el cartucho de la pistola y, de cierta manera, agradecí el haberla utilizado únicamente para ahuyentar al animal.

El frío cayó sobre mí y me apresuré a volver mis pasos antes de un resfriado. Aparte de asegurarme de que los chiquillos ya tenían atención de un adulto y que se había reportado el incidente.

Pero estaba muy equivocado si creía que volvería al sendero sin un rasguño.

De repente, el sonido de hojas secas quebrándose a varios metros se escuchó, haciendo que me colocara en guardia con el arma al frente en caso de que algo inusual ocurriera. No pasaron ni treinta segundos cuando un par de luminosidades rojas –similares a un rayo láser– se divisaron entre los troncos y arbustos, creando una sensación de terror en mi ser...

Lo que ocurrió esa noche aparece como una película dentro de mi cabeza. Tengo vagos recuerdos de lo que vi y sé que la embestida pudo durar apenas diez segundos, aunque yo lo sentí como una eternidad.

Cuando noté que dichas «luminosidades» eran en realidad los ojos de ese enorme perro que creí haber ahuyentado, me paralicé del miedo al ser consciente de que no huyó, sino que me rodeó con el objetivo de embestirme. Posterior a eso, un berrido que jamás escuché proveniente de un perro estremeció al cerro, atacándome a continuación...

Disparé el arma en lo que fue una secuencia de tres detonaciones contra el animal, y aparte del estruendo provocado por las postas, fui a escuchar un sollozo cuando estas fueron a estamparse contra la piel del «perro». Pero al derribarme con un fuerte impulso que por poco y me hace perder el conocimiento, tiré la pistola y me centré en solamente colocar las manos en defensa de mi rostro por aquellas mandíbulas, pues la bestia intentaba desgarrar lo que estuviera a su alcance. Recibí una que otra mordida –eso es obvio– pero los impulsos por salir de ahí con vida fueron suficientes para que me incorporara y fuese a buscar cualquier objeto que tuviera a mi alcance.

Lo primero que mi mano tocó fue la textura de una roca del tamaño de una pelota de béisbol, haciendo que con un movimiento librara el brazo y fuera a estamparla contra la nariz del animal. La bestia chilló y fue a aligerar su peso por encima de mí, obligándome a someterlo con más golpes antes de que recuperara la noción y fuera a atacarme de nuevo. Luego de otras cuatro o cinco pedradas en el rostro y parte de sus patas, el animal intentó irse despavorido, al tiempo que sus chillidos se esparcían por todo el cerro y me helaban la sangre al retumbar en mis tímpanos.

Envuelto en expectación, asombro y miedo, me giré al otro extremo de donde el *perro* corría y también inicié un escape ante lo que hoy considero como una equilibrada trifulca. Llegué al borde de un acantilado y por la vista me di cuenta de que estaba desorientado. Al parecer había corrido un poco más al norte, ya que la autopista se veía con destino a Ciudad Mendoza.

Viré enseguida y reanudé el trote hasta la laguna, sitio en donde podría sentirme seguro y con la posibilidad de pedir ayuda, pues la sangre que emanaba de mis brazos comenzaba a entibiarme la piel.

21

Bajé por el sendero que momentos antes subí siguiendo a la bestia y me detuve en seco cuando pude ver a lo lejos que muchas personas, al lado de la policía municipal, hablaban y señalaban en dirección al cerro.

Me alegré de inmediato al saber que tendría «refuerzos» ante lo que yo mismo quise detener antes, y decidí encaminarme rumbo a la laguna para llegar hasta ellos... Pero mis intenciones cambiaron al ver que la casa de mi tío parecía estar abierta y con las luces encendidas. Entré en silencio y lo primero que pude ver fue un revoltijo de trastos y ropa en la sala, así como que la pantalla de la televisión estaba estrellada.

—¿Tío? —pregunté, imaginándome lo peor—. ¿Está usted aquí?

Pero no hubo respuesta, y al contrario de eso, una punción en la piel me recordó que tenía el brazo lastimado y que estaba sangrando. Así que me adentré por la casa y busqué un apósito para después de lavarme y curar la herida.

Mis pensamientos eran un torbellino de sospechas y temor que me hicieron llegar a la conclusión de pensar dos veces la idea de bajar a dar confesiones con la policía. Esto debido a que los pobladores nunca me recibieron bien y que mi tío tenía una pésima fama respecto a los rumores que le seguían, aparte de no estar en su habitación y parecer que alguien entró a robarle.

A la par, mis reflexiones me hicieron buscar rápidamente el retrete para vomitar, comprendiendo que las suposiciones de que mi tío *era* un nahual estaban siendo confirmadas..., a pesar de que parecían irreales y sacadas de una mente desequilibrada. Un enorme perro me había atacado escasos minutos antes, mi anciano tío no estaba en su casa, y los residentes venían reportando la presencia feroz de un animal que rondaba las calles.

¿Qué otras pruebas necesitaba?

Regresé sigilosamente a mi cuarto –por la parte trasera de las chozas para que nadie allá abajo me viera– y al ver la explanada de la laguna reparé en que la gente cada vez se alejaba y que las luces de la patrulla no alumbraban más. Continué hacia el cuarto y me adentré asomándome por la ventana a estar seguro de que nadie venía tras de mí...

La laguna y sus alrededores se volvieron a sumir en un mutismo sepulcral que me hizo creer que nada de lo anterior había sucedido. No obstante, varios rasguños y al menos dos mordidas relevantes me devolvieron a la realidad cuando las sentía punzar debajo de las compresas. Eso me ayudaría a detener el sangrado hasta que pudiera ir a la clínica a que me revisaran... y seguramente me dieran la orden de vacunarme contra el virus de la rabia.

Me acosté en la cama y vi que ya pasaban las dos de la mañana, sorprendiéndome que hubiera transcurrido tanto tiempo. Debo ser sincero al decir que una especie de ansiedad me terminó por dominar, porque los siguientes minutos me los pase yendo del filo de la cama a la ventana en un intento por confirmar que nadie me seguía o quería dañarme. Pero la zona de la laguna parecía serena; como si un enorme perro no hubiese intentado secuestrar a una niña...

Esa noche fue una de las peores que he vivido en mi vida. La angustia por saber qué sucedía no me dejó dormir un solo minuto. Iba, venía, me sentaba, incluso salí un par de veces a respirar aire fresco, pero ni así era capaz de controlarme ante lo extraño del asunto. La necesidad de ir a dormir por la obligación de al otro día acudir al supermercado me importó poco en comparación a las últimas vivencias. En efecto algo sumamente inexplicable acontecía en Nogales.

Y a eso de las cuatro y media de la madrugada, justo cuando el cansancio me empezaba a inducir por el sueño, una serie de crujidos se escucharon desde el sendero que subía a las casas. Me levanté enseguida y fui a asomarme por la orilla del cristal en un intento por adelantarme en caso de que ese animal volviese. Pero lo que alcancé a distinguir me aterró todavía más que mi propia imaginación referente a la bestia con la que me reñí, pues claramente vi que mi anciano tío caminaba hacia su desordenada casa y que se encerraba con un portazo.

Mi intuición me señalaba que Gregorio estuvo fuera toda la noche, y que por la manera en que parecía arrastrar los pies en la grava me di cuenta de que lo hacía con pesar y esfuerzo.

Salí con lentitud –cuidando que el chirriar de la oxidada puerta no me delatara– y me acerqué con pasos cortos. Pero antes de que pudiera continuar me detuve y opté por analizar de nuevo las circunstancias. ¿Acaso mi tío se encontraba en problemas?... ¿O acaso ese animal con el que me enfrenté antes tenía algo que ver con Gregorio?

No me gustaba la idea, pero me parecía que era lo más coincidente con los testimonios que ahora no solo la población del municipio reportaba, sino yo también. Aquel perro había dejado marcas en mi piel...

Me adentré de nuevo en la seguridad que me causaba la habitación y me quedé otra racha de tiempo indefinido mirando al techo y dándole vueltas al caso, deseando que nada estuviera ligado con nada.

Y así transcurrieron los minutos hasta que los gallos empezaron a cantar y el cielo comenzó a aclararse. En ese punto, mis energías seguían alteradas y sin muestras de controlarse... Sin quitarme a Gregorio de la cabeza, supuse que debía prepararme para visitarlo y corroborar que estuviera bien.

Con miedo e inseguridad, me decidí a salir.

22

El ambiente se sentía frío y húmedo cuando salí. Fijé la mirada en la choza de mi tío y me acerqué sin querer hacerlo. En esta ocasión, las ventanas de su casa estaban cerradas, con la diferencia de que podría usar el pestillo interior (metiendo la mano al costado de una abertura) y así abrir el portón lateral. Al hacerlo, me preocupé bastante al ver que el desorden no fue recogido, sino que aparecía todavía más alterado.

Durante mi caminar allí dentro percibí el tenue aroma de un bálsamo medicinal que rondaba por el ambiente.

—¿Tío? —murmuré al escuchar ajetreo al fondo—. Ayer vine a verlo en la noche y no lo encontré... ¿Está usted bien?

El alboroto de lo que parecían ser bolsas de plástico abriéndose y cerrándose se intensificó al fondo, pero nadie respondió. Tomé la decisión de acercarme a paso lento hasta la habitación de Gregorio, y conforme me aproximaba, el olor de aquella sustancia entre agradable y penetrante se extendía por los rincones de la casa.

Ingresé al dormitorio y lo hice con sutileza cuando vi

que mi tío se bajó del banco en que revisaba colchas y demás del closet. Justo al verme, mi tío fue a tirarse con prontitud a la cama, distinguiendo claramente que se extendía una sábana encima y que se giraba dándome la espalda.

–¿Tío? ¿Se siente enfermo?... Puedo llevarlo a urgencias, aparte de que...

–¡Silencio! –exclamó Gregorio sin girarse–. Déjame en paz. Regresa más tarde y no me molestes... ¿No trabajas hoy?

Por el tono evasivo y ronco, pude cerciorarme de que mi tío no mostraba indicios de estar bien. Y a la par de esa deducción, mis temores acerca de lo que intuía se intensificaron demasiado, presintiendo que mis piernas me fallarían en caso de descubrir algo para lo que no estaba listo.

–¿A dónde ha ido usted toda la noche?... ¿Me podría explicar qué sucedió en la sala?

¡Que cierres la boca, carajo!

Esa misma contestación fue la que me impulsó a acercarme al costado de su cama y arrebatarle la cobija que cubría la mayor parte de su arrugado cuerpo. La impresión que me causó ver el estado de mi tío me paralizó allí, viendo que Gregorio se incorporaba del colchón (con una agilidad impactante) y me tomaba del cuello con sus vigorosos dedos hasta cortarme la respiración.

–¡Nadie me llevará de aquí! –gritó con esa cavernosa voz que aún hoy permanece tatuada en mi memoria–. ¡Lárgate o sufre las consecuencias! ¡De la tierra vengo y a la tierra pertenezco!

Después de eso, Gregorio deformó sus facciones en una mueca surrealista que por poco y pierdo el conocimiento... otra vez. Sin embargo, y gracias a otro impacto de adrenalina que brotó de mis venas y me hizo gritar, me zafé de sus esqueléticos dedos alrededor de mi cuello, y me lancé en una huida despavorida.

No recuerdo con exactitud las palabras que siguieron, pero lo que sí tengo muy bien grabado fue el aspecto que mi tío aparentaba. Su rostro parecía haber sido golpeado brutalmente por aquellos hematomas que le rodeaban y varias marcas de herida que se veían inconfundibles. Al situar la mirada en la parte baja de su cuerpo, sentí desfallecer cuando vi aquel vendaje que le rodeaba la cintura y que mostraba rastros de sangre.

—¡Vete o te juro por ese Dios al que tanto le rezas que no mediré las consecuencias!

Un fuerte tirón desde el pie me hizo caer, sintiendo que una mano me jalaba de nuevo al interior de la alcoba. Pero en un intento por recuperar el dominio de mis extremidades fue que me quité el potente brazo de mi tío con una secuencia de patadas desesperadas, haciendo que este se fuera a retorcerse en el suelo por el dolor sumado que se provocó al haber caído de la cama, dejando las piernas al descubierto. Estoy seguro de que una de ellas había sido fracturada con anticipación.

Gregorio soltó un desgarrador grito de dolor y se quedó largo rato en el suelo, retorciéndose y dejando una mancha de sangre que reflejaba la aún dañada piel. No sé en qué lapso del shock reaccioné, pero salí de la casa atravesando cualquier obstáculo y escuchando que los alaridos de mi tío disminuían y se convertían en *gruñidos*...

Bajé casi volando el sendero del cerro de las Antenas hasta que llegué lejos de la escena que me traumaría de por vida. Pude haber rebasado los quinientos metros hasta que me vi seguro y alejado de aquella abominación que por mucho tiempo consideré como «tío».

Las piernas me temblaban y un sudor frío cubría mi frente.

Pude haber corrido más, pero mi marcha se interrumpió cuando me vi en la necesidad de buscar un árbol al sentir que el estómago, por segunda vez en menos de doce horas, me obligaba a controlar las arcadas..., hasta que no pude más y fui a sacar una plasta de saliva que me causó un violento escalofrío.

Tuvieron que pasar varios minutos antes de que tomara la decisión de hacer algo al respecto, pues debía pedir ayuda y, sobre todo, hablar con mi madre y comentarle a detalle cómo es que aconteció esa última noche en Nogales.

Súbitamente, mis tambaleantes pasos de regreso a la laguna se paralizaron cuando un grupo de vecinos (que apenas conocía de vista) me bloquearon el acceso y me confrontaron con palabras y maldiciones. De hecho, hasta creí que estarían dispuestos a lincharme por algo que ni siquiera sabía qué era... Entre las amenazas e insultos que me llovían de todas partes, el policía de la laguna se acercó a nosotros y fue a controlar la situación. Al verme, el uniformado me preguntó:

–¿Tú eres el que vive junto a ese anciano de nombre Gregorio?

–Sí –murmuré aturdido–. Necesito que alguien suba por favor a la...

Pero antes de que continuara, el policía me pidió que me colocara de frente a la pared, con los brazos y piernas extendidas, y comenzó a palparme la ropa de manera brusca. A su costado, y aparentemente felices por lo que veían, el grupo de residentes agradecía el actuar del oficial.

No importó cuánto me defendí y le aseguré al uniformado que *yo no era el tipo* al que debían arrestar, el sujeto me esposó con las manos en la espalda y pidió refuerzos con otra unidad que, según escuché, estaba a pocas cuadras de nosotros. No pasaron ni cinco minutos cuando apareció la patrulla y me subieron a la batea.

Me amenazaron solo como los municipales saben hacerlo y me condujeron a la comisaría, lugar donde me interrogaron y me culparon por haber disparado un arma; no sin olvidar el hecho de que supuestamente intenté *raptar* a una niña.

23

Debo mencionar el preocupante detalle de que al escuchar lo que decían –acerca de que «secuestré» a una infanta–, me sentí como si mi mente hubiese salido de mi cuerpo por un impreciso lapso. Los policías de la jefatura tuvieron que recurrir a la técnica del agua fría en el rostro para devolverme «a tierra», esto porque llegó un punto en que dejé de refutar los señalamientos en mi contra y me limité únicamente a respirar...

Estaba conmocionado.

Tan pronto *volví* a la realidad, lo primero que refuté fue que iba tarde al trabajo por lo que vi en el reloj del escritorio; pero como era de esperarse, los policías me retuvieron en lo que un médico me revisaba las pupilas y los signos vitales. Todos alrededor se veían preocupados, y yo no recordaba por qué...

Poco a poco ciertos fragmentos de mi memoria fueron aclarándose con cada minuto que pasaba, retomando esa actitud temerosa y preocupada al escuchar que me culpaban por «haber agredido» a un grupo de niños. Pero ya más sosegado por el jicarazo en la cara, me expliqué con ellos y fui a decirles lo que en verdad sucedió. Hablé de los chiquillos que andaban jugando en el sendero; de cuando me lancé por detrás de aquella bestia a la cual disparé (mostrando mi herida en el brazo como constancia); y hasta de cuando fui a buscar a mi tío Gregorio y que me encontré con su terrorífico actuar. Ya no me interesaba que me tildaran de loco o incluso de mentiroso, sobre todo porque ahora pertenecía a ese extenso grupo de testigos que hablaban de un enorme perro que asustaba y atacaba a quien se le cruzara.

Al mencionar a mi tío, este salió a flote en la conversación desde dos aspectos: como persona, pues se trataba de un adulto mayor que parecía estar en problemas, como por lo que se venía rumoreando acerca de que era un nahual... Y cada vez más convencidos de que lo decía arrastraba cierta verdad, dos policías encargados de mi proceso salieron de inmediato a la cuesta del cerro en su búsqueda.

Me cedieron el derecho de tomar mi llamada telefónica y me contacté con mi madre, esto porque ella era en quien podía confiar en tan dramático incidente... por no decir la *única*. Hablamos por largo rato en donde no hice uso de la sutileza y le revelé cada parte de las últimas horas –especialmente al solo tener una oportunidad para hablar con ella.

Mi madre se quedó perpleja del otro lado de la línea y me aseguró que en ese instante salía a Veracruz para hacerse cargo de mis desgracias. Y aunque en otro momento le hubiera dicho que no lo hiciera, sabía que el incidente ameritaba atención urgente, sobre todo cuando me amenazaron de ser enviado a la jurisdicción de Orizaba y me advirtieron de que podrían mandarme a la toma de Amatlán de los Reyes...

A los pocos minutos, la radio de un oficial sonó y los reunidos allí fuimos a escuchar la voz de uno de los patrulleros que el delegado envió tras mi tío. En la comunicación, pude oír que no había rastro de Gregorio y que en su casa continuaba el desorden.

Era primordial destinar refuerzos.

El jefe de policías mandó a otro de los patrulleros y le ordenó que lo buscaran en un perímetro de al menos dos kilómetros a la redonda. Creían que pudo haber desfallecido a la mitad del cerro.

–Debemos encontrarlo cueste lo que cueste –exclamó un regordete oficial–. Estoy seguro de que el anciano tendrá mucho por decir...

24

Alrededor de las cinco de la tarde, mi madre ingresó a la comisaría y fue a exigir una respuesta factible a dos de las problemáticas que la aquejaban. La primera se trataba del paradero de mi tío y del porqué no la dejaron subir a su casa; mientras que la segunda era referente a cuántos cargos en mi contra había...

Los oficiales le explicaron todo a mi madre y le dijeron las posibles derivaciones de mi caso. Pero como era de esperarse –y confiando en el poderío de la maternidad– mi madre comenzó a alzar la voz y a gritarle a los policías que lo que ellos hacían eran resguardarme en contra de mi voluntad y amenazar a un ciudadano inocente, cuando claramente confesé no haber lastimado a nadie y que mi único pecado fue el haber sido partícipe de las eventualidades.

Mi madre exigió una pronta respuesta y puso a los policías a idear las próximas investigaciones a realizar, así como también de hacerme ver esa herida, la cual empezaba otra vez a sangrar. Para mi suerte, uno de los trabajadores administrativos dijo conocer a la familia de la niña que salvé de los enormes colmillos del animal y se ofreció a ir en su búsqueda con tal de ayudarme.

El hombre salió de las oficinas por casi dos horas y regresó junto a un sujeto bastante joven y con la misma chiquilla de antes. Solo que en esta ocasión la niña vestía bermudas en donde era fácil distinguir las gasas de lo que fue una desinfección de herida. Se me revolvió el estómago tan solo pensar que el enorme perro sí la atacó...

—Kenia, ¿reconoces a este joven de aquí?

La pequeña se arrinconó junto a quien parecía ser su padre y me contempló con la mirada. A su lado, y penetrándome con la vista, su padre de igual forma me veía con suspicacia.

—¿Él estuvo contigo cuando ese *perro* te atacó?

—Sí —por fin respondió la niña—. Me ayudó usando una pistola...

El silencio que nos invadió fue medianamente positivo. Mi madre me miró, y después a los policías, quienes ahora parecían confundidos.

—¿Viste algo más aparte de eso? —le preguntó mi madre—. ¿A un viejecito que estuviera en problemas o que saliera de su casa?

La niña no dijo nada, pero asintió a lo que escuchaba.

Todos nos miramos a la vez.

—¿Qué más vieron tú y tus amigos? —el comisario la incitó a continuar–. Dinos lo que sepas, porque el joven puede estar en problemas si...

–¡Ricardo ya les ha dicho que solo intentaba ayudar! –La potente voz de mi madre hizo que el oficial bajara la cabeza y tragara saliva. Posterior a eso, ella se acercó a la niña y le preguntó–: ¿Cómo era aquel viejito que viste en la noche?... ¿Lograste ver por dónde se fue?

Pero sin importar el tierno tono de mi madre, la chiquilla no respondió y le pidió a su padre que se fueran de allí. Dijo tener miedo de ver a tanta gente estresada.

La segunda declarante principal de los hechos (después de mí) desapareció de la jefatura municipal con su padre y me quedé solo con mi suerte. No obstante, las respuestas de la niña parecieron moldear las conclusiones de mi asunto, sin más opción que dejarme ir con la condición de regresar al otro día y dar una amplia revelación de lo sucedido... Ya que aún quedaba pendiente el caso de mi tío extraviado.

25

Sin embargo, nunca más volvimos a saber nada más de mi tío Gregorio... Los siguientes días una cuadrilla de al menos doce policías delimitó zonas específicas y se lanzó un comunicado en Servicio a la Comunidad, en busca de aquel adulto mayor que oficialmente se reportaba como desaparecido. Al tercer día llegaron mi tía Romina y Alondra, y todos nos mantuvimos atentos a cualquier dato, indicación o paradero de mi anciano tío. Pero tras unir fuerzas al rescate de Gregorio, este nunca apareció.

Los policías encargados de su caso solo alcanzaron a

encontrar restos de su ropa colgando de la rama de un árbol y unas huellas que se perdían en dirección a la cima del cerro. Y aunque se utilizaron perros rescatistas en el rastreo de sus pasos, estos no podían cruzar más allá de las antenas sin antes cohibirse y chillar..., rogándoles a los policías regresar por algo que les provocaba miedo.

Hoy me encuentro de nuevo en mi hogar y he decidido retomar mi vida anterior. No sin antes dedicar parte de la misma a transcribir los recuerdos a la evidencia que la fiscalía me solicitó como última prueba de mi inocencia; tanto por el supuesto ataque de tres niños que jugaban, como por la desaparición de quien fue mi tío y nadie volvió a ver jamás.

Las propiedades al costado del cerro fueron adquiridas por el Gobierno y puestas a disposición de nuevas leyes que, supuestamente, se tomarían a raíz de lo acontecido. Por su parte (y sin mucha oposición) mi madre y mi tía Romina firmaron ciertos acuerdos y cláusulas donde se mencionaba que ninguna porción de los dividendos monetarios serían repartidos con nadie, dejando las habitaciones como método de investigación y reclusión.

Un par de días antes de volver a México, y entre que acomodaba mis pertenencias y acudía a mis citas diarias en la fiscalía a firmar mis concluyentes notificaciones, me encontré con Edgar y conversamos por última vez. Me contó de los rumores que se corrieron por el municipio y de que él sí creía que mi intención fue la de ayudar y no la de agredir a los niños. Nos despedimos con un fuerte abrazo y le agradecí sus amenos tratos y por ser un compañero de natación en la laguna, pues él fue el único que me recibió con amabilidad cuando nadie más lo hizo.

La tarde en que me dirigí a la central de autobuses, en

lo que sería la conclusión de una parte demasiado turbia en mi vida, me detuve a admirar el nacimiento de agua que todos los días veía al salir de la casa, y no pude evitar sentir melancolía al saber que las horas de diversión nadando y compitiendo en clavados llegaban a su fin... al menos para mí.

Me tomé unos segundos en admirar la belleza natural y en escuchar el correr del agua, haciendo que me inclinara al borde de la laguna y fuera a meter la mano para sentir aquel flujo del que tanto me encariñé durante mi estancia en Nogales. A su vez, un fuerte impulso me hizo girar la vista al sendero que subía al cerro (el cual ahora se encontraba acordonado con cinta amarilla) y recordé la primera vez que llegué.

Sin más por hacer, me colgué de nuevo la mochila en el hombro y atravesé el puente que divide a la laguna con la calle Nicolás Bravo, deseando no regresar nunca a ese hermoso nacimiento de agua que, estoy seguro, me traerá recuerdos hasta el día en que muera.

LA LLORONA

1

Existen al menos dos teorías factibles de cuál es el origen de aquella mujer fantasmal que ronda por las calles de México, en la madrugada y lanzando alaridos de dolor y arrepentimiento, y que ya alcanza altas cifras de testigos en pleno año 2023. Ambas hipótesis están relacionadas entre la época prehispánica y la colonial (siglos XVI-XVII), siendo la etapa aproximada en que la historia se acerca a la leyenda.

La primera de las dos versiones nos dice que antes de la conquista europea los pobladores de la antigua Tenochtitlan ya esperaban el «regreso» del dios Quetzalcóatl. Ante esto, las civilizaciones mexicas comenzaron a ser partícipes de malos augurios que fueron imposibles de evadir. En primera instancia se habla de las tempestades ambientales y de la constante intranquilidad de los animales; pero sobre todo, acerca de varios *lamentos* que podían escucharse alrededor de las aldeas por las noches, los cuales aterraban a hombres y mujeres por igual, obligándolos a refugiarse.

Se ha mencionado por años que los alaridos de una mujer a mitad de la noche representaban a la diosa Cihuacóatl, a quien también se le puede denominar como la Madre Naturaleza. Los augurios se referían a que la supremacía mexica no solo sería invadida, sino atacada y saqueada ferozmente. Y ante eso, los residentes le atribuían dicho pesar a la divinidad que parecía conocer el futuro de su pueblo, denotando tristeza y dolor por sus hijos.

El mito anterior se fundamenta cuando la historia prehispánica nos narra que las mujeres que perecían al momento de dar a luz se les llamaba Cihuateteos, y que sus almas se mantenían vagando por la eternidad después de dar a luz, representando la desgracia de perder a un niño o la misma vida...

La segunda de las hipótesis está relacionada justamente tras la llegada de Hernán Cortes en la colonización española, y cuando las mujeres indígenas comenzaron a relacionarse con los conquistadores en el fruto de una nueva etnia. La leyenda alterna a la de la diosa Cihuacóatl explica el vínculo que llegó a entrelazarse con ambos *mundos*.

La tradición hace particular mención a una mujer indígena, que, ante un conflicto amoroso con un conquistador, decide ahogar a sus tres hijos mestizos en un río y quitarse la vida por la decepción de ser abandonada. Las generaciones han asegurado que dicha mujer comenzó a vagar por la Nueva España asustando a indígenas y a españoles por igual. Y aquellos que se la encontraron dicen que se trataba de la misma mujer que cometió infanticidio contra sus propios hijos y que, arrepentida, busca clemencia ante Dios por su hórrido actuar.

Aparte de la singular leyenda de la diosa que lloró por su pueblo antes de la caída de Tenochtitlan y de la mujer que ahogó a sus hijos en el río por el dolor de ser traicionada, hay más especulaciones que durante los últimos años se han compartido hasta el cansancio entre las nuevas generaciones.

Uno de los detalles primordiales para *reconocer* a la Llorona (y en que la mayor parte de los oyentes hace hincapié) es la creencia de que si el lamento se escucha cerca, el fantasma de aquella mujer se encuentra alejado de quien la oye; mientras que, si se escucha lejos, es porque anda rondando más cerca de lo que podemos intuir...

Por otro lado, la veracidad de esa mujer espectral ha sido catalogada como auténtica al ser muchos los que han asegurado haber tenido el infortunio de encararse con ella. Hacen alusión a que la silueta tiene el rostro cubierto por un velo y largos cabellos, y que parece no tocar el suelo con los pies, dando la completa insinuación de que la mujer se pasea *flotando*.

A la fecha, no se ha podido definir por completo la procedencia real de esos lamentos que la mayoría considera propios de la Llorona; pero algo sí es cierto: una importante cantidad de habitantes que van desde Baja California hasta Quintana Roo (incluso ha habido reportes de que la presencia se ha escuchado en países como Guatemala, Colombia y El Salvador), han asegurado que la leyenda de la Llorona es real.

Y pese a qué tan cierta pueda ser dicha tradición, lo relevante es que la historia de la mujer que vaga por México es de las más representativas en el país, siendo la que mejor se adapta a la cultura de nuestros antepasados.

2

A pesar de todo, y para la mofa de Emiliano Gómez, este siempre se reía cuando alguien abarcada en serio el tema de fantasmas, pues le parecían historias sacadas de cuentos.

Emiliano tenía pocas semanas de haber llegado al estado de Guanajuato (siendo originario de Amozoc, Puebla) en consecuencia de un fatídico divorcio con su ahora exesposa Yamileth..., en lo que fue un intento fallido por mejorar su antiguo estilo de vida matrimonial.

Los problemas que ambos superaron por largo tiempo –desde hace cinco años, de los ocho que lograron soportar– estuvieron cargados de trifulcas, infidelidades y más problemas, todo gracias a los indecentes efectos del alcohol y a los vicios en general por los que Emiliano se envolvió.

A su vez, y por las decepciones que Yamileth creyó superar al principio, esta terminó por comprender el hecho de que, por más que Emiliano alguna vez fue un padre sano y honesto, los últimos meses se habían vuelto un infierno para ella y sus hijos, dañando la ilusión de lo que imaginó pudo ser una bonita relación.

Las actitudes de Emiliano fueron quebrantándose luego de que una de sus tías falleciera, y al no tener descendencia directa a quién dejarle grandes cantidades de dinero –por una vida de fructíferos negocios en Estados Unidos– la mujer decidió que Emiliano sería uno de los tres beneficiarios más importantes de su fortuna. Siendo las otras dos organizaciones no gubernamentales de apoyo social.

Uno de los factores que más preocupó a Yamileth (antes de solicitar el divorcio) fue el cinismo con el que Emiliano le prometió a su tía que haría algo de bien con la herencia que de buena fe le confió, solo para que a sus espaldas se burlara de que ese dinero sería destinado a cualquier otra cosa menos para un *beneficio...*

Cuando la tía Carlota falleció, meses después de poner su firma en las cláusulas, Emiliano inició lo que todos a su alrededor consideraron como una terquedad ante la bendición de obtener una herencia, esto porque él no supo utilizarla en un crecimiento personal ni familiar. Esto debido a que Emiliano fue subiendo sin aparente retorno al mundo de los vicios; como pagar grandes cuentas con sus amigos en bares (de hasta cinco mil pesos por noche), en drogas costosas, y en apuestas que lo hacían perder más dinero del que podía ganar.

Conforme las semanas pasaban, Yamileth le imploraba a su esposo que hiciera buen uso de aquel dinero en ellos dos y sus hijos, mientras que Emiliano optaba por tomar posturas egoístas y nunca antes vistas por Yamileth. Al grado de que ella aseguraba que su esposo no era con quien se había casado.

Para ese entonces, Alfredo, Luna y Rodrigo tenían tres, cuatro y cinco años respectivamente, y no entendían del todo por qué sus papás se gritaban y se insultaban. Solo recordaban que su madre los llevaba a la habitación y que les encendía la televisión con alto volumen en un intento por distraerlos, aunque eso no surtía «efecto» al tratar de apaciguar la situación entre adultos.

La paciencia de Yamileth se terminó al comprender que debía tenerse amor propio y a sus hijos también, amenazando a Emiliano con irse a vivir con sus padres antes de continuar con un necio que se decía llamar «adulto». Puesto que no solo llegó a ofender y a lastimar físicamente a quienes aseguraba «amar», sino que su cinismo no parecía tener tope cuando él mismo le confesó que le había sido infiel en más de una ocasión, poniendo de excusa al alcohol y a los «malos tratos» que según recibía de ella...

Fue un día en que Emiliano llegó a su casa –entre tambaleos y con la cartera vacía– que vio sus muebles vacíos y que las habitaciones de los chiquillos estaban igual de despejadas. El hombre buscó desesperadamente a su esposa y a sus hijos por todas partes, pero ya era demasiado tarde... Yamileth había tomado la mejor decisión de su vida.

La única razón por la que la mujer contactó de nuevo a Emiliano fue para pedirle (por no decir: *exigirle*) el divorcio y la potestad de los niños hasta que estos cumplieran la mayoría de edad y tuvieran la capacidad de tomar sus propias decisiones. En cuanto al dinero que de milagro aún le quedaba a Emiliano en el banco, Yamileth le aseguró que no pensaba reclamarle nada, pues era consciente de que no era *su* dinero y que ella sacaría adelante a sus hijos; y es más, ni de Emiliano era ese dinero, recordándole que en realidad su tía Carlota había trabajado la vida entera en construir lo que ahora él, vulgarmente, tiraba por el drenaje de la inmadurez.

Emiliano le prometió a la mujer que cambiaría por el bien de él y de su familia. Le aseguró que recibiría ayuda de un profesional y que plantearía las propuestas de negocios que alguna vez Yamileth le sugirió en cuanto a tener un patrimonio. Pero harta de los hábitos tan tóxicos y de la desfachatez que venía prometiendo Emiliano desde tiempo atrás, Yamileth le aseguró que solo podría ofrecerle su amistad, y esto solo cuando el tiempo transcurriera lo suficiente para una necesaria sanación. Ella en realidad se sentía traicionada y ofendida.

Emiliano lloró largas noches por el recuerdo de sus hijos y de su esposa. Lloró por el daño que él mismo se llegó a hacer con tanta excentricidad, y lloró porque lo único que tenía era dinero para elegir una de dos opciones: aniquilar el resto de la herencia en alcohol y drogas hasta terminar debajo de un puente, o en buscar ayuda y cambiar por completo los hábitos negativos que ya le habían hecho perder más de lo que imaginó.

Y al ser Guanajuato uno de los estados que más ánimos le impartía para comenzar de nuevo, Emiliano decidió salvarse a sí mismo de sus locuras y resarcir el daño que venía creando a su alrededor. Emiliano comprendió que primero debía hacer un cambio intrapersonal antes de querer pararse frente a sus hijos y pedirles perdón.

3

La colonia de San Clemente no era en realidad lo que Emiliano esperó cuando alguien se refería a las bellezas de Guanajuato. Sin embargo, el simple hecho de «cambiar de aires» en otro estado que no fuera el suyo lo reconfortaba, dándole a entender que su paso por el Bajío no estaba destinado al entretenimiento como tal, sino a la búsqueda de una rehabilitación.

Algo que era motivo de agradecimiento era el tener la suerte de gozar de la capacidad monetaria que aún poseía (después de haber perdido gran cantidad en vicios) y costear el amplio apartamento en el que viviría, así como sostenerse un tiempo antes de verse en la necesidad de buscar un trabajo.

Y tras el nuevo cambio de vida y analizar lo positivo de mudarse, a Emiliano le parecía complicado disfrutar de su comodidad económica al saber que lo verdaderamente importante se le había esfumado: su familia. Era propietario legal de una herencia lo bastante grande como para establecerse allí y comenzar una renovada vida. De igual forma, y gracias a los reproches y arrepentimientos que día y noche lo aquejaban al saber que su familia lo abandonó, Emiliano comprendía que tampoco era merecedor de aquella riqueza cuando estaba solo...

Las primeras semanas, Emiliano se dedicó a buscar ayuda en grupos de integración anónima y a retomar las actividades que de universitario llevaba a cabo. Tales eran las artes gráficas, la pintura y la escritura de un diario. También mantuvo un estilo de vida más saludable fuera de los malos hábitos y se empeñó en realizar ejercicio físico y mental que lo llevarían –erróneamente a su creencia– a que Yamileth cediera a sus impulsos de lo que él creía eran solamente «pasajeros».

Uno de los primeros días, Yamileth se contactó por teléfono y Emiliano se alegró al ver que querían hablar con él, pues los chiquillos le exigían a su madre saber cómo estaba su *papito*. Al sentirse muy culpable, este les hablaba de las jornadas positivas que poco a poco alcanzaba con su psicólogo particular, y aprovechaba para enviarle dinero a sus hijos. Alfredo, Luna y Rodrigo se emocionaban en cantidad cada que escuchaban a su padre del otro lado de la línea, anhelando verlo otra vez y celebrar sus logros académicos que, con todo el dolor de su corazón, a Emiliano le ardía no poder presenciarlos como le hubiese gustado...

Cuando los niños se alejaban de la conversación y solo quedaban Emiliano y Yamileth al teléfono, él le platicaba de sus cambios y todas las ideas de negocio que llegaba a establecer en sus ratos libres, asegurándole que el resto de la herencia sería dedicada a algo positivo.

—Es el patrimonio de los niños, Yami –le dijo una vez a su exesposa.

No obstante, las decisiones que Yamileth tomó como resultado de tantas desgracias consecutivas fueron tan concisas que prefería ahorrarse los comentarios tiernos y esperanzadores, cediéndole a Emiliano únicamente la posibilidad de que hablara con los chiquillos de vez en cuando.

El tiempo pasó, y por la positividad tan grande con la que Emiliano llamaba cada quince días, Yamileth cedió a las peticiones de los chiquillos de ver a su padre y optó por acudir a San Clemente un fin de semana, no sin antes decirle que ella y los niños dormirían en un hotel. Al principio, Emiliano cambió ligeramente su actitud al escuchar la condición de Yamileth; pero al estar emocionado y ansioso por ver de nuevo a sus hijos, este aceptó que los vería solo por el día, durmiendo cada quien donde quisiera. «Todo con tal de verlos, Yami», le dijo Emiliano.

La reunión tras varios meses sin verse fue espléndida, sobre todo para los tres niños que ansiaban ver a su papá desde hace tiempo, y que, por cuestiones que no lograban entender a causa de la edad, no habían tenido la oportunidad. Emiliano recibió a los niños y a Yamileth con regalos y muchas sorpresas. Los llevó al centro de la ciudad y visitaron los museos y zonas recreativas que una familia como «ellos» debían disfrutar a su paso por el Bajío. Comieron hamburguesas, helados, algodones de azúcar, y hasta los llevó a la juguetería para que agarraran un muñeco extra a los ya obsequiados.

Yamileth se sentía moderadamente feliz al lado de quien fue su esposo, aun cuando pensó que no sería buena idea... Y conforme el crepúsculo llegaba y las lámparas de las calles se encendían, la mujer le recordó a Emiliano una de las condiciones más importantes que ambos entablaron antes de que ella tomara la decisión de acudir a la invitación que les hizo: ir a dormir cada quien por su lado.

—¿Lo dices en serio? —le preguntó Emiliano—. Creí que solo te referías a una petición apurada... En mi apartamento hay lugar. Vengan, no es necesario que...

–No, Emiliano –dijo Yamileth con aparente tono severo–, fui muy clara al decirte que vendríamos aquí con delimitaciones. ¿Podrías, por favor, encaminarnos al hotel más cercano?

Junto a ellos, y escuchando en silencio lo que sus padres hablaban, el trío de chiquillos miraba de un lado a otro, esperando la respuesta final de sus progenitores. Pero antes de continuar con la emoción latente que venían disfrutando, los tres niños cambiaron su semblante por uno más nervioso al notar que los ánimos se intensificaban sin importar qué tan felices estuvieron en el día.

–Por favor, Yamileth, no seas terca y piensa en los niños. No pueden arriesgarse a...

–¡Entiende que no!

El grito que la mujer profirió hizo que varios transeúntes giraran a ver a la «familia» que ya escalaba en discusión. Más de uno sintió lástima por los tres niños que no parecían comprender nada de la trifulca.

A Yamileth no le gustó ni un poco el rostro que Emiliano comenzó a deformar cuando ella se oponía a sus peticiones. Eran las mismas facciones que mostraba antes de gritar o golpear cosas. Parecía que Emiliano quería imponer órdenes que fueron elevándose de simples sugerencias, a casi obligarlos a hacer lo que él les dijera solo *porque los había invitado...*

Los aires entre ambos fueron acrecentándose hasta que Emiliano se resignó a respetar la decisión de la mujer que alguna vez fue su esposa y aparentó serenidad, sobre todo cuando sus hijos lo veían con miedo y tiraban a su madre para que se alejaran de él.

Bastaron escasos segundos para que Emiliano recapacitara y comprendiera la postura irracional con la que actuó sin aparente motivo. Se enfrascó en una respiración de control de ira y entendió que lo que en un inicio fue alegría y un posible rescate de su familia, ahora estaba perdiendo la poca confianza que había influido en ellos durante su visita a Guanajuato.

La reunión de aquel día concluyó en que Yamileth tiró de los niños y se acercó hasta un taxi, el cual pareció indicarles de una estancia muy cerca de ahí. Los cuatro subieron enseguida al auto, mientras Emiliano era presa de una ansiedad que les aterró lo suficiente como para alejarse.

En un determinado punto, el hombre decidió partir a correr detrás de ellos y rogarles disculpas, pero la amargura que le provocó el aceptar que Yamileth tenía razón en eso último que le dijo, solo se limitó a verlos avanzar dentro del taxi.

«*Pensé que por teléfono eras una persona sincera* –le había dicho Yamileth antes de irse–. *Pero al tenerte enfrente confirmo que no eres más que un padre en el cuerpo de un embustero. No dejaré que los niños aprendan eso de ti... Lo nuestro ha terminado definitivamente.*»

4

Las primeras horas de la noche Emiliano las dedicó a buscar cualquier indicio que lo llevara al paradero de los niños y de Yamileth. Se afanó en ubicar al conductor del taxi que los subió y en hacer llamadas telefónicas a los hoteles más importantes de Guanajuato. Pero su búsqueda fue estéril, hasta que luego de tanto levantar la bocina y obtener rechazos, Emiliano por fin obtuvo referencias de Yamileth.

El recepcionista del hostal le dijo que él mismo mandó a pedir el taxi y ayudó a la mujer con las maletas. Según el sujeto que habló con Emiliano, los cuatro habían partido hace poco a la estación de autobuses. Aunque no dijeron a dónde iban...

Emiliano sabía que si se daba prisa aún podría alcanzar a su familia, así que tomó las llaves del auto y comenzó a andar por las empedradas calles. Y entre su desesperación por llegar y pedir disculpas, los rostros de sus tres pequeños aparecieron en su cabeza, recordando lo asustados que estaban y de cómo es que tiraban de las faldas de su madre. Detuvo el coche en una esquina y sintió una corazonada al saber que ir a verlos –sobre todo en ese estado de ansiedad– complicaría la situación. Antes de consolar a sus hijos y rogarles su amor haría que estos volvieran a notar las pésimas acciones de su padre, ahuyentándolos más de lo que quería.

Lo primero que Emiliano hizo tras regresar a su cuarto y encerrarse a llorar, fue comprar varias botellas de vino y poner música a todo volumen, para que nadie pudiese escuchar su llanto. El alcohol era su refugio y su mejor amigo... Por mucho que le doliera en el alma, sabía que una etapa de su vida podría estar terminando, dando por sentado que así debía ser.

Los siguientes días, Emiliano tomó la botella y la soledad como la única manera de sentirse bien y no recordar las consecuencias de sus actos. Ahora ni siquiera se acordaba de la gran herencia que todavía conservaba ni de las bendiciones que un hermoso estado como Guanajuato tiene.

Su mundo se resumía en el vicio y en el olvido...

Fue a mediados del mes de octubre en que, aburrido y con la necesidad de socializar, Emiliano por fin salió a la luz del sol y anduvo caminando sin aparente rumbo para agilizar los músculos y la mente.

No obstante, la tentación por mantenerse «sedado» se hizo presente justo cuando pasó al costado de un bar que de por sí era muy concurrido y donde en lo alto se podía leer: «*El Corralón*». Sin pensarlo dos veces, Emiliano entró. El sitio prácticamente era una cantina de «mala muerte». Era el típico bar de pueblo en el que un forastero entra y consigue lo que mejor le parezca. Desde brebajes que llevan años dentro de una botella, hasta la cerveza más barata en el mercado.

Emiliano se acercó a la deteriorada mesa de plástico que estaba al fondo del lugar –junto a la rocola– y en un intento por sentarse en la inestable silla (sumado a la borrachera que aún tenía), fue a pedir una cerveza.

El cantinero, un proveedor regordete y de bigote cano, le entregó su bebida y le dejó un vaso de tequila extra.

–Para los clientes nuevos. Este va por la casa.

Sin hablar, Emiliano alzó la copa y se la bebió de un trago.

–¿Gusta algo caliente? –le preguntó el cantinero–. Hoy toca caldo de habas.

Emiliano asintió con desgana y le indicó que se fuera. Quería continuar con su soledad.

Posterior a eso, el cliente se levantó y fue a depositar cincuenta pesos para al menos diez canciones en la rocola; en su mayoría de José José, José Alfredo Jiménez y Leonardo Favio.

Las horas transcurrieron y el establecimiento comenzó a llenarse de gente, haciendo que el ambiente se volviera agradable entre música y bebidas baratas. Y como era de esperarse, el dueño de la cantina comenzó a buscar todo el espacio disponible, haciendo que Emiliano se viera en la necesidad de compartir mesa.

El ambiente mejoraba en cuanto la tarde concluía y se daba paso a la noche. La rocola no dejó de sonar en ningún momento y las risas creaban un espacio ideal en el que Emiliano se sentía cada vez más identificado. Se sentía acompañado...

Pero poco después de las nueve, el cantinero alzó una campanita y empezó a gritar: «*¡Primera llamada! ¡Primera llamada!*». A lo cual, un sinfín de quejas y ofensas se escucharon en la cantina, señal de que la gente estaba inconforme por lo que anunciaban.

—¿Qué significa eso? —le preguntó Emiliano a los que lo acompañaban en la mesa.

—¿No te has enterado? El presidente municipal ha decretado toque de queda a las diez de la noche.

Borracho pero consciente, Emiliano frunció el ceño y fue a pedir más referencias a lo que escuchaba, pues los días anteriores se perdió, literalmente, de todo cuanto ocurría a su alrededor.

—¿Toque de queda? ¿Acaso estamos en los años sesenta? —rio su propio comentario, pero enmudeció cuando vio que los de alrededor no reían—. ¿Puedo saber por qué?... Hace poco que llegué a Guanajuato.

—Se han reportado a muchas personas desaparecidas en la última semana, y justo en la noche de antier se alcanzó un límite nunca antes visto: ocho gentes, de todas las edades.

—¡Deberían de darle pena de muerte a los secuestradores! —gruñó Emiliano—. ¿Las autoridades ya han hecho algo?

—Eso dicen que hacen, pero yo tengo mis dudas, porque se ha reportado que aquellos que han desaparecido no gozan de estabilidad mental.

—¿A qué se refiere usted con «no tener estabilidad mental»?

El que estaba al costado de Emiliano dudó en seguir platicando, ya que consideró el hecho de que su acompañante estuviese borracho para hablar por hablar o le estuviera *tomando el pelo*. Esto debido a que todo el municipio sabía que el comunicado oficial era reciente y polémico.

—Los desafortunados que desaparecen venían de tiempo atrás diciendo que «alguien» los seguía —continuó el tipo al costado de Emiliano—. Solo para que días después no volvieran a dar muestras de vida...

—¿Alguien los perseguía? —se interesó Emiliano—. ¿Y tienen alguna evidencia de quién pudo haber sido el acosador?

La respuesta que Emiliano esperaba tardó en ser escuchada. Los hombres a su lado se miraron entre ellos y al final uno de ellos rompió el mutismo:

—Estamos hablando de *ella*, pues todo apunta a que la llorona es quien se los ha llevado...

Por detrás de la barra y entre la música, el grito del cantinero volvió a escucharse: «*¡Segunda llamada! ¡Segunda llamada!*».

5

Y exactamente a las diez de la noche, el dueño de la

cantina a la que Emiliano entró apagó las luces y comenzó a cerrar las cortinas del negocio. Afuera, la ciudad tenía un aspecto tenebroso que no se veía desde los años sesenta por los toques de queda.

Los sujetos que compartieron trago con Emiliano se despidieron de este y cada quien tomó su camino, aun cuando Emiliano los invitó a otro bar para continuar bebiendo. Pese a ello, todos se veían asustados por los rumores que se escuchaban que mejor optaron por negarse a lo que les ofrecían.

–No son más que unos cobardes –musitó Emiliano entre dientes–. No entiendo cómo esos adultos pueden creer en leyendas tontas de fantasmas que *secuestran* gente. ¿¡Quién niega un trago gratis!?

El atolondrado foráneo –que ya se encontraba doblemente sometido por el alcohol– anduvo caminando largo rato por las solitarias calles en busca de un segundo establecimiento y continuar la fiesta. Pero por más que se paseó hasta el centro de la ciudad, no encontró más que cortinas cerradas y silencio. Incluso los restaurantes más concurridos tenían un comunicado estatal pegado en la puerta donde se especificaban las nuevas normas y los horarios.

Con la visión borrosa y el valor alterado, Emiliano comenzó a maldecir a las autoridades y a los dueños de los bares al aceptar dichos estatutos. Y en un arranque de altanería, Emiliano se bajó los pantalones y empezó a orinar en vía pública, confiado en que nadie lo vería...

Para esas horas de la noche, Emiliano tenía el apetito exaltado y las ganas de dormir hasta el otro día, así que optó por regresar a su apartamento –entre tambaleos y cantando a gritos como si no hubiese gente queriendo descansar. Decidió que no había mejor lugar para seguir bebiendo que la comodidad de su sillón.

Entre los escasos pensamientos que podía hilar, Emiliano pensó que sus planes a corto plazo serían llegar a casa, preparar una de esas sopas instantáneas que comía cuando era joven, y abrir otra botella de ron que guardaba en la alacena. Pero al llegar y acostarse en lo que él consideró como una pausa antes de continuar con la «fiesta», este se quedó profundamente dormido hasta el otro día.

6

El humano es torpe y necio por naturaleza, de eso no cabe la menor duda; y para confirmar lo anterior tenemos a Emiliano Gómez, quien sin importar qué tan mal estuviese obrando, su única intención era consolarse a sí mismo bajo los efectos del alcohol.

Esa era su respuesta ante todo.

La mañana siguiente despertó con un tremendo punzar en la cabeza que lo hizo prometer un montón de falsos juramentos en cuanto a no volver a la botella. Pero ante sus propias palabras (y, según él, en beneficio de curar la resaca) decidió comprar algunas cervezas en compensación de sus penas. «Solo por hoy...», se decía diariamente.

Fue a mediodía cuando Emiliano recordó que no atendía su celular desde las jornadas anteriores, decidiendo buscarlo y comprobar que tenía varias notificaciones de personas que lo esperaban. Entre ellos estaba su psicólogo personal, quien le pedía a Dios que la ausencia de Emiliano a las anteriores citas no estuviese relacionada con una recaída con la bebida. Por otro lado, vio un montón de mensajes de sus compañeros con los que llegó a convivir en las reuniones de Alcohólicos Anónimos. Ellos le preguntaban acerca de dónde estaba y cuándo lo verían de nuevo, esto porque habían acordado una reunión para charlar con otro grupo y él no se presentó...

Emiliano rio con sorna al ver los múltiples mensajes y llamadas perdidas que tenía y fue a lanzar el móvil contra la pared, no sin antes maldecir a todos ellos argumentando que «no los necesitaba». El dinero y él eran *uno mismo*.

Después de su arranque de ira, Emiliano olvidó la promesa que se hizo apenas minutos antes y fue a encerrarse en su habitación a continuar con la *tomadera*... Lo dicho, no tenía remedio.

Pasado el mediodía, y cuando su estómago le recordó que lo único ingerido había sido alcohol y comida chatarra, Emiliano decidió salir de casa y dirigirse de nuevo a la cantina del día anterior. Recordaba que uno de los obreros le dijo que el establecimiento también era botanero, ahorrándose la comida mientras se bebía.

Fue allá tras darse un apresurado baño y llegó justo a tiempo en que las mesas volvían a rodearse de gente que salía del trabajo o que pasaban antes de ir. Emiliano aprovechó para sentarse en la barra y ordenó más cervezas, pues sabía que entre más bebiera mejor sería el guisado que degustaría, como mojarras a la diabla o bisteces empanizados.

El tiempo del botanero concluyó en la cantina y los clientes empezaron a despejar las sillas; ya no tenían nada más que hacer ahí. Los pocos consumidores que continuaron se mantuvieron en sus propias conversaciones y *alimentando* a la rocola con canciones dolidas y música de El Tri.

Solo, y mirando la botella que tenía al frente, Emiliano se mantenía simplemente «existiendo», ya que el alcohol volvía a hacer de las suyas y lo apartaba de la realidad. A veces se levantaba al baño –con pasos inseguros– y regresaba con la misma... Más de una vez volvió con los pantalones húmedos por un accidentado control de sus capacidades.

El reloj marcó las cuatro, las cinco, las seis, y el bar recibía gente de todo tipo, así como la despedía también. Hasta que un grupo de albañiles entró y cada uno se sentó frente a la barra, codo a codo con Emiliano. Por la manera en que el cantinero reaccionó, nuestro protagonista pudo hilar que se trataban de clientes frecuentes, haciendo que buscara la forma de relacionarse con ellos. Sin embargo, el grupo se mantuvo en lo suyo y nadie demostró atención al pobre borrachín que permanecía irrelevante como muchos otros que van a gastarse la quincena al bar.

Y conforme los minutos pasaban, los albañiles empezaron a «entonarse» entre ellos y Emiliano vio que se compartían un celular, notando que se ponían la bocina en el oído y que se asombraban mediante risas.

–¡Hey, Gustavo! –le gritó uno de ellos al dueño–. Ven a escuchar esto... No lo vas a creer.

El cantinero, del que ahora Emiliano sabía su nombre, se acercó al grupo y recibió el celular, colocándolo al ras de su oreja. Y a consecuencia, este expresó un rostro de seriedad y temor, devolviendo el teléfono.

–No vayan a estar compartiendo eso –exclamó Gustavo–. Hay gente que se puede asustar.

El grupo rio la cobardía del cantinero y uno de los albañiles fue a gritar a los clientes del bar:

–¿¡Algún valiente que quiera escuchar el auténtico llanto de la llorona!? Mi hijo ha captado esto durante la madrugada en el bulevar Diego Rivera... Aquí está la prueba.

Y como si hubiesen gritado «dinero gratis», todos los clientes (a excepción de Emiliano, quien se quedó en su asiento) se alzaron de las sillas y fueron a ver lo que no solo se trataba de un audio, sino también de un video en donde el testigo grabó, desde su cama por el temor a asomarse, lo que parecía ser un lamento. Más de uno se sorprendió y fue a persignarse, maldiciendo cualquier mal augurio que les trajera escuchar *eso*.

Cuando cada quien regresó a sus sillas, murmurando las hipótesis de lo que sería lo que acababan de oír, Emiliano se acercó al grupo y se presentó con ellos de la peor manera: riendo por la ingenuidad de sus creencias y por la supuesta falsedad que le atribuía al video.

—¡No son más que cuentos tontos! —dijo Emiliano, abrazando a los sujetos como si los conociera—. Hay que tenerles más miedo a los vivos que a los muertos. ¿Cuántos años tienen? ¿Diez?... ¿Cinco? ¡No crean en eso!

Por obvias razones, los hombres fulminaron con la mirada a Emiliano, pero dejaron que continuara. Era divertido escucharlo, sobre todo por la manera en que se tambaleaba y se acomodaba los pantalones a cada rato.

—Estoy seguro de que... si me dan ese celular y escucho lo que dicen..., supuestamente «la llorona», les daré una respuesta a eso... ¡Todo tiene solución, menos la muerte!

—No debería decir eso —intervino Gustavo, el cantinero—. Hay gente adulta que podrá afirmarle que la leyenda de la llorona es real. Basta con ir al río Pastita y hablar con los pobladores para que le den razón de lo que la mayoría ha escuchado... Sea más respetuoso con lo que no entiende, señor.

Con un movimiento de manos que pareció prepotente, Emiliano tomó el celular de entre los reunidos y fue a reproducir el clip del que venían hablando. En él, se podía ver a un joven adulto, quien explicaba el motivo del porqué estaba despierto y cómo es que tenía la piel de gallina. Pasados algunos segundos –en donde solamente se escuchaba a los perros ladrar–, a lo lejos se podía percibir algo muy similar a un lamento cargado de dolor que sobresaltaba al joven que grababa. Emiliano escuchó que los quejidos se «expandían» por la noche y que la reacción de quien captó el video parecía legítima. Era como si el sollozo brotara de lo más profundo de unas entrañas.

El clip pudo durar alrededor de cuarenta segundos, donde el lamento se percibía con bastante claridad y los comentarios del que grababa eran señal del pavor que le provocaba escuchar eso, viviendo solo.

Concluido el video, Emiliano regresó el teléfono al dueño y meneó la cabeza, dibujando una sonrisa que parecía más de mofa que de sorpresa. Le dio unas palmadas al obrero que tenía a su costado y les dijo antes de irse:

–Deben cuidar sus celulares, a veces no captan bien el sonido y pueden confundirse con «gritos» como esos. Suerte en hallar respuestas..., y no crean en tonterías. Ya están grandes para imaginar fantasmas que andan por ahí.

7

Al otro día, Emiliano despertó con el mismo dolor de cabeza que usualmente soportaba, decidiendo tomarse un «descanso» en cuanto a beber. Y no era tanto porque entendiera que se hacía mal (y a su cartera) sino porque deseaba desintoxicar su organismo por un rato. Por fin se aburría de beber y escuchar música.

La mayor parte de la mañana, Emiliano se quedó en cama acostado mirando el techo y recordando a Yamileth y a sus pequeños. Derramó unas cuantas lágrimas de arrepentimiento y culpa, pero también se repetía a sí mismo que el alejarse de ellos sería lo mejor para todos. Por primera vez –luego de tanto– comprendió que debía dejar de ser egoísta.

Las llamadas telefónicas que diariamente intentaba conectar con Yamileth eran siempre infructuosas. El contestador se activaba de inmediato y en ocasiones ni el tono de llamada se escuchaba, señal de que el contacto se había bloqueado.

Pasados los días, Emiliano dejó de llorar por no tener más lágrimas que derramar. Era un hecho que se autodenominaba como un perdedor y muchas más injurias que él mismo se repetía frente al espejo. De alguna forma, Emiliano anhelaba resarcir el daño con sus hijos y pensar en las opciones que aún tenía para dejarles un patrimonio.

Motivado, y con la percepción de estar en deuda con su familia, Emiliano se levantó de la cama, comió un fugaz desayuno y fue directo al Banco Central en busca de todos los proyectos de inversión que pudieran ofrecerle. Su aspiración era poner en «movimiento» el restante dinero que todavía guardaba y multiplicarlo, deseando que las ganancias fueran grandes en beneficio de las universidades de sus hijos.

Un ejecutivo atendió al cliente y ambos estuvieron charlando de los planes y de los programas que podían ofrecerle. Le dijeron que su dinero era suficiente como para invertirlo en bienes raíces y en la Bolsa, afirmándole que dichos negocios podrían traerle ganancias tanto a mediano plazo como a largo.

Y en eso estaban, viendo folletos y cláusulas de adquisición, cuando el ejecutivo que atendía a Emiliano se disculpó con este y le dijo que debía ocuparse de otros asuntos. En su lugar, llegó Diana López, también ejecutiva de crédito e inversión.

Al verla, Emiliano se quedó pasmado por la singular belleza de la chica, siguiéndola con los ojos hasta que se sentó frente a él.

–Buenas tardes, señor Gómez. Yo seré su asesora mientras mi compañero atiende a otros clientes. ¿Ya le han hablado de los beneficios del paquete *Premium*?

La sonrisa de la mujer hizo que el sujeto se sonrojara y fuera a demostrar que ella lo ponía nervioso por lo bonita que era. De cabello lacio y con ojos que decían más que las palabras, Emiliano sintió una fuerte sensación en el vientre. Se enamoró de inmediato...

Emiliano firmó el contrato tras recibir una expectativa positiva por el resto del año y se despidió de Diana, no sin antes probar suerte y preguntarle por su estado sentimental. Risueña y demostrando que Emiliano también le parecía atractivo, Diana le dijo que estaba soltera, haciendo que este la invitara a cenar esa noche. Ella aceptó, pero con la condición de que fuera temprano, porque el toque de queda era algo que se tomaba muy en serio últimamente.

Al escuchar eso, Emiliano no pudo evitar sonreír al darse cuenta de que Diana se apegaba a las órdenes municipales. No obstante, le dijo que pasaría por ella a su salida y que la invitaría a comer. Emiliano se emocionó como no lo hacía en años y se retiró del Banco directo a su apartamento para arreglarse. Había conseguido una cita con una hermosa ejecutiva que le aceptó conocerla.

8

Ambos se reunieron fuera de la institución financiera y anduvieron al restaurante de carnes brasileñas que estaba en el centro. Caminaron algunas cuadras mientras charlaban sobre cualquier cosa que no tuviera que ver con contratos bancarios o seguros. La conversación fue ligada a sus vidas íntimas y a otros temas.

Todo fue de maravilla en los primeros minutos de la cita. Comieron lo que fue un buffet de diferentes cortes y ambos se alegraron al notar que la química entre ellos era agradable y sincera. Los dos sabían que se gustaban mutuamente. Sin embargo, la cita se terminó por degradar en el momento en que Emiliano le ofreció a Diana acudir a un bar a tomar una copa de vino; a lo cual, ella aceptó encantada. Los inconvenientes aparecieron cuando el ayudante de camarero les avisó que solo disponían de un rato, dejándoles en claro que la cocina estaba cerrada.

—Pero el toque de queda es hasta las diez de la noche –le respondió Diana al sujeto–. Apenas son las siete y media...

—Lo siento, señorita –el recepcionista negó–, son indicaciones especiales a nosotros. El establecimiento es uno de los mejores en Guanajuato y una de las prioridades es acatar las normas municipales más allá de lo solicitado. Disculpe...

Y con la finalidad de solo beber algo por un rato más, Diana y Emiliano accedieron al aviso del portero y pidieron una mesa para dos. Ordenaron una botella de vino y continuaron charlando...

En la conversación salió a flote el curioso tema de que en realidad Emiliano era seis años más grande que Diana. Hablaron sobre el amor que Emiliano tenía por la música y que ella se encontraba costeando una maestría relacionada con finanzas. Hablaron también de la suerte que tuvo Emiliano al recibir una fuerte suma de dinero por herencia y de su paso por Guanajuato. Y aunque estuvo cerca de contarle a Diana los recientes problemas matrimoniales que superaba, este se limitó a guardar dicho comentario para cuando se conocieran mejor. Pensaba que eso lo dejaría *mal parado* con esa linda chica.

Algo que a Emiliano le gustó todavía más de Diana –aparte de ser una mujer hermosa físicamente– era que tenía un agradable sentido del humor, y que después de la primera botella de vino, ella le confesó que esa era su bebida favorita.

—Cada tercer día me tomo un par de copas antes de dormir —le dijo Diana—. Tantos números en la oficina hacen que termine con migraña.

El tiempo transcurrió entre risas y miradas que mostraban encanto. Pidieron una segunda botella de vino (esta vez tinto) y continuaron charlando de todo un poco. Hasta que el mesero regresó y les notificó que estarían cerrando el establecimiento en unos minutos, haciendo que apuraran sus bebidas y dejándoles la cuenta sobre la mesa.

Esto fue algo que a Emiliano «no le gustó»... Sabía que merecían un mejor trato y no que los *empujaran* fuera por un estúpido toque de queda. Claro, independiente a la manera en que el alcohol incrementó la forma de ver cómo el mesero le colocaban el ticket encima de la mesa.

—No voy a pagar tanto para que me tiren la cuenta de esa manera, amigo...

El mesero se excusó con Emiliano argumentando que no había sido su intención «tirarle» el ticket. Por su parte, Emiliano llamó al jefe de meseros y le comentó la situación, haciendo que el ambiente se volviera más tenso de lo que pudo haber sido. A su lado, el semblante de Diana se tornó nervioso.

—Sé que el municipio tiene negocios con ustedes y que deben obedecerlos —dijo Emiliano, soberbio—. Pero eso no significa que puedan hacer con sus clientes lo que quieran... ¿Así es como tratan a un comensal que está por pagar casi tres mil pesos por dos botellas de vino?

El capitán de meseros pudo notar enseguida que Emiliano se encontraba ligeramente tocado por el alcohol y entendió que no sabía lo que decía, pues aparentaba hablar por hablar.

—Pueden terminarse la botella con tranquilidad —dijo el hombre de mandil—, solo que es nuestro deber avisar que el consumo ha quedado limitado, y posteriormente desalojar el establecimiento.

—No me refiero a eso, y usted lo sabe —exclamó Emiliano—. Me quejo por la manera tan desdeñada en que nos atendieron desde que llegamos...

—No creo que eso haya sucedido —Diana tuvo que intervenir—. No vi nada parecido a que nos trataran mal. Además, el señor fue muy claro antes de que entráramos...

—¿Por una tontería como lo es el *guardarse* en casa desde las diez de la noche? —Emiliano parecía no controlarse, mucho menos cuando casi dos botellas de vino habían hecho su trabajo—. ¡Estoy pagando y tengo la libertad de pedir lo que quiera, incluyendo el respeto!

—Creo que es hora de que me vaya...

Diana se levantó de la mesa, se arregló la falda y sacó dinero de su bolso. Emiliano se adelantó a ella y fue a decirle que él pagaría la cuenta, pasando de una actitud a otra y dándole a entender a Diana que el tipo podría ser muy manipulador... Algo que a ella no le agradó en absoluto.

9

Los siguientes días al percance en el restaurante-bar, Diana no respondió a las llamadas que Emiliano intentaba hacerle. La manera en que el incidente desenmascaró al embustero fue necesaria para que ella se diera cuenta de que Emiliano era uno más de esos que no respetan ni a su propia madre. «¿Acaso los patanes se venden por docena?», pensó Diana después de eso.

El hecho de que Emiliano le gustara físicamente no era razón conveniente como para que ella volviera a soportar una relación de tal índole. Tan solo recordar sus noviazgos anteriores y las consecuencias de los mismos se le revolvía el estómago.

Por su lado, Emiliano sabía que una vez más había fracasado en el amor gracias a sus pútridas actitudes cuando era presa del alcohol. Desde que acompañó a Diana a su casa –la ocasión en que salieron– se dio cuenta de que ella no solo no quería verlo por ese día... sino que nunca más.

Como era de esperarse, Emiliano retomó la «jarra» y se encerró en la soledad de su estancia. Ahora se preguntaba por qué debía ser tan impulsivo y mal educado, haciendo que esto alejara a las personas de su vida. Compró un *six* de cervezas y reprodujo los mejores éxitos de los noventa.

Una de las tantas noches en que bebía y bebía –ya pasada la una de la mañana– Emiliano se terminó el alcohol en reserva y fue directo a su bodega, reparando en que las botellas de vino se habían agotado.

Se puso la chamarra, tomó las llaves, y salió en dirección a la tienda de autoservicio más cercana, deseando que el maldito estatus de *toque de queda* no afectara a la venta de licores pasada la medianoche.

Emiliano caminó por la vereda que separaba las calles aledañas con el río Durán y se fue silbando por unos cuantos metros. Llegó a la gasolinera y se adentró a la tienda de 24/7 buscando más cervezas, vino y mucha fritura.

El encargado del mostrador pareció dudar de si venderle alcohol a un sujeto que aparentaba haber bebido en las últimas horas sería buena idea o no. Pero al notar que el cliente le extendía un billete de a doscientos pesos al costado de los productos, y que a su vez le guiñaba el ojo, comprendió que un incentivo sería lo cordial para venderle lo que quisiera.

Emiliano salió de la tienda con el preciso «arsenal» como para *despachar* a todos los de la cantina que visitaba esporádicamente, y retornó por el camino de antes como si de un niño con sus regalos de navidad se tratara. El fresco aire que le soplaba a la cara le recordó que todavía se encontraba aturdido por las cervezas de antes.

Mientras caminaba de regreso entre la oscuridad del paso empedrado y el rumor del río, Emiliano fue a sacar una de las latas que compró anteriormente –pues de tanto caminar sentía la boca seca– y le pegó un enorme trago, fulminando la mitad de la cerveza. Con una risa que cualquiera hubiera relacionado con una psicosis, Emiliano fue a sentirse satisfecho por conciliar su necesidad de beber, y le dio un segundo, y un tercer trago hasta terminarse la primera de tantas.

Faltaban pocas cuadras antes de que Emiliano llegara a la bifurcación del río Durán con el camino que se adentraba a su apartamento, cuando de repente escuchó un ruido ajeno que se elevó tanto como para secuenciar al correr de las contaminadas aguas.

Emiliano se giró trescientos sesenta grados sobre sus talones, pero no encontró nada más que soledad. A lo lejos, un perro ladró, aunque no era el «sonido» que llamó su atención primordialmente. Conforme se acercaba a la curva que concluía con el paso de la canaleta, este fue a escuchar que la resonancia anterior sin duda provenía del río, a unos dos metros por debajo del nivel de la banqueta.

Cuidadoso de no estrellar las latas contra el barandal, Emiliano se asomó entre la hierba de los costados y fue a mirar por ambos sentidos. Cuando *la vio*, una fuerte corazonada lo hizo estremecer...

Se encontraba dopado por la bebida y en ese instante no reparó en la lista de lógicas que hacían de su «visión» algo intangible e irreal.

El cántico o el susurro que aquella mujer al costado de las negras aguas emitía –y que parecía enjuagar algunas prendas igual de blancas que la bata que vestía– llegaba hasta los oídos de Emiliano en un tono que, externo a lo sutil, aterraba.

Emiliano se quedó un buen rato viendo cómo esa mujer se acomodaba sus largos cabellos por detrás de la oreja. Y debido a la distancia, le fue imposible identificar las facciones con claridad. En ese momento, Emiliano recordó que ese río fungía más como basurero que como un sitio para lavar ropa. Imaginó que años atrás (por los años 30's o 40's) las mujeres bajaban a ese peñasco a enjuagar. Pero no actualmente...

Un infundado temor comenzó a adueñarse de las extremidades de Emiliano, quien anhelaba regresar a su apartamento y dejar de ver a esa mujer que tenía la «capacidad» de penetrar en sus emociones. De hecho, la extraña sensación hizo que el sentido de alcoholismo en la sangre disminuyera, pues pareció recuperar el dominio de su mente y cuerpo.

Emiliano regresó por las cuadras restantes y fue a meterse a su habitación con total prisa, sobre todo cuando el vello corporal se le erizó de la nada. Ya en el interior, y con la música sonando de nuevo, el hombre recuperó la farra que tenía, no sin antes percatarse de un eco en el exterior que tardó un rato en desaparecer *dentro* de su cabeza... ¿O se debía al alcohol que ya le estaba afectando al cerebro?

Con las energías renovadas tras abrir la segunda lata de cerveza, Emiliano se olvidó por completo de lo anterior y fue a pegarle un prolongado trago a su bebida.

10

La resaca fue espantosa. Los recuerdos de toda su vida, revueltos con la culpa y la depresión, hicieron que Emiliano prometiera (por milésima vez) no volver a tomar de esa manera. Se dio una ducha y se metió un par de aspirinas en la boca. Pidió comida vía telefónica y, en lo que engullía el platillo y bebía litros de agua, Emiliano se acordó de sus chiquillos, soltándose a llorar allí donde estaba.

La melancolía no lo dejaba vivir.

A su vez, Emiliano recordó lo bien que posiblemente les beneficiaba su ausencia, decidiendo que el separarse de ellos (al menos por un tiempo) sería lo mejor para todos. Pese a ello, lo que más rabia le daba era el saber que las mismas acciones de siempre lo seguían como una sombra detestable.

Largos fueron sus pensamientos hasta que recordó a Diana y lo hermosa que era, sacándole una sonrisa al saber que aún podría ser un galán frente a una joven tan bonita como ella. Sin poder evitarlo, Emiliano se dio un par de golpes en la cabeza al sentirse enojado consigo mismo.

La idea de regresar al Banco Central se le antojó correcta; y no exactamente a rogarle a Diana o pedirle que saliera de nuevo con él, sino para disculparse con ella... Por lo poco que la conoció pudo notar que era una chica abierta al diálogo y madura frente a los conflictos. Y decidido a visitarla en su horario de salida, Emiliano se bebió un litro de suero rehidratante e intentó mejorar su aspecto..., no quería presentar una apariencia tan dañada.

A eso de las cinco de la tarde, Emiliano se paró frente a las puertas del establecimiento con una rosa roja y esperó a que los empleados salieran. Cuando Diana apareció, él se acercó y se acomodó la garganta.

–Hola, Diana...

Ella se giró y saludó a Emiliano.

–Hola... ¿Qué haces aquí?

–He venido a verte –respondió él–. Han pasado varios días y no hemos hablamos... Soy consciente de lo que sucedió y estoy aquí para pedirte una disculpa si te ofendí.

Le extendió la rosa a la chica y esta sonrió, agradecida por el detalle y la sinceridad.

—Supongo que tendrás tus razones para no volver a hablarme —continuó Emiliano—, pero tampoco quisiera que esto terminara así.

—¿*Terminara*? —dijo Diana, confundida e irónica—. Solo salimos una vez. Me dio gusto conocerte y la cita concluyó de forma distinta a la que se esperaba... La vida sigue.

—Lo sé, es solo que quería disculparme y saber qué fue en realidad lo que estimaste relevante para no volver a verme. ¿Dije patrañas comprometedoras?

Ella negó y se mantuvo al costado de Emiliano, caminando lentamente.

—Tal vez el trato que le diste al mesero no fue el mejor; pero lo que me hizo alejarme fueron las conductas que vi en ti... Que vi en mi pareja anterior.

Diana miró a Emiliano y lo contempló con seriedad. Los ojos verdes y grandes de ella se veían hermosos alrededor de su fina cara.

—Lo siento... ¿Podemos continuar siendo amigos?

Ella lo miró con detenimiento y soltó un suspiro. Fijó la vista al frente y lo meditó unos segundos. Pero antes de que Diana pudiera responder, Emiliano volvió a hablar:

—Al menos dime más acerca del «toque de queda» del que todo el mundo habla. ¿Qué piensas que en realidad está sucediendo con los desaparecidos?... ¿Crees que alguien está detrás de esto?

—Pues todos dicen que es la *llorona*...

La respuesta de Diana hizo reír a ambos, aligerando la presión con la que iniciaron ese día. Pero al notar que la discreción con la que ella venía expresándose volvió, Emiliano comprobó que hablaba en serio, dejándola continuar:

—Mi abuela, que en paz descanse, me contaba de la llorona y del gran pesar que arrastrará por la eternidad. La historia de esa mujer ronda por todos los rincones de México; pero en Guanajuato, la leyenda se le atribuye más, pues al ser un territorio con amplia cultura, los residentes han asegurado que esa *presencia* ronda hasta la fecha.

–Pero, ¿en verdad consideras que un «fantasma» puede estar aterrando a las personas, de manera tan utópica? –preguntó Emiliano, al parecer interesado en el tema.

–Llevo viviendo toda mi vida en Guanajuato, y hubo una «temporada», llamémosle así, en que los pobladores (en su mayoría masculinos) comenzaron a desaparecer sin dejar rastro. Durante ese tiempo hubo testigos que decían venir escuchando lamentos y hasta alaridos a mitad de la madrugada. Sea lo que sea, muchos ancianos podrán hablarte de la leyenda... ¿Por qué la pregunta?

Emiliano pensó en los falsos motivos del porqué le diría a Diana que salió a altas horas de la noche anterior en busca de una tienda abierta. Aunque no quisiera, tenía que mentir...

–Ayer por la noche, y después de estar mirando la televisión, me levanté por algo de cenar antes de irme a la cama. Y al saber que un sándwich sería lo cordial, me di cuenta de que no había ciertos ingredientes en el refrigerador; como jamón y mostaza –Emiliano se acomodó la garganta, pensando en que no estuviera diciendo incoherencias, y continuó–: El camino corto para llegar al Oxxo más cercano a mi apartamento es por medio de un rumbo aledaño a la calle A Rayas. Prácticamente está al costado del río Durán, seguro que lo conoces. Pues bien, de ida, el andar fue pacífico y reconfortante, pero de regreso tuve lo que ahora considero como una «visión óptica» a causa de la oscuridad y mi cansancio. Me pareció ver a una mujer que lavaba ropa y que cantaba o murmuraba algo...

Diana contempló a su acompañante sin decir nada y lo dejó continuar. Había una muestra en el rostro del hombre que expresaba sinceridad.

–Lo más curioso del asunto –prosiguió Emiliano–, es que al regresar a casa aquel cántico me «siguió» por varios minutos más. Eso es imposible, ¿no lo crees?

Por el silencio que embargó a la chica, Emiliano entendió que Diana posiblemente sabía la respuesta, pero no se animaba a decirla.

11

Emiliano dejó a Diana afuera de su casa y le agradeció por la promesa de que ella recapacitaría en la decisión de aceptarle otra cita.

La conversación de esa tarde fue amena y reveladora, sin embargo, Emiliano aún tenía bastantes dudas acerca de lo que charló con Diana y el más que seguro encuentro que tuvo la noche anterior con la llorona.

Podría ser más que probable que las desapariciones que venían suscitándose ya de tiempo tenían algo de «relación».

Por mero impulso, y antes de dirigirse a su apartamento a organizar su vida, Emiliano fue directo a la cantina que venía frecuentando y se sentó frente a la barra esperando a que el cantinero apareciera, pues quería pedirle dos cosas: una cerveza bien fría y un minuto de su tiempo.

Y así fue, puesto que Gustavo Mendoza se asomó por la rendija que dividía al frente con la cocina y fue con Emiliano a atenderlo. El cliente ordenó su bebida y esperó a que el dueño del establecimiento regresara para entablar una conversación.

—¿Cómo va el día, señor? —preguntó Emiliano cuando el cantinero volvió—. ¿Novedades por este lado del pueblo?

—Los inicios de semana por lo general son bajos. —El regordete sujeto meneó el palillo de madera en los labios y alzó la vista al televisor—. Más tarde vienen unos viejos amigos y jugamos al dominó o baraja española. ¿Usted juega?

—De vez en cuando —respondió Emiliano—. Soy más del tipo que se sienta a ver cómo se divierten los demás. ¿Qué me dice de la seguridad?... ¿Usted piensa que las *desapariciones* se tratan de maleantes?

En esta ocasión, el cantinero miró de reojo a Emiliano y dudó un segundo en continuar hablando. Aparte de que el buen vestir del cliente parecía que se trataba de un burócrata del gobierno que posiblemente venía a revisar el lugar y hacerse pasar por un «colega».

Al ver que no había respuesta, Emiliano volvió a preguntar:

—¿O usted cree en las *lenguas* acerca de que un espíritu es el responsable de la desaparición de esos desventurados?... ¿Le suena acaso lógico?

Gustavo se giró de frente, se cruzó de brazos encima de la barra y se le acercó lo suficiente como para que el cliente tomara su distancia.

—¿Acaso usted no es el mismo que hace días se burló de nosotros, mientras se caía de borracho?

Emiliano enmudeció y divagó en su respuesta. Sí, por supuesto que él era quien se caía de borracho y se reía de los que estaban reunidos.

—No me vaya a decir que ahora usted cree en *fantasmas*...

–Gustavo sacudió el trapo que traía colgando del hombro y volvió a recargarse–. Recuerdo bien cómo se mofaba de mis compañeros y de los demás. Tómese su cerveza y no me haga más preguntas si lo que quiere es molestar.

Pero antes de que el cantinero se internara en la cocina, Emiliano lo detuvo diciéndole que necesitaba hablar con él. Le dijo, alzando la voz para demostrar interés, que algo muy en particular le sucedió la noche anterior.

–¿Puede platicarme más acerca de lo que muchos vienen hablando? Tengo la certeza de que esa mujer que vi no era ninguna vecina de alrededor... No lavando ropa en el río, como antaño.

–¿Que vio *qué*? ¿De qué está hablando?

Mirando a ambos lados para evitar que lo escucharan, Emiliano comenzó a relatarle al cantinero lo mismo que momentos antes le confió a Diana. Frente a él, Gustavo contempló por un buen rato al cliente, viendo cómo este confirmaba su vivencia con entereza y pena al haber dudado al principio. Concluida su explicación, Emiliano le dijo al cantinero que le pidió hablar con él no por miedo, sino por curiosidad.

–Yo no solamente la he escuchado –le musitó Gustavo–. También tuve un encuentro muy cercano con *ella*. –Secuenciado a eso, Gustavo impulsó a Emiliano a que se recorriera al último de los taburetes frente a la barra; separado del otro par de clientes que estaban cerca–. Ocurrió hace más de treinta años, cuando establecí el bar y me hallaba recién exiliado de Calvillo, en Aguascalientes. Era joven y había ahorrado el único dinero que traje a Guanajuato, decidiendo invertirlo en esto...

»Para suerte mía y de mi esposa, el negocio fue fructífero desde el primer año. Me hice conocido en la zona por mis preparados de tamarindo y brebajes, haciendo que «*El Corralón*» fuese de los mejores bares para curar las penas.

Los detalles que predominaron en la charla de Emiliano con el dueño de la cantina fueron el hecho de haber «etapas» en que los testigos escuchaban lamentos y gritos en las noches, para que después transcurriera otro tiempo en que nada más sucediera.

Gustavo Mendoza fue a asegurarle a Emiliano que la vez que tuvo el encuentro con la extraña «mujer» –de la cual tampoco creía al inicio– ocurrió en un periodo donde los rendimientos del negocio no perduraban como lo venían haciendo de meses atrás. Y todo gracias a los desatinos que Gustavo cometió por la vida galante y las injurias...

–Una de las desventajas que trae consigo el tener un bar –el cantinero se talló la cara y continuó–: es que el producto a vender es ilimitado para quien lo maneja. Yo era un verdadero sinvergüenza que se pasaba la mayor parte del tiempo tomando con los clientes y fiando la cuenta a quien me hablara «bonito». Por obvias razones, los gastos en mi casa fueron tornándose preocupantes y me alejé de mi mujer, quien en ese entonces estaba embarazada de cuatro meses de mi segundo hijo.

»La gente iba y venía de diferentes poblados a «*El Corralón*» por recomendaciones de otros clientes, esto porque no había persona que no saliera satisfecha de aquí; tanto por los precios exclusivos que les daba, hasta por el buen ambiente que se vivía... Usted ya lo vio, ¿a qué no?

Emiliano hizo una mueca de asentimiento e incitó al cantinero a seguir hablando.

–Hace años, este bar cerraba alrededor de las cuatro de la mañana, sobre todo cuando la gente estaba dispuesta a enfiestarse y traer dinero a mi bolsillo. Y si bien en ese entonces las autoridades también tenían un horario de cierre establecido, era más fácil sobornarlas... Por ende, me sentía libre de cerrar mi negocio a altas horas de la madrugada.

»Recuerdo que lo que sucedió fue a finales del mes de julio, en que, agotado por esa jornada al verme obligado a reñir a unos borrachos que no querían irse, me quedé solo tras mandar a descansar a mis trabajadores. El viento de esa noche arremetió en la ciudad y escuché que era tan fuerte que hasta me tiró varias cosas que tenía guardadas en el patio, saliendo a recomponer todo antes de apagar las luces y dirigirme a mi casa. Pero justo en que atrancaba el cerrojo de la enorme puerta trasera, un llanto comenzó a secuenciar al sonido del aire, haciendo que prestara más atención.

»Debo admitir que me encontraba alterado por el inconveniente anterior con los borrachos que me envalentoné a salir de nuevo y quedarme a mitad del patio e intentar escuchar otra vez. No pasaron ni quince segundos antes de que el sonido se volviera a oír, ahora más lejos, haciéndome regresar al interior del bar al percibir que *aquello* no era nada bueno...

»Cerré de inmediato las ventanas, acomodé las restantes sillas y me abrigué antes de encadenar la reja principal y empezar a caminar. Pero grande fue mi sorpresa cuando salí y un frío atenazador me detuvo frente al candado, imposibilitándome cualquier movimiento. Al girar lentamente la cabeza, me percaté de cómo una sombra –muy parecida a una *sábana*– se meneaba al doblar la esquina de la calle Soledad, al tiempo que emitía un lamento que me recorrió los huesos y me obligó a lanzarme a la carrera.

»Cuando llegué a mi casa, mi esposa se encontraba despierta y esperándome. La vi asustada por el hecho de que ella de igual forma logró escuchar unos lamentos que la despertaron a mitad de la noche, alerta de que la *llorona* andaba «cerca». Al otro día, un sinfín de clientes y conocidos mencionaron que unos sollozos atormentaron a varias colonias. Y yo estuve muy seguro de haberla visto la noche anterior...

12

Emiliano aprovechó el rato en que el cantinero atendió a nuevos clientes para despejar su cabeza y rememorar a la mujer que «lavaba ropa». Algo muy en el interior (de la misma forma en que Gustavo intuía haberla visto) le decía que ella podría ser la famosa Llorona.

Se formuló ciertas preguntas que tenía en la cabeza para cuando el dueño regresara, tales eran: ¿cómo es que algunos pueden *verla* y otros no? ¿Se tratarán de simples visiones creadas por la mente?... O, ¿de quién es el espíritu de esa mujer, mejor conocida como la llorona?

Las respuestas de Gustavo cuando volvió fueron únicamente catalogadas de hipótesis a lo que él mismo creía o había escuchado de alguien más. Y, partiendo de la cuestión de quiénes sí pueden verla y quiénes no, el cantinero le dijo que la media de víctimas era del sexo masculino (reforzando lo hablado con Diana) y que resultaban ser individuos de poca monta o vagabundos, haciendo hincapié en que eran hombres *injustos*.

Rara vez se trataba de una mujer, aunque había excepciones. Y una de esas excepciones se refería a Yolanda Cabrera, ama de casa que se sumó a la lista de desaparecidos y quien venía siendo el centro de habladurías acerca de que le era infiel a su esposo con un tal Armando Fonseca, médico que estuvo de paso por Guanajuato. Aparte de eso, Yolanda decía que –de varias noches hasta antes de su desaparición– escuchaba lo que sin duda era un lamento tan horrendo que la obligaba a no salir. En ocasiones la oía lejos, y a veces tan cerca que la llorona parecía estar rondando su casa...

Las siguientes dos preguntas que Emiliano tenía fueron relativamente resueltas cuando escuchó que el número de declarantes era mayúsculo, pasando por alto que se trataba de una alucinación colectiva. Pero la conclusión que el cantinero le dio acerca del origen de dicha mujer –la cual vaga por México mediante una forma espectral– no le convenció nada. Le dijo que ese espíritu pertenecía a la famosa Malinche, quien traicionó a la tribu azteca cuando la Conquista inició y que, por castigo Divino, se verá condenada a deambular eternamente.

Tras un par de cervezas más, Emiliano agradeció la atención del cantinero y la sinceridad con la que hablaron por un buen rato. Y contrario a lo que en un principio llegó a suponer, esta vez se sentía más convencido de que la leyenda podría ser cierta.

Antes de salir del bar, Gustavo llamó a Emiliano y casi le susurró al oído:

—No sé qué estará haciendo usted, señor, pero puedo decirle que si tuvo aquel encuentro con dicha mujer es porque algo malo ha hecho... ¿Quiere saber por qué lo sé?

Emiliano tragó saliva y asintió.

—Ya le he dicho que hubo una temporada en que la gente hablaba de *ella* y de su paso por Guanajuato, pues déjeme decirle que el tiempo en que me comportaba como un patán y agredía a mi esposa cuando llegaba ebrio, los sollozos de esa mujer eran muy constantes... El día en que me consagré a la dignidad y al respeto, dejé de escuchar esos lamentos, y hasta la fecha no he vuelto a oírla. Tenga cuidado, señor, y recapacite en lo que hace.

Durante el transcurso de la cantina a su vivienda en San Clemente, Emiliano no dejó de pensar ni un poco en lo que el cantinero le dijo. Gustavo parecía un ciudadano honesto y lo suficientemente malogrado por la vida como para mentirle a un cliente acerca de que golpeaba a su esposa... No cualquier habla de eso con tanta facilidad.

Ya en casa, Emiliano rememoró las malas obras que tenía consigo mismo y con los de su entorno, imaginando que, si el cantinero estaba en lo cierto en cuanto a que la llorona «se encargaba de los injustos», esa era la *razón* del posible encuentro con la mujer de antes. Pese a ello, cuando se sentó a comer y distrajo sus pensamientos con la televisión, Emiliano comprendió que solo se trataban de rumores fantásticos como los del «hombre del costal», quien es utilizado para que los niños obedezcan a sus padres.

Intentó no centrarse en anécdotas irrelevantes.

El resto de ese día, Emiliano se dedicó a hacer cuentas del dinero restante y reparó en que debía buscar un empleo si no quería «estar corto» al pagar su renta. De igual forma, comprobó que le sería imposible continuar mandando dinero a sus hijos debido a su escasez monetaria, y se sorprendió al ver que su desenfrenada vida por fin le estaba pasando factura.

13

La primera noche en que Emiliano durmió sin la necesidad de que el alcohol lo sumiera, tuvo pesadillas la mayor parte del tiempo. En la primera ensoñación, el sujeto veía a sus hijos que le pedían comida y que lloraban su ausencia. Emiliano despertó –sudado y exaltado– por lo que intuía no podría seguir ayudando a sus hijos..., o al menos no por ahora. Debía trabajar en recuperar su estabilidad financiera.

La segunda pesadilla –y la cual lo despertó de nuevo en la oscuridad– fue que él se veía andando por un centro comercial que jamás había visto. Caminaba en solitario viendo vitrinas, hasta que un grito a sus espaldas lo ponía en tensión, intentando huir a como diera lugar por más que sintiera las piernas agarrotadas. El grito era desgarrador y profundo, y sin duda era el de una mujer... ¿Se trataría de Yamileth?

Tras despertar, Emiliano escuchó que los perros ladraban con viveza, haciendo que este se levantara a la cocina por un vaso de agua y así humedecerse la boca. Al regresar, se asomó por la ventana y se quedó un rato mirando al exterior. Los perros continuaban ladrando y a Emiliano le pareció que «algo» los tenía muy nerviosos...

Volvió a la cama y agarró su celular en un intento por distraer los pensamientos, sobre todo al estar ligados a sus hijos. Respondió a los mensajes de su psicólogo –quien le preguntaba cuándo lo vería para continuar con la terapia– y a sus compañeros de Asociación. Emiliano sabía que regresar al consejero sería lo mejor, aunque tampoco tenía el flujo monetario de antes para sostener sus visitas con un profesional. Contrario a eso, también reconocía que su asistencia a las reuniones con la comunidad de prevención de adicciones no ameritaba gasto alguno, más que la voluntad de querer cambiar.

Revisó la conversación con Diana y no pudo evitar sentir tristeza al notar que el contacto con la chica no era igual a como se conocieron... Ella se limitaba a responderle cortante o a ignorarlo.

A lo lejos, y resonando a mitad del silencio, una secuencia de nuevos ladridos se agregó a la anterior; pero no solamente eso, sino también lo que en primera instancia pareció ser un prolongado grito que obligó a Emiliano a saltar de la cama y asomarse por la ventana. Intuía que la ensoñación de antes estaba más apegada a la realidad de lo que creyó al principio. La piel se le erizó de inmediato y fue a sentir que el sueño se le despabiló enseguida.

Al poco rato, un segundo grito –ahora acompañado de risas y aplausos– se escuchó por debajo del apartamento.

Un grupo de tres chicos que no podrían pasar de los veinte años cruzó la calle hacia la banqueta de enfrente sin dejar de reír por las bromas y chistes que se hacían entre ellos. Desde arriba, Emiliano se mofó cuando reparó en que el ruido provenía de esos jóvenes. Y conforme los gritos y risas se perdían, los perros también disminuían en su ladrido.

Falsa alarma...

Emiliano regresó a la cama con la esperanza de recuperar el sueño, y entretanto, se dedicó a pensar en las empresas donde podría buscar trabajo. Había llevado consigo su título de contador público y sabía que eso le ayudaría en su vuelta al mundo laboral. Mientras pensaba en ello, se le vino a la mente el Banco Central donde Diana trabajaba, decidiendo que podría dejar su curriculum con Reclutamiento y formar parte del departamento de Finanzas. Así estaría más cerca de esa hermosa chica de ojos verdes...

Le pareció buena idea el seguir sus aspiraciones sentimentales con Diana y al mismo tiempo trabajar en algo relacionado con su carrera, así que Emiliano se acomodó de nuevo en la cama tras dejar a un lado el móvil y se dedicó a dormir. Al otro día estaría muy ocupado.

14

Muy temprano, y cuando el trinar de las aves se escuchaba a las afueras de la bella Guanajuato, Emiliano se despertó con alegría y fue a darse un baño antes de desayunar. Se vistió de manera formal frente al espejo (pareciendo un ejecutivo de verdad) y se roció su perfume favorito, en especial porque Diana estaría viéndolo desde su faceta laboral.

Tenía meses que no utilizaba saco, corbata y que no se peinaba como esa mañana.

Con su portafolio bajo el brazo y mirando la hoja con el nombre de la persona con la que debía acudir, Emiliano se acercó al Banco Central y se adentró. Pero antes de dirigirse a la oficina del licenciado Román (quien era el encargado de Recursos Humanos) buscó a Diana entre los demás analistas de crédito.

Tras ver su radiante cabello castaño que sobresalía de sus compañeras, Emiliano se acercó a la chica y alzó el brazo saludando... aunque la reacción de Diana se tornó intranquila al verlo.

—Hola, Diana, me da gusto verte de nuevo —dijo Emiliano, sonriendo y acomodándose un mechón de cabello.

—Hola... ¿Qué haces aquí? ¿Te citaron hoy para ver lo de tu inversión?

—No —dijo él—, he venido a buscar trabajo y a recordar viejos tiempos como ejecutivo. ¿Sabes dónde puedo ver a Román Coronado? Solo sé que debo presentarme en su despacho.

Diana se quedó boquiabierta por lo que escuchaba. En su mirada se advertía disgusto e incredulidad, y no porque el hombre decidiera trabajar ahí, sino porque sabía que en parte era por ella. Muy en el fondo intuía que ese era el verdadero motivo.

—La oficina de Román está en el área administrativa... ¿Por qué quieres trabajar aquí?

—Es momento de retomar mi vida laboral —respondió Emiliano—. Tengo fuertes deseos de incrementar mis inversiones y establecerme aquí. ¿Te parece si más tarde vengo y comemos juntos? Vi en internet un sitio que...

—No creo que sea lo mejor —lo interrumpió la chica.

—Yo invito —exclamó él—. Nadie le dice que no a unas enchiladas mineras... ¿Hoy a las cinco de la tarde?

Diana dudó en serio y meneó la cabeza, pero sin importar la respuesta, él miró su reloj y entendió que debía apresurarse.

—Te veo más tarde, Diana. Deséame suerte...

—Emiliano, no creo que tú y yo...

Pero antes de que ella dijera algo más, el sujeto de portafolio se alejó en dirección a la gerencia en busca de su entrevistador.

Diana deseó con todas sus fuerzas que no lo emplearan..., por el bien de ambos.

15

Emiliano se sintió seguro de que obtendría un buen puesto de trabajo. Sus dotes persuasivos aún eran prácticos y le agradó la manera en que se desenvolvió con el gerente, a pesar de que al inicio este pareció renuente y le informó que las plazas laborales no estaban abiertas.

Román Coronado recibió los documentos de aquel pulcro solicitante y le aseguró que tendría una respuesta para él antes de que la jornada de trabajo concluyera ese día. A Román le agradó la seguridad con la que Emiliano se expresaba y le aseguraba las técnicas que el Banco podría utilizar en el mejoramiento del sistema a la atención al cliente. De igual forma, y aunque el historial del hombre no era lo suficientemente amplio, este presentaba buenas referencias y diversos diplomados que le abrían las puertas.

Tras concluir la entrevista y pasar de largo a la salida (pues Diana atendía a un cliente en ese momento), Emiliano se dirigió a su apartamento y distrajo la mente haciendo limpieza hasta que la llamada del licenciado llegara. Tanto para una respuesta negativa, como en su beneficio.

Pudieron ser alrededor de las doce del día que su celular empezó a sonar con el número de Román. Alterado de la emoción y la duda, Emiliano contestó, siendo comunicado acerca de que su solicitud había sido aceptada y que darían paso a la continuación del proceso. Lo citaron nuevamente esa tarde a las dos en punto, en la misma oficina, para la aplicación de un examen actitudinal y darle órdenes médicas para estudios clínicos.

Emiliano salió de su estancia media hora antes de lo estipulado y se preparó en todos los sentidos a fin de acreditar las siguientes pruebas. Supo que tenía el tiempo suficiente de concluir sus procedimientos y encontrarse con Diana a la hora de la salida. Cruzó la calle contraria, y justo al doblar en la esquina y subir los escalones del banco, Emiliano se detuvo al ver que aquella mujer, de cabellos castaños y mirada profunda, le recordaba a *alguien* que conocía... Se parecía a Diana, con la diferencia de que esta chica se encontraba en los brazos de un joven más alto que ella.

Durante su aproximación a la entrada principal, Emiliano sintió una desilusión tan grande que se quedó bloqueado al notar que en realidad esa chica en los brazos del desconocido era Diana. Parecía que el sujeto le había llevado un obsequio y que ella se estaba despidiendo al tener que regresar a su escritorio.

—Hola, Diana... ¿Quién es él?

Hombre y mujer se giraron a ver a Emiliano y se quedaron en silencio un buen rato. En el rostro de Diana se palpaba la conmoción y el nerviosismo que iba en aumento.

—Emiliano, ¿qué haces aquí? —preguntó ella, separándose de los brazos del joven alto y de nariz aguileña, quien mostraba un aspecto atractivo.

—¿Quién eres tú, amigo?

Pero antes de que Emiliano respondiera a la pregunta del sujeto, Diana se adelantó:

—Es un cliente... También está interesado en trabajar aquí. Debo volver, Christopher, de seguro mi jefe ya está preguntando por mí... Gracias por el almuerzo.

—¿Quién es él, Diana? —Emiliano intervino—. Pensé que teníamos una cita hoy... ¿Es por eso que no me has respondido los mensajes?

—¿Mensajes? —preguntó el de la nariz aguileña—. ¿De qué diablos estás hablando, amigo? ¿Acaso no sabes que

Diana es mi novia?

Posterior a eso, los tres guardaron silencio, para después ser ambos hombres que miraban a Diana, quien ahora tenía el rostro colorado como un jitomate y decía una y otra vez que debía volver al banco.

—Jamás me dijiste que tenías novio, Diana. —El tono de voz de Emiliano comenzó a elevarse—. ¿Qué pasa contigo?

—¿Jamás? —preguntó Christopher, cada vez más serio y esperando una respuesta de la chica—. ¿Ustedes estuvieron saliendo?

—¡Basta! —gritó Diana—. Debo ir a trabajar...

—Eres una mentirosa —exclamó Emiliano, perdiendo los cabales. Pero antes de que este pudiera acercarse a Diana y al menos gritarle de frente lo farsante que fue al fingir que era soltera, el joven que minutos antes estuvo en los brazos de Diana se interpuso entre ambos.

—Vete de aquí si no quieres que te rompa la boca... ¡Ella es mi novia desde hace dos años!

Los aires a las afueras del banco comenzaron a intensificarse, al grado en que los transeúntes se detenían a escuchar la trifulca y los guardias de seguridad salían a causa de los gritos.

—Deberías enojarte con ella —dijo Emiliano—. Ella es quien te ha mentido... No dudo que lo haya hecho con alguien más. ¡Eres una hipócrita, Diana! ¡¿Me escuchaste?! No vales nada como...

Sin embargo, los gritos de Emiliano fueron interrumpidos cuando los nudillos de Christopher se impactaron contra sus dientes y fue a dar contra la pared. Pero ante la furia que Emiliano manifestó, este también devolvió los golpes al sujeto que se cubría y repartía puñetazos por doquier.

—¡Ayuda! —se escuchó la voz de una anciana alrededor—.

¡Estos hombres se van a *mataaaaar*!

Un grupo separó a los sujetos que habían alterado la vía pública cuando el ajetreo se intensificó. Emiliano se limpió el labio inferior y sintió la sangre tibia que corría por su mentón; mientras que Christopher parecía cubrirse el ojo derecho en lo que pronto sería un gran moretón.

Emiliano reparó en que Diana no se veía más entre los empleados del banco que salieron a curiosear la trifulca. No obstante, el licenciado Román Coronado sí que estaba de pie junto a un módulo de información, completamente serio y pidiéndole a otro hombre que llamara a las autoridades.

—¡Váyanse de aquí ambos! —gritó Román a los sujetos—. ¡Este no es lugar para hacer visiones! Señor Emiliano, olvídese del puesto como asesor y hágame el favor de no regresar más, excepto al seguimiento de su cuenta...

Y antes de que las autoridades llegaran a la zona del incidente y le fuera todavía peor, Emiliano se introdujo por la multitud y se perdió por las calles de la ciudad. Le dolía todo el cuerpo.

16

El resentimiento que Emiliano llegó a sentir por Diana fue tal que este intentó comunicarse con ella para decirle un sinfín de cosas y así desahogar su traición. Y si bien no obtuvo respuesta a las casi cincuenta llamadas que le hizo, este se sintió satisfecho con ofenderla mediante mensajes de texto.

Con una gasa en el labio y un hielo envuelto en un trapo, Emiliano hacía presión contra su pómulo y miraba el suelo, lamentándose por cómo la mentira de Diana había desatado una secuencia de contrariedades al grado de hasta perder la oportunidad de un trabajo.

A consecuencia de sus pensamientos y del dolor que le causó todo lo anterior (tanto físico como emocional), Emiliano decidió beberse una de las botellas de vino que tenía en la alacena, para después ir a la tienda y comprar cervezas con la intención de combinar las bebidas y emborracharse...

Transcurridas las horas, y en contra de su idea acerca de que el alcohol lo ayudaría a serenarse, sus deseos de venganza permanecían alterados, sintiendo la necesidad de hacer algo al respecto con ambos embusteros. Pensó en recolectar las fotos de Diana y publicarlas en las redes sociales, exhibiéndola para que todos vieran lo mentirosa que era. Sumado a eso, la convicción de regresarle los golpes a su novio «cara de águila» le ayudaría a desatar esa ira que aún conservaba...

Pero luego de tanto idear un modo de demostrar que no era el idiota que muchos creían que era, Emiliano decidió que dividiría su «plan» en varias facetas, siendo el primer punto ir a la casa de Diana a rayar las paredes en una demostración de ofensa por sus mentiras de «soltera».

Convencido de que eso sería el primer paso, Emiliano fue directo al patio y buscó entre las herramientas aquellas latas de pintura que compró recién llegó a Guanajuato. Las pinturas estaban prácticamente intactas, e imaginó que escribir unas cuentas obscenidades en la barda y dañar el frente de la casa de Diana serían parte fundamental para que la chica aprendiera a no mentir.

El rencor de Emiliano parecía no tener límites.

Esperó a la medianoche, porque sin importar que tan tomado estuviera, sabía que no podía exponerse cuando los trabajadores del mercado y los últimos jornaleros fueran de regreso a sus casas. Y en lo que esperaba la hora adecuada, Emiliano continuó bebiendo con la intención de llevar a cabo su cometido «sedado» y envalentonado.

Cuando el tráfico en las calles cesó y el ambiente quedó en silencio, Emiliano se preparó en su actuar y fue a guardar las latas en una mochila, no sin antes acabarse la botella de vino de un profundo trago y tambalearse en busca de un soporte. Para él era normal su condición, pero otra persona hubiese catalogado el estado de Emiliano como de sumo cuidado... Podría considerarse como un hombre peligroso.

Retomado el control ante lo que hubiera sido una caída por la borrachera, Emiliano se abrigó, apagó las luces del departamento y salió directo a la casa de Diana. Ahora tenía ruta libre en efectuar su cobarde plan.

17

El viento a las afueras comenzó a incrementar su potencia, al grado en que Emiliano se detuvo a reconsiderar su trayecto hasta la calle Peñasco, dirección donde Diana vivía. Pero resuelto a ejecutar su embestida, el hombre continuó su inestable andar por las empedradas calles.

Anduvo alrededor de diez minutos caminando, y a medida que reconocía las casonas de cuando acompañó a Diana a su casa, Emiliano se empeñó en atrapar las pinturas que traía en la mochila. Sin embargo, y antes de que pudiese volver a echarse la maleta al hombro, un agudo y penetrante grito lo petrificó allí donde estaba...

En torno a él, los callejones oscuros le daban un aspecto tenebroso a la ciudad, sumado al ulular del viento que alteró a Emiliano y lo obligó a que retomara el paso. Darse prisa era su prioridad actual. Llegó al pasaje De la Palma y descendió los metros que lo separaban de la colonia de Diana, sabedor de que estaba muy próximo a salir por la plazuela de Santo Degollados y que volvería a subir, encontrándose por fin con la fachada de esa ingrata que lo tenía «despechado».

Por la prontitud con la que reanudó su andar (sobre todo a causa del grito anterior), Emiliano estuvo cerca de tropezar más de una vez con la grava o las banquetas, esto debido a que su estado de ebriedad estaba al tope. Y justo al llegar al final del callejón, Emiliano sintió un frío en la columna donde claramente el nivel de alcohol en la sangre le disminuyó de golpe..., en especial cuando un segundo grito (ahora tan cerca que parecía estar a metros de él) se escuchó retumbando en sus oídos.

Sin duda pertenecía a una mujer y manifestaba un dolor inigualable...

De manera instintiva, Emiliano se giró sobre sus talones y regresó por donde llegó, olvidando sus planes y ahora más aterrado por lo que oía que por alguien que lo fuera a denunciar al rayar paredes.

No importó cuánto corrió en aquel estrecho pasadizo que acortaba el camino de vuelta a su apartamento, la secuencia de lamentos parecía no perder distancia con él. Era como si Emiliano estuviese escuchando a una mujer siendo torturada o simplemente llorando con tanta fuerza que su llanto atravesaba los límites de lo común.

Tras salir por el extremo norte de la calleja, Emiliano

se detuvo a descansar de la carrera y fue a recargarse en la pared en un intento por no vomitar o caerse. Cuando por fin recuperó la compostura y solo quedó el sonido de su corazón latiendo y el viento, Emiliano buscó en todos lados muestra alguna de esa «mujer» que se lamentaba... pero no encontró ningún rastro y pudo percibir que el sollozo se extendía por la lejanía, volviéndose más distante.

La sensación de embriaguez se evaporó por completo y el susto anterior que Emiliano sintió fue tal que le pareció *real* y no creado por el efecto etílico. Y en lo que recuperaba el aliento antes de retornar a su apartamento, Emiliano notó que los gritos y gemidos se perdían en la nada, al igual que el viento.

No obstante, y tras incorporarse de nuevo a la calle, un presentimiento singular lo recorrió de pies a cabeza y lo dejó estático por largos segundos, los cuales le parecieron horas. Al voltear, Emiliano soltó un quejido que solo llegó hasta la garganta y ahí quedó. Le fue imposible expresarlo como le hubiera gustado, pero aquella imagen espectral que vio a escasos metros de él lo impidió.

Con el rostro cubierto por una especie de velo y un largo vestido que arrastraba por el terreno, una «mujer» se acercaba lentamente al asustado hombre que ahora se sentía en una especie de sueño. Al conseguir movilizar sus piernas, Emiliano partió a toda prisa de allí sin dejar de oír ese lamento que apenas si se escuchaba por detrás de él. Ahora parecía más un murmullo que un *llanto*.

Emiliano corrió como nunca lo hizo en su vida. Huyó de aquella visión tan espantosa que parecía estar vagando, hasta que por fin divisó la calle de la Media Luna y supo que estaba cerca de su estancia. Pero antes de continuar con sus zancadas hacia la seguridad de su apartamento,

Emiliano viró en busca de esa «ilusión» que solo así podría describir. Después de eso, el sujeto se giró al frente a proseguir su carrera; pero jamás volvería a pisar su apartamento ni vería la luz del sol otra vez, pues lo primero y último que vio fue un rostro completamente deformado que lo encaró muy de cerca. Las cuencas de los ojos de esa «mujer» estaban vacías y tenía un aspecto cadavérico. No sin olvidar aquellos largos cabellos que se meneaban a los costados y la clara indicación de que esta se desplazaba como si de una bruma se tratara...

Posterior a eso, un grito gutural por parte de Emiliano dominó las solitarias calles de Guanajuato.

Llegado el alba, cantidad de vecinos de San Clemente se despertaron con los rumores de que la llorona se había escuchado otra vez en las colonias. Algunos juraron haberla visto pasar afuera de sus casas y que la tensión en la noche se percibía inquieta... Por otra parte, aquel recién llegado de nombre Emiliano Gómez no dio muestras de vida durante los siguientes días, levantando todo tipo de sospechas en cuanto a su paradero y lo que debió ocurrirle, dando por sentado que en la lista de desaparecidos se agregaba su nombre, al menos hasta que volviera... Cosa que nunca ocurrió.

LA CARROZA

1

La leyenda podría considerarse relativamente «actual», y existen testimonios de al menos diez años en donde se habla de dicho relato por diferentes partes de México.

Algunos lo *conocieron* como Juan, Miguel, Enrique, o con cualquier otro nombre cotidiano que hemos escuchado por colonias mexicanas.

La primera vez que tuve la oportunidad de oír esta anécdota fue allá por el año 2003 o 2004 –yo era un niño–, y en una de las tantas reuniones que se hacían en la cuadra donde mi abuela vive. En esa ocasión, uno de los niños del barrio y yo salimos a andar en bicicleta durante la tarde, pero al notar que el cielo se tornaba nublado y la brisa comenzaba a caer, el padre de mi amigo nos ofreció palomitas de maíz y ver una película en la sala por el resto del día.

Pero antes de que nos sentáramos frente al televisor, los tíos de mi amigo llegaron a visitarlos. Y mientras los adultos hablaban y los niños comíamos las palomitas, la pareja tocó el tema de lo paranormal y explicaron cómo es que su tía vivió un evento «inusual» en la mañana, justo cuando sintió (jurando que era cierto) que la *habían agarrado* del hombro, estando sola.

Al oír eso, ambos niños nos acercamos a los adultos...

La plática nos mantuvo atentos todavía más cuando los padres de mi amigo se unieron a la charla de terror y confirmaron otros sucesos enigmáticos que vivieron, creando un ambiente de penumbra cuando la noche llegó y fuimos alumbrados por una lamparita sobre la mesa del comedor.

Los adultos hablaron de apariciones fantasmales que alguna vez les confesaron otras personas y de los ruidos que en varias ocasiones escucharon desde la cocina durante la madrugada (algo que mi amigo ya me había confirmado tiempo atrás).

Pero de entre los relatos que allí se hablaron, hubo uno que llamó poderosamente mi atención, y fue el caso de un tal don Antonio Pérez, a quien la familia de mi amigo dijo haber conocido junto a otras personas más por el insólito caso que lo envolvió hasta su muerte.

Y así, con la noche envolviendo la plática, el padre de mi amigo se lanzó a rememorarnos qué era lo que había hecho al señor Antonio tan especial en los alrededores..., ya con más de treinta años de fallecido.

Don Antonio vivió la mayor parte de su vida en la colonia Álvaro Obregón (a unas cinco cuadras de donde vivía mi amigo) y era conocido como un tipo amable, de mediana estatura y de ropas sencillas, el cual trabajaba largas jornadas en la fábrica para subsistir junto a su esposa y sus hijos. La mayoría de los varones en su familia eran jóvenes que, de igual forma, lo ayudaban trabajando en soporte a los gastos.

La gente que *trató* a Antonio Pérez y a su familia –antes de que la esposa emigrara al norte con sus hijos tras el fallecimiento del hombre– aseguraba que constantemente sufrían decaídas económicas que los mantenían en trifulca la mayor parte del tiempo. Si no eran gritos y ofensas entre ellos, eran cristales estrellándose por doquier por una más que segura pelea que tenían a causa de las penurias financieras.

El padre de mi amigo hablaba con total convicción y seriedad al referirse a don Antonio; y, por si fuera poco, los tíos de mi amigo también asentían cada determinado tiempo a lo que se aseguraba.

El relato del hombre que vivió cerca de donde nos encontrábamos prosiguió en la mención del hecho de que hubo un tiempo en que los pobladores dieron por desaparecido a don Antonio, por un lapso de cuatro días. Los residentes de las calles aledañas, y prácticamente toda la ciudad también, inició su búsqueda no solo en los alrededores de su casa y de los sitios que frecuentaba, sino en municipios alternos que pudieran servir de apoyo para encontrarlo. Sin embargo, y justo al quinto día en donde sus conocidos optaron por dejar de buscarlo, imaginando lo peor, Antonio Pérez regresó a su hogar como si nada hubiera ocurrido...

Al verlo dirigirse a su casa –con la mochila de siempre colgando del hombro y silbando con alegría– los vecinos se sorprendieron al saber que se encontraba vivo y sin aparentes daños físicos. Dicen aquellos que lo vieron pasar que Antonio los saludó y que entró a la tienda de abarrotes de la esquina a comprar un kilo de huevo y un litro de aceite. Los que lo vieron entendieron que algo en verdad curioso sucedía con Antonio... aparte de presentar las ropas manchadas de hollín. Por su parte, su esposa se desmayó al verlo entrar, sobre todo por la tranquilidad con la que el hombre la saludó (como si regresara de la fábrica), y sus hijos lo recibieron con el mismo estupor con el que los demás reaccionaron.

La versión que el papá de mi amigo nos narró esa noche dice que don Antonio aseguró –primeramente a su familia, para enseguida volverse noticia local– que lo que en realidad pasó fue que no había ido a trabajar por el día en que muchos juraron verlo antes de su «desaparición». Pero posterior a escuchar todo lo que su familia y vecinos decían acerca de él, fue que Antonio cayó en la cuenta de que para el resto transcurrieron cuatro días, mientras que para él solo unos minutos de su tiempo...

Antonio confesó que la noche antes de su desaparición fue abordado por un misterioso sueño en donde sus piernas «lo llevaron» hasta uno de los tantos cerros al costado de la autopista. En la ensoñación, Antonio fue encaminado por lo que describió como una sombra muy parecida a él, la cual lo llevaba de la mano entre arbustos, árboles y todo tipo de senderos. Y luego de *caminar* por un periodo que le pareció atemporal, por fin llegó a una senda donde su *acompañante* le dijo que hasta allí podía guiarlo, pues lo siguiente sería decisión de «su amo». Antonio afirmó que en el sueño pudo ver al frente una cueva donde logró escuchar una voz que lo incitaba a acercarse; pero no solo eso, sino también que esas «palabras» le hacían mención de que debía seguir ese mismo camino al despertar y entrar a la cueva si es que deseaba «obtener ayuda». Cuando por fin se levantó en la mañana –al tener que ir a trabajar–, Antonio recordó vivamente las imágenes que soñó, decidiendo a último instante subir al cerro que la noche anterior «vio».

El hombre les juró a todos que al principio creyó que sería una total pérdida de tiempo, pero que algo en su interior lo impulsó a subir la cuesta, asombrándose al notar que hasta los detalles que imaginó intrascendentes en su sueño, en la realidad parecían seguir un camino muy parecido al que subió con aquel misterioso guía en su sueño. La sorpresa de Antonio aumentó al ver que el final de la senda concluía con una cueva del tamaño preciso en la que fácilmente podría entrar un adulto.

Y antes de que se diera la vuelta para bajar de nuevo y olvidarse de las coincidencias, Antonio aseguró que una voz lo llamó desde adentro, la cual le provocó más curiosidad que miedo y esperando a comprobar que en verdad se trataba de «alguien» y no de los sonidos que emite la naturaleza.

–No fue un sueño como cualquier otro –le dijo de repente una voz, provocando un eco en la cueva–. Ven, no tengas miedo. Solo quiero ayudarte.

Antonio entró y caminó varios metros en la oscuridad esperando encontrarse con la voz que soñó la noche anterior. Anduvo un tramo entre la negrura y dijo haber escuchado cánticos al fondo y lo que parecía ser la madera tronando en una fogata. Conforme daba cuidadosos pasos, al imaginar que podría caer por el inestable piso pedregoso, Antonio empezó a notar un leve resplandor naranja que aparecía entre las rocas.

Al salvar el tramo a oscuras que lo separaba de la entrada, por fin dijo ver a un caballero humilde que se encontraba sentado frente a la fogata, paciente a que se calentara una olla con agua. El hombre, quien era responsable de los silbidos que resonaban por la cavidad, le sonrió a Antonio y lo invitó a sentarse a su costado, todo sin decir nada y ocupado en quitar la vasija que ya empezaba a hervir sobre el fuego.

Las características que don Antonio rememoró de aquel sujeto fueron que el anfitrión portaba una gorra negra con un bordado, y que tenía unos ojos muy grandes y claros que se veían extraños con el fuego al frente. No obstante, lo que más recordaba era aquella sonrisa tan amplia como jamás vio… Tampoco parecía un drogadicto o algún maleante, ya que no vio botellas alrededor ni filtros de cigarro. De hecho, y habiéndose adaptado al interior de la cueva, Antonio dijo percibir el delicioso aroma de la *vainilla* rondando por allí. El miedo no se hizo presente en ningún punto de su estancia dentro de la gruta...

Antonio dijo haber compartido unos minutos de su tiempo con aquel anónimo, el cual le extendió una taza de café y ambos se enlazaron en una amena charla acerca del clima y de temas irrelevantes. El sujeto de la fogata no se presentó con Antonio, pero le dijo que eso no era lo importante, sino el estar ahí reunidos y ver de qué manera le podría ayudar ante sus desfalcos financieros.

El fulano de gorra confesó que venía de otro lugar y que simplemente andaba de paso. También le dijo que, sin importar que Antonio no tenía ni la más remota idea de quién era, él sí que lo conocía..., confirmándolo cuando empezó a enumerarle mucha información de Antonio –como datos personales, familiares y vivencias que solamente Antonio guardaba en lo más recóndito de su alma.

El forastero, quien luego de tanto hablar frente a la fogata le pidió a Antonio que lo llamara solo como «*buen amigo*», demostró ser un personaje conocedor e instruido. Le habló de diferentes culturas alrededor del mundo y de cómo había estudiado la mayor parte de las generaciones que han pisado la Tierra.

Pero al ser Antonio un individuo de escasa educación, este se levantó un poco aburrido por la conversación y le entregó el recipiente de café al «*buen amigo*», dándole las gracias por el rato juntos. Ahora debía retornar a la civilización y llegar al trabajo con el suficiente retraso como para considerar buscarse otro empleo...

Y justo cuando Antonio se despedía con una inclinación de cabeza y algunas muestras de respeto, el «*buen amigo*» se incorporó de igual forma a estrechar la mano del visitante. Al hacerlo, Antonio logró sentir una fuerza especial que no solo la interpretó como llena de seguridad, sino que le inspiró confianza.

—Antes de que vuelva usted a su vida, querido Antonio, me complace decirle que su bondad y sinceridad me impulsan a ofrecerle una propuesta que debe considerar antes de salir de esta cueva. Conozco sus preocupaciones y las carencias que vive diariamente junto a su esposa e hijos, y sería un honor para mí el ayudarle en lo que mis *capacidades* lo permitan... ¿Estaría usted de acuerdo en negociar su alma, a cambio de todo el dinero que desee?

Antonio imaginó que se trataba de una broma por parte del «*buen amigo*», pero sentir la seria mirada que este le devolvía, esperando una respuesta, le dio a entender que podría ser interesante. De hecho, Antonio recordó que en muchas ocasiones hubo gente que le aseguró haberse encontrado con «desconocidos», los cuales ofrecían algo a cambio por grandes favores..., aunque nunca a alguien que se refería a su *alma* como método de pago.

—Si usted acepta el trato y hace uso de mis ofrecimientos tal y como se los estoy por decir, no tendrá que trabajar un solo día más de su vida, ni los nietos de sus nietos. ¿Lo acepta?

Entonces, Antonio vio que su acompañante levantaba la mano en señal de estrechamiento y que le sonreía con un ademán que demostraba plena firmeza en sus palabras, por más descabelladas que estas parecieran.

—¿Y cuáles serían las condiciones ante eso? —preguntó Antonio, cada vez más escéptico por la «suerte» de recibir algo de un forastero—. ¿El dinero aparecerá en mi puerta por milagro? ¿Y a qué rayos se refiere usted cuando dice que mi alma será la *paga*?

El hombre de gorra no hizo nada más que sonreír de nuevo y menear la mano al frente, en señal de insistencia. A lo cual, y deseando salir de esa gélida cueva lo antes posible, Antonio dudó antes de estrecharlo... Meditó las cuestiones que lo aquejaban, y por fin se decidió a tomar una afirmativa conclusión.

«*Buen amigo*» dibujó una enorme sonrisa e influyó más fuerza en el apretón de manos, haciendo que Antonio sintiera que entre las palmas de ambas manos se emitía lo que él definió como una quemadura; para posterior oler ese característico aroma del papel en llamas... Terminado el trato, Antonio se miró la mano y no encontró muestras de ninguna combustión.

–Estoy seguro de que sabrá lidiar con madurez la dicha que está por gozar. –Ahora, la voz del «*buen amigo*» se escuchó diferente a la que expuso durante la charla. Parecía más profunda–. No es necesario que usted viva con la preocupación de que innegablemente morirá y que su alma será mía... Disfrute junto a su familia y, si es posible, haga el bien al prójimo. Pues permítame decirle que llegará un punto en que no sabrá qué más hacer con tanto dinero. Lo único que le afirmo es que nos veremos de nuevo el día de su muerte, y que sus restos serán levantados por uno de mis fieles acompañantes para traerlo a mí... Hasta entonces, querido amigo. Que sea usted feliz.

Antonio se encaminó al exterior y se quedó un rato viendo el panorama desde las alturas. Después de varios segundos optó por iniciar el descenso, y cuando giró por última vez a la cavidad, como reflejo de la curiosidad, no vio nada más que oscuridad en la cueva... Escuchando un ligero silbido que venía de lo más profundo.

2

En la revelación que el padre de mi amigo nos contó esa tarde, nos habló también de que el mismo don Antonio se sorprendió al notar que el clima de aquella tarde se veía cambiado a diferencia de cuando entró a la cueva. Le confesó a su familia y colegas que simplemente imaginó que se trataba del habitual cambio de temperatura que la región presentaba a cualquier hora... Pero al escuchar que en realidad lo habían reportado ante las autoridades como *desaparecido* de días, Antonio mencionó lo que en verdad estuvo haciendo y del tipo que lo invitó a sentarse frente a una fogata.

Tras la cantidad de chismes en la colonia, un grupo de habitantes se unió para subir al cerro con la finalidad de buscar al sujeto con el que, supuestamente, Antonio platicó «ese mismo día». Contrario a eso, los ánimos de varios atrevidos que se encaminaron se vieron estropeados cuando no encontraron a nadie. Es más, ni siquiera una cueva a la cual ingresar.

Como era de esperarse, la gente empezó a burlarse de Antonio por lo que decía, imaginando que en realidad se emborrachó o que inhaló alguna de las sustancias que los vagabundos consumían cerca de las vías del tren. No obstante, las personas se tomaron más en serio el extraño caso de Antonio cuando el hombre que dieron por extraviado (o tal vez muerto) se alteraba al decir que «estaba seguro» de haber entrado a una cueva –por el mismo camino que les indicó– y ver a un fulano que le ofreció un recipiente con café. Aparte de *algo más* de lo que Antonio aún no se sentía listo para confesar...

Aquellos que conocieron al protagonista de esta historia, pronto fueron testigos de una «suerte» que Antonio y su familia empezaron a tener. Desde verlos en un buen auto (el cual jamás imaginaron que llegarían a poseer), hasta frecuentes rumores de que ellos no se encontraban en la ciudad, pues se habían ido a Guadalajara o a la frontera del país, disfrutando de unas excelentes vacaciones.

Muy pronto, las sospechas de que el extravagante estilo de vida de Antonio era consecuencia de negocios turbios hicieron que más de uno se acercara a él a preguntar por el cambio tan drástico. La mayoría estaba interesada en preguntarle cómo es que había sucedido... Pero don Antonio siempre les decía lo mismo: resultados de un *esfuerzo* diario.

Pocos le creían; muchos dudaban.

Algunos apostaron a que se trataba de la enorme suerte de Antonio tras pegarle al *gordo* en la lotería nacional. Otros intuyeron que Antonio simplemente decidió endeudarse con un préstamo para tener todo lo que gozaba... ¿O era gracias a un patrimonio recién heredado por otro familiar?

El momento exacto en que el gentío comprendió que la disposición de Antonio por vivir en el lujo se volvía extraña, fue cuando él pareció tener un tipo de «custodia» en los tres eventos trágicos en que se vio envuelto por la envidia o atentados de grupos criminales, los cuales venían siguiéndole los pasos al *afortunado* millonario.

El primer atentado que sufrió la familia fue mediante una persecución que tuvieron (en una de sus ostentosas camionetas) y que por muy poco fallecen por la increíble velocidad con la que huían de quienes intentaban asaltarlos. La noticia en el periódico concluyó en que los dos vehículos que actuaron como delincuentes fueron a estrellarse contra un muro de contención que los terminó expulsando al voladero, mucho antes de que estos alcanzaran a la familia Pérez.

La segunda vez en que el hombre se vio involucrado en polémicas fue cuando estuvo en medio de una balacera; en la cual, por cierto, fue el único sobreviviente. Las autoridades confirmaron que, por el alto flujo de proyectiles viniendo de todas partes entre policías y un grupo de asaltantes, las probabilidades de que don Antonio falleciera eran elevadas.

Aun así, corrió con suerte...

En la tercera de las calamidades, Antonio no tuvo la misma fortuna como las dos anteriores. Y si bien esta vez no fue él quien sufrió la desgracia, la noticia de que dos de sus hijos habían muerto en un accidente automovilístico –viajando hacia las playas de Puerto Vallarta– sí que efectuó un cambio a lo que Antonio venía insinuando a causa de los azares. Don Antonio tuvo suficiente por el impacto que le causó la muerte de sus hijos que por fin mencionó el hecho de que ya venía teniendo sueños perturbadores en donde predecía algunos eventos; así como pedir dinero y joyas, para que en cuestión de horas sorprenderse al buscar por debajo de la cama y encontrar todo tipo de bienes. Desde fajos de dinero recién impreso, hasta platería valuada por miles de pesos.

Y ahí fue donde Antonio confesó, entre lágrimas, que en los sueños podía ver a sus hijos morir encerrados en el vehículo mientras se consumían en las vivientes llamas de una explosión por un tanque de diésel. Para su pesar, los hijos de Antonio no le hicieron caso cuando este les pidió que aplazaran su viaje hasta que el «clima mejorara», pero en realidad quería que las visiones dejaran de aparecer en su cabeza.

Tuvieron que pasar alrededor de otros dos años para que la «suerte» de don Antonio llegara a un declive que terminó con esa racha de milagros (y ahora también desgracias) que muchos derivaron a la mano del mismísimo diablo... De otra forma, ¿cómo podían ser posibles esos beneficios que lograron disfrutar por demasiado tiempo, sin aparentes límites? A todo esto, se le sumó la idea de que el día en que don Antonio subió al cerro y dijo haber charlado con un forastero (haciendo hincapié en la gorra que tenía), era mencionado con total seriedad por parte del declarante, terminando por aceptar que le había ofrecido resolver sus problemas financieros con la condición de su alma a cambio...

Los últimos años de su vida, don Antonio vivió prácticamente en solitario cuando él mismo confesó haber intercambiado su esencia espiritual por lo que quisiera: como dinero guardado en bancos (el cual superaba las siete cifras), coches y camionetas, casas en diferentes estados de la República, e incluso llegaron a tener animales exóticos que solo pueden adquirirse por costosos y muy tardados procesos burocráticos.

Dos meses antes de que don Antonio falleciera –de manera misteriosa y repentina– se corrió el rumor de que él mismo venía diciendo que no importaba cuánto dinero o bienes materiales tuviese en diversos sitios, pues sus últimos sueños le mostraban que todo se esfumaría junto con él al morir. Dicen que se volvió loco al saber que la promesa de «*no tendrá que trabajar un solo día más de su vida, ni los nietos de sus nietos*» le pareció una verdadera tima.

Más de un aventurado decidió buscar (de cualquier modo) la riqueza de don Antonio luego de que este falleciera, pero nunca nadie encontró nada. Los vehículos que parecían estar guardados en sus terrenos fueron interceptados por ciertos «consejeros» que nadie conocía. Las viviendas de Antonio pasaron a ser primero del Gobierno, para después, y sin presentar justificaciones concretas, ser demolidas por las autoridades. En cuanto a los fajos de dinero que alguna vez el mismo Antonio dijo verse en la necesidad de enterrar por las cantidades tan grandes que encontraba en su casa, ni rastro...

Los rumores acerca de que Antonio no hizo buen uso del «milagro» –sobre todo con los más necesitados– fueron incrementando cotidianamente, ya que en realidad solo utilizó los beneficios para sí mismo y su familia. De ahí las posibles maldiciones que en las últimas semanas tuvo hasta fallecer.

El funeral de don Antonio se llevó a cabo un día nublado y en torno a pocas personas, las cuales formaban parte de la familia directa que aún le quedaba, algunos vecinos y nadie más... En vida llegó a ser un individuo muy solicitado por las riquezas y demás beneficios que tenía, y por varios meses fue el centro de atención entre aquellos que dijeron admirarlo y respetarlo.

Sin embargo, cuando el hombre murió, nadie más que los que llegaron a sentir verdadera empatía por Antonio fueron testigos de lo que sucedió esa tarde al velar su cuerpo. Esto porque las lenguas dicen que a mitad del velatorio (en el cual dijeron se *percibió* algo «inusual») el panorama cambió de un segundo a otro en lo que se tornó a una atmósfera gélida, lo bastante como para sentir una fuerte oleada de aire que apagó los cirios y que dejó a todos los reunidos en una oscuridad tan profunda.

Algunos dijeron que lo próximo a ocurrir simplemente se trató de una alucinación colectiva como consecuencia de la «temperatura ambiental», afectando el subconsciente de los presentes. Mientras que el resto aseguró que lo que estoy a punto de narrar sí ocurrió en verdad, y que permanecerá *vigente* por varias generaciones como una leyenda.

El sonido galopante de un caballo comenzó a intensificarse por la solitaria calle, así como el relincho que emitía eco dentro de la estancia donde estaban siendo velados los restos de don Antonio. Durante el tiempo en que duró el suceso, nadie habló o emitió sonido alguno. Sobre todo cuando vieron que una elegante y bien armada carroza –con un par de faroles que ampliaban la visibilidad y dos corceles por delante– se detuvo al frente del funeral. Seguido a eso, una voz del interior de la cabina hizo que a los presentes se les helara la sangre tras escuchar esa entonación de ultratumba.

La puerta lateral de la carroza se abrió lentamente y nadie perdió atención del desconocido que parecía descender del interior. Su aspecto fue complicado de admirar por aquella túnica que le cubría el cuerpo, salvo por un par de botines que se asomaban por debajo de la misma y que dejaron petrificados a los congregados en el velorio, esto por la singular resonancia que dominó cuando el visitante se acercaba al féretro.

Dicen que la presencia de dicho intruso podría describirse como inmaterial, y al mismo tiempo, provocar pavor al tener la «capacidad» de paralizar a los presentes ante sus lentos pero decididos movimientos.

A la vista de todos, el recién llegado abrió la caja de caoba en la que don Antonio descansaba y se acercó al oído del difunto para «decirle» unas palabras, las cuales fueron ininteligibles para los presentes.

Posterior a eso, y con un contundente empujón a la tapa que dejó al descubierto el cuerpo entero de quien en vida fue Antonio Pérez, el profanador se echó el cadáver al hombro –con una facilidad que atemorizó a los allí reunidos– y se encaminó de nuevo al interior de la carroza como si nada. No sin antes crear aquel eco en la estancia por el sonido de sus zapatos al andar.

El par de caballos reanudó la caminata por el pavimento hasta que el galope no se escuchó más, dejando al velorio en completo silencio y haciendo que los presentes recuperaran la movilidad de sus músculos.

Sin importar cuántos reportes a la policía se hicieron esa noche para hallar al ladrón de los restos, nadie logró encontrar a ninguna carroza tirada de dos caballos color azabache. Los reportes de la búsqueda del cuerpo de don Antonio se difundieron en un radio de al menos treinta kilómetros a la redonda, pero jamás encontraron nada ni a nadie... Y por las testificaciones que varios declarantes cedieron para hallar la carroza, así como del sujeto con la sotana cubriéndole, fue que los vecinos optaron por creer que aquel misterioso hombre era el mismo Diablo encarnado. Muchos consideraron la revelación de Antonio acerca de ir al cerro como fidedigna, pues se sustentaba con la inconcebible abundancia que generó de manera abrupta.

En la actualidad, la gente de la colonia donde mi abuela vive continúa hablando de aquella carroza que, aseguran, es conducida por el diablo, y quien fue a consumar el pacto que clausuró la vida de don Antonio.

Muchos dicen que ese *hombre* de gorra con el que Antonio habló se le ha presentado a más víctimas a lo largo del tiempo, con la diferencia de que su aspecto es variado en cada ocasión; algunos lo han visto como operador de autobuses, como un comerciante, o incluso como un ciudadano que pide ayuda a cualquier transeúnte que se cruce por su camino.

Pero, ¿qué es lo que hace que esta leyenda sea considerada a nivel nacional dentro de México? Bueno, pues conforme he crecido y he escuchado otras narraciones por algunos estados de la República, más declarantes hacen referencia a personas que, al igual que Antonio Pérez, intercambiaron su preciada alma con tal de darle un giro radical a su vida en lo que esta dura. Las hipótesis se extienden más allá de la creencia de que el Diablo decide salir del infierno a ofrecer un «trato» a todo aquel que esté dispuesto a vender lo más preciado que tiene, por algo tan burdo como el dinero o la fama.

Otra de las versiones es la creencia de que en realidad se trata de la Muerte, quien, finalizada la vida terrenal, se hace presente para concluir con aquello que por eternidad le compete...

ANEXOS

MUSEO LA CASA DEL NAHUAL (NOGALES, VERACRUZ)

El museo del Nahual se encuentra en el municipio de Nogales, Veracruz, justo en la loma del cerro de las Antenas. Actualmente está abierto al público de forma gratuita y la leyenda es relatada por mi gran amigo Luis Felipe Guarneros, quien con ímpetu y agrado les narra los acontecimientos a los visitantes de esa hermosa laguna.

LAGUNA DE NOGALES

Made in the USA
Middletown, DE
19 November 2024